# Lila Cabinet

Lila Cabinet

Lila Cabinet

# Emilio Salgari

# Diamantenjagd

## Ein Abenteuer im indischen Dschungel

Verlag Neues Leben Berlin

Titel des italienischen Originals:
La montagna di luce

Nach einer alten Übersetzung von Eugen Andrae
Nachbemerkung von Martin Lindau

ISBN 3-355-01181-9


Schutzumschlag, Einband und Illustration: Uwe Häntsch
Gesamtherstellung: Graphischer Großbetrieb Pößneck GmbH
Ein Mohndruck-Betrieb

## 1. Kapitel
## Der Überfall des Panthers

An einem heißen Julinachmittag des Jahres 1843 erklomm ein gewaltiger Elefant keuchend die letzte Steigung der weiten Hochebene von Pannah, einer der wildesten, zugleich aber malerischsten Zentralasiens.

Wie alle indischen Dickhäuter, die sich nur reiche Leute halten können, trug er auf dem Rücken eine prächtige, rot verzierte, blaue Satteldecke. Die Ohren waren mit großen Schleifen, die Stirn mit einem vergoldeten Metallband geschmückt. Feste Stricke hielten die Hauda, eine Art Kasten, der bis zu sechs Personen faßt.

Drei Männer befanden sich auf dem Koloß: der Kornak, das ist der Führer, der einen mit stählerner Spitze versehenen, kleinen Haken in der Faust hielt und rittlings auf dem Halse saß, so daß seine Beine hinter den riesigen Ohren des Dickhäuters gänzlich verschwanden, und zwei andere, die ihrer Kleidung nach einem vornehmeren Stande anzugehören schienen.

Während der Kornak, ohne darauf zu achten, völlig den Sonnenstrahlen preisgegeben war, ruhten die andern bequem auf seidenen Kissen in der Hauda, über der ein blauer, baumwollener Vorhang mit Goldtroddeln angebracht war.

Der Ältere war ein prächtiger, hindustanischer Typus von etwa vierzig Jahren; groß, mager, aber breitschultrig und muskulös, mit verwegenen Gesichtszügen, die durch einen langen, grauschwarzen Bart noch mehr hervortraten, und zwei schwarzen, lebhaften Augen.

Er trug ein langes Doote aus gelber, mit roten Blumen durchwirkter Seide, das in weiten Falten herabfiel und an den Hüften von einem breiten, goldgestickten, roten Gürtel fest zusammengehalten wurde. Um den Kopf hatte er ein Taschentuch aus Neusuki gewunden, einer Art Baumwollstoff, der wie Seide glänzt und unglaublich durchsichtig ist.

Sein Begleiter schien nicht älter als dreißig Jahre zu sein. Er war klein, schwachgliedrig, stark gebräunt und hatte unregelmäßige, wenig einnehmende Gesichtszüge, die durch tiefe, vielleicht durch Krankheit hervorgerufene Narben unangenehm berührten. Auch seine kleinen, unruhigen Augen, die sich öfter schlossen, als wenn sie das Sonnenlicht nicht vertragen könnten, hatten etwas Falsches, Hinterlistiges. Obwohl er wie seine Gefährten gekleidet war, erkannte man sofort, daß er einer unteren Klasse angehörte. In einer Ecke der Hauda, wie ein Affe zusammengekrümmt, kaute er mit sichtbarer Zufriedenheit seinen Betel, ein Gemisch aus Betelnuß, einem Blatt derselben Pflanze und etwas frischem Kalkstein.

Keiner von ihnen sprach, nicht einmal der Kornak, der den Elefanten ruhig laufen ließ, ohne ihn mit einem jener wohlwollenden Worte anzuspornen, die diese indischen Kolosse frühzeitig lernen und genau verstehen. Das Tier verdoppelte seine Kräfte, um die Anhöhen zu überwinden, die immer steiler wurden. Es schnaubte und keuchte, daß die ganze Hauda zitterte, schlug mit dem Rüssel um sich, holte geräuschvoll Atem und betastete vorsichtig den Boden, aus Furcht, auf lockeres Erdreich zu geraten.

Die Ghati von Pannah sind wegen ihrer Abschüssigkeit und schlechten Wege äußerst schwer zugänglich. Die ganze Hochebene steigt terrassenförmig in gewaltigen Stufen an, die am Keyn beginnen, einem der Hauptflüsse des östlichen Bundelkand, der auf dem Tschahgarh entspringt und sich nach einem Lauf von einhundertfünfzig Kilometern in die Jumna ergießt. Die Felsschluchten zählen nach Tausenden, und alle sind dicht bewaldet, mit riesigen Teakbäumen, die eine Höhe von mehr als sechzig Metern erreichen, gewaltigen Platanen, enormen Mhowak, Nadelbäumen und Sträuchern, mit goldgelben und purpurnen Blütendolden.

Trotz der zahlreichen Hindernisse setzte der Elefant seinen Marsch unerschrocken fort, indem er seine ganze Kraft aufbot, die Wälder der Hochebene zu erreichen, um Schatten zu haben. Schon war er bei den ersten Bäumen, als man ihn plötzlich halten sah, indem er leise trompetete und sich unruhig zeigte.

Der Inder mit dem Bart, von dem plötzlichen Anhalten, das der Hauda einen gewaltigen Ruck versetzt hatte, barsch aus seinen Träumen gerissen, öffnete die Augen und fragte:

»Was gibt's, Bhandara?«

»Ich weiß nicht, Herr«, antwortete der Kornak.

»Bangawady scheint Gefahr gewittert zu haben und weigert sich, weiter vorzudringen.«

»Ob Dakoiten hier sind?« fragte der Kleine, indem er den Betel ausspie, den er eben kaute. »Wir sind im Lande dieser Gauner.«

»Meinst du die Giftmischersekte?« fragte der Gefährte.

»Ja, Indri.«

»Und du glaubst, daß sie diese Orte bewohnen, Dhundia?«

»Sie leben in den Wäldern und Hochebenen Bundelkands. Sei auf der Hut, Indri! Sie halten es für ein Verdienst, die Leute niederzumetzeln oder zu vergiften, die sie erwischen können.«

»Wir haben unsere Karabiner und werden uns verteidigen«, sagte der Inder mit dem Bart. »Indri hat nie jemanden gefürchtet.«

»Außer den Guicowar von Baroda«, sagte Dhundia hämisch.

»Schweig!« herrschte ihn Indri an. »Du hast den Befehl, mich zu begleiten, nicht aber –«

»Und dich zu überwachen.«

»Sei es, aber jetzt verhältst du dich ruhig. Bangawady hat einen Feind gewittert, denken wir an unsere Verteidigung.«

Der Inder bückte sich und nahm von einer der vier Säulen der Hauda einen prachtvollen Karabiner mit poliertem und arabeskenverziertem Laufe und mit Silber und Perlmutter eingelegtem Kolben.

»Bhandara«, sagte er, indem er sich an den Kornak wandte, der aufmerksam die Bäume musterte, die sich fünfzig Schritt davon erhoben. »Treibe Bangawady vorwärts!«

»Ich werde es versuchen, Herr.«

Bhandara, ein echter Kornak, der sein Tier kannte, begann Bangawady zu streicheln und flüsterte ihm kosende Worte zu, für die sich der kluge Dickhäuter äußerst empfänglich zeigte. Anfangs schnaubte er, indem er seinen Rüssel erhob, dann nahm er mit größter Vorsicht seinen Marsch wieder auf, schaute nach rechts und links und trompetete leise.

Wenn Bangawady, einer der besten Elefanten des Guicowar von Baroda, der gewohnt war, in den Arenen dieses mächtigen Radscha zu kämpfen und den wilden Tieren die Stirn zu bieten, sich so unruhig zeigte, mußte er eine nicht zu unterschätzende Gefahr gewittert haben.

Bald darauf machte er wieder halt und rollte seinen Rüssel auf.

»Vorwärts«, sagte der Kornak, nachdem er sich nach Indri umgeschaut hatte. Statt zu gehorchen, blieb der Elefant fest auf seinen gewaltigen Beinen stehen und trompetete laut.

»Siehst du nichts?« fragte Indri den Kornak.

»Nein, Herr«, antwortete dieser.

»Bewegt sich nichts in den Dickichten dort?«

»Nichts.«

»Wenn ein Tiger in der Nähe wäre, würde der Wind, der vom Walde weht, den Wildgeruch zu uns herüberbringen«, murmelte Indri. »Dhundia, feure einen Schuß mitten ins Gebüsch ab!«

Dhundia griff fast widerwillig zum Karabiner, zielte nach den hohen Sträuchern und gab aufs Geratewohl einen Schuß ab.

Der Donner war noch nicht verhallt, als mitten aus den Kalam ein unterdrückter, rauher Schrei drang.

»Herr, der Schrei eines Panthers!« rief der Kornak.

»Ja«, sagte Indri. »Bangawady hat sich nicht getäuscht.«

»Ich hätte nie vermutet, hier Panther zu finden«, versetzte Dhundia, der seine ganze Frechheit verloren zu haben schien.

»Hier gibt's mehr, als du glaubst«, antwortete Indri. »Weil uns nun einmal das Gerücht als Raubtiervertilger vorangeht, können wir uns keine günstigere Gelegenheit wünschen.«

»Das wird auch dazu dienen, unsere wahren Pläne zu verbergen«, sagte Dhundia.

»Und die Wachsamkeit des Radscha von Pannah einzuschläfern. Nun aber genug mit dem Geschwätz, denken wir an die Bestie, die uns bedroht.«

»Herr«, sagte jetzt der Kornak. »Reicht mir einen Spieß!«

»Hier, und treibe den Elefanten an!«

»Bangawady wird vordringen, Herr. Ich fühle, daß er zum Angriff übergeht.«

Nachdem der Elefant wiederholt die Luft gewittert hatte, setzte er sich wieder in Bewegung und öffnete sich mit seiner gewaltigen Brust einen Weg durch das hohe Gestrüpp.

»Dhundia«, sagte Indri. »Hast du den Karabiner geladen?«

»Ich bin bereit, Feuer zu geben.«

Abermals erscholl ein furchtbarer, rauher Schrei zwischen dem Schilf, ein andrer antwortete in kurzer Entfernung.

»Es sind zwei«, sagte Indri, ohne seine Ruhe zu verlieren. »Wenn Toby hier wäre! Bald werden wir ihn finden, und in Pannah wird man von uns reden.«

Bangawady drang weiter vor und gab fortgesetzt Zeichen von Unruhe. Er schnaubte, schüttelte den gewaltigen Kopf und zitterte von Zeit zu Zeit. Denn obwohl die Elefanten eine außerordentliche Kraft besitzen und mit einem Rüsselschlage selbst Bäume fällen können und so dicke Haut haben, daß oft sogar Flintenkugeln machtlos abprallen, fürchten sie doch Tiger und Panther.

Bangawady war einer der mutigsten, der seine Probe in den Dschungeln von Baroda bestanden und schon viele Tiger unter seinen breiten Füßen zertreten oder mit seinem gewaltigen Rüssel zermalmt hatte. Trotzdem zeigte er sich jetzt sehr unruhig und rückte nur mit äußerster Vorsicht vor, indem er das Schilf mit seinem langen Rüssel beiseite schob, den er aber sofort wieder einzog und zwischen die riesigen Stoßzähne in Sicherheit brachte.

»Es scheint mir, als wenn er nicht recht auf sich vertraue«, sagte Indri, der das Zögern des Dickhäuters bemerkt hatte. »Dieses Verhalten bei einem so mutigen Elefanten wundert mich.«

»Ob er noch andre Gefahren gewittert hat? Was meinst du, Dhundia?«

»Ich weiß nicht, was ich dazu sagen soll«, antwortete der Inder, der schlecht gelaunt schien. »Diese Panther möchten sich lieber davonmachen.«

»Sie werden Hunger haben.«

»Die Hochebene von Pannah ist nicht unbewohnt. Warum greifen sie uns an, statt die Kühe dieser Bergbewohner oder ihre Herren zu vertilgen?«

»Achtung, Dhundia!«

Etwas Schwarzes war aus dem Schilf aufgeschnellt und sofort wieder zurückgefallen.

Es war einer der beiden Panther, der, bevor er den Angriff wagte, die Entfernung messen wollte, die ihn von seinen Gegnern trennte.

»Er ist nicht weit«, sagte Indri. »Ruhiges Blut und sicheres Auge, oder einer von uns wird die Haut lassen.«

Das Raubtier hatte sich wieder versteckt, aber in gewissen Zwischenräumen hörte man sein rauhes, drohendes Gebrüll.

»Es muß tüchtigen Hunger haben, da es uns anzugreifen wagt«, sagte Indri. »Es wird nicht eher ruhen, bis es nicht jemanden von uns getötet hat.«

Indri kannte die Panther der indischen Hochebene zu gut, um sich zu täuschen.

Diese wilden Tiere, die in ganz Hindustan und auch in China und auf dem Malaiischen Archipel noch sehr zahlreich sind, fürchten weder Mensch noch Tier und wagen, beide gleichzeitig anzugreifen, indem sie sich dabei entschlossener und mutiger als die Tiger zeigen.

Indri, der schon mehr als einen getötet hatte, hatte also recht, auf der Hut zu sein und seine Vorbereitungen zu treffen, um nicht überrascht zu werden.

Bangawady, der bemerkt hatte, wo sich der Panther versteckt hielt, ging vor, aber er zitterte immer noch und stieß gewaltige Trompetentöne aus.

»Achtung, Herr!« rief der Kornak. »Der Panther wird gleich erscheinen.«

Kaum hatte er jene Worte ausgesprochen, als sie sahen, wie sich das Gestrüpp unter einem unwiderstehlichen Ruck plötzlich auseinanderbog und ein großer Panther in gewaltigem Sprunge mitten auf die Stirn des Elefanten fiel.

Indri hatte sofort Feuer gegeben, während sich der Kornak gewandt und mutig zurückwarf und ihm mit dem Spieße einen wuchtigen Stich versetzte.

Obwohl doppelt verwundet, verließ das Raubtier seinen Platz nicht. Tief grub es seine Krallen in die Haut des Dickhäuters, dann sprang es, indem es Dhundias Kugel entging, über die Hauda hinweg ins Gebüsch.

Bangawady, der vorzüglich auf jene gefährlichen Jagden dressiert war, hatte sich umgewandt und seine Stoßzähne erhoben.

Indri verlor die Ruhe nicht. Als er sah, daß der Panther von neuem zum Sprung ausholte, warf er den abgeschossenen Karabiner weg, um nach einem geladenen zu greifen.

Obwohl er diese Bewegung rasch ausführte, saß das Raubtier im gleichen Augenblick auf dem Rücken des Elefanten und klammerte sich am oberen Rande der Hauda an, indem es seinen blutdürstigen Rachen zeigte.

Dhundia hatte sich gebückt, um einen Spieß zu packen, und wollte sich eben wieder aufrichten. Da sah die Bestie unter sich den Kopf des Inders und streckte die Pranke aus, um ihn zu fassen.

»Beweg dich nicht, Dhundia!« rief Indri.

Der Inder begriff die Gefahr und ließ sich auf den Boden der Hauda fallen. Indri gab aus nächster Nähe Feuer, seine Kugel zerschmetterte den Schädel der Bestie.

Bangawady, der sie stürzen hörte, wandte sich um, setzte ihr seinen rechten Fuß auf den Körper und zertrat sie, daß die Eingeweide hervorbrachen.

»Sie ist tot!« rief der Kornak.

In demselben Moment drang ein furchtbarer, durchdringender, menschlicher Schrei aus dem Schilfe, kurz darauf das Gebrüll des zweiten Panthers.

## 2. Kapitel
## Dhundias Geheimnisse

Nach diesem Schrei und dem Gebrüll des Panthers war es totenstill geworden.

»Ob der zweite Panther einen armen Hirten zerrissen hat?« fragte Indri mit einer gewissen Erregung. »Was meinst du, Dhundia?«

»Daß wir hier nicht untätig bleiben können«, antwortete der Gefragte.

»Was würdest du tun?«

»Ich würde die Kalam durchstöbern.«

»Die Nacht sinkt herab, es ist nicht klug, sich in das Gebüsch zu wagen.«

»Der Elefant weigert sich, weiter vorzudringen, Herr«, sagte der Kornak. »Er riecht den zweiten Panther und wagt nicht, ihn bei dieser Dunkelheit anzugreifen.«

»Bist du bereit mitzukommen?« fragte Indri. »Ich will deinen Rat befolgen.«

Dhundia verzog das Gesicht.

»Ich folge dir«, antwortete er. »Ich weiß zwar nicht, ob wir auch mit dem zweiten Panther Glück haben –«

»Mein Karabiner ist unfehlbar.«

»Ich weiß, trotzdem ...«

»Genug, wenn du wirklich ein Scheik bist, so folge mir! Zünde eine Wachsfackel an, dann brechen wir auf.«

Der mutige Inder lud sein Gewehr, steckte Munition zu sich, befahl dem Kornak, die Strickleiter fallen zu lassen, und stieg, ohne sich lange zu besinnen, zu Boden.

Dhundia war ihm mit einer großen, rötlichen Wachsfackel und seinem Karabiner gefolgt.

»Soll ich dich hier erwarten, Herr?« fragte der Kornak.

»Du wirst diesen Platz nicht verlassen«, antwortete Indri. »Nimm meinen Ersatzkarabiner, und wenn du den Panther siehst, gib Feuer.«

»Ja, Herr.«

Indri umging den Panther, der von den gewaltigen Füßen des Dickhäuters zertreten worden war, warf einen Blick auf ihn, lud seinen Karabiner und schlich gebückt auf das Dickicht zu.

»Soll ich die Fackel anzünden?« fragte Dhundia mit unsicherer Stimme.

»Noch nicht«, antwortete Indri. »Wenn der Panther das Licht sieht, könnte er fliehen und sein Opfer mit sich schleppen, während mir viel daran liegt, den Menschen zu finden.«

»Welches Interesse kann ein armer Hirt für dich haben?« fragte Dhundia lebhaft.

»Mir ist ein Verdacht gekommen, doch jetzt ist nicht der geeignete Moment, lange Erläuterungen zu geben. Denken wir jetzt an den Panther. Wo kam das Gebrüll her? Von rechts, von jener gewaltigen Platanengruppe, nicht wahr?«

»Ja«, antwortete Dhundia.

Indri hatte nunmehr das Gestrüpp erreicht, das hier sechs Meter hoch und sehr dicht war. Nachdem er einen Augenblick stehengeblieben war, um zu lauschen, drang er ein, indem er das lange Schilf mit dem Karabinerlaufe beiseite schob.

Er mußte einen außergewöhnlichen Mut besitzen, um sich nachts in dieses dichte Gestrüpp zu wagen, wo ihn das grausamste und hinterlistigste aller Tiere erwartete. Denn der Panther konnte ihn jeden Augenblick überraschen und mit einem furchtbaren Prankenschlage zu Boden reißen. Trotzdem bewahrte der Inder seine Ruhe und schien sich nicht einmal sonderlich um die ernste Gefahr zu kümmern.

Dhundia hingegen war weit davon entfernt, dieselbe Ruhe zu zeigen. Ein nervöses Zittern durchlief seine Glieder, und von Zeit zu Zeit schlugen seine Zähne knirschend zusammen. Er wußte wohl, daß Indri ein entschlossener, unerschrockener Mann war, und hatte oft Beweise davon erhalten, aber allzu sicher fühlte er sich nicht.

Etwa vierhundert Schritte hatten sie schon zwischen dem riesigen Gestrüpp zurückgelegt, als sie plötzlich im Schweigen der Nacht jenen kurzen, kreischenden, gurgelnden Schrei vernahmen, den man nicht wieder vergißt, wenn man ihn einmal gehört hat.

Es war der zweite Panther, der seine Gegenwart und die Gefahr verkündete, der sie sich aussetzten, wenn sie weiter vordrangen.

»Er ist uns nahe«, sagte Dhundia, indem er mit Mühe die Worte hervorbrachte.

Indri war jedoch stehengeblieben. Der drohende Schrei, der durch die Finsternis scholl, hatte für einen

Moment auch auf den kühnen Jäger einen gewissen Eindruck gemacht.

»Siehst du die Platanen?« fragte er.

»Ja«, sagte Dhundia. »Der Mond geht eben auf und erscheint hinter dem Blätterwerk.«

»Dann sind wir auf gutem Wege.«

»Oder auf schlechtem! Vertraue deiner Kühnheit nicht allzusehr! Wir sollten lieber den Morgen abwarten.«

»Ich sagte dir, daß ich den Mann sehen will, den der Panther gepackt hat.«

»Meinetwegen; gib jedoch acht, daß du es nicht bereust.«

Indri zuckte mit den Schultern und setzte sich wieder in Marsch. Er rückte mit größter Vorsicht vor, blieb alle drei Schritte stehen, um zu lauschen und die Luft zu prüfen, in der Hoffnung, den scharfen Wildgeruch wahrzunehmen, der stets die Gegenwart dieser Bestien verrät.

Die Platanengruppe war nicht mehr weit, und das hohe Gestrüpp schien nicht bis an diese riesigen Bäume zu reichen. Wenn der Mensch dort überfallen worden war, mußte er sich noch da befinden, denn der Panther hatte sich nicht entfernt.

Schon gewahrte Indri die gewaltigen Baumstämme, als er zur linken Hand ein leises Rauschen hörte, das von einem Körper herzurühren schien, der sich durch das Gestrüpp heranschlich.

»Halt«, sagte er zu Dhundia. »Beweg dich nicht!«

Das Geräusch hielt noch einige Sekunden an, dann verstummte es plötzlich.

»Ob der Panther im Hinterhalt liegt?« fragte sich Indri, indem er den Karabiner anlegte. »Vielleicht ist er schon auf Sprungweite heran und will sich auf uns stürzen.«

Kaum hatte er diese Worte gemurmelt, als eine schwärzliche Masse aus dem Gestrüpp hervorschnellte, wie ein Blitz über seinen Kopf fuhr und auf der anderen Seite im Schilfe verschwand.

Das ging so schnell und so unverhofft, daß den beiden Jägern nicht einmal Zeit blieb, Feuer zu geben.

Im Gestrüpp hörte man noch den kurzen, gurgelnden Schrei der Bestie, dann störte kein Geräusch mehr das tiefe Schweigen der Hochebene.

»Er ist geflohen!« rief Indri, etwas erregt. »Aber wir werden ihn morgen wiederfinden, wenn Bangawady zur Jagd aufgelegt sein wird. Es wäre mir schon recht, in Pannah mit zwei prächtigen Pantherfellen einzuziehen. Auf, gehen wir zu den Platanen!«

Da hörten sie ein schauerliches Jammern, das direkt von dieser Baumgruppe herüberdrang.

»Hast du gehört?« fragte Indri.

»Ja«, versetzte Dhundia. »Der von der Bestie überfallene Mensch ist noch nicht tot.«

»Laufen wir hin!«

»Langsam; der Panther kann uns belauern und abermals angreifen.«

Indri war jedoch schon vorgesprungen und hatte eine kleine Ebene erreicht, die sich bis zu der Platanengruppe ausdehnte.

Mitten auf der Grasfläche, die der Mond jetzt hell beschien, entdeckte er am Boden eine menschliche Gestalt.

Mit wenigen Sprüngen war Indri bei ihr.

Ein fast völlig nackter Inder, der nur einen kurzen

Schurz um die Hüften trug, lag in einer Blutlache am Boden.

Es war ein Jüngling von etwa zwanzig Jahren, sehr mager, mit rasiertem Kopf; seine Glieder waren frisch mit Kokosöl eingerieben, und auf der Brust hatte er eine Tätowierung, die eine Lotosblume darstellen sollte.

Ein furchtbarer Prankenschlag hatte ihm den Unterleib aufgerissen, so daß die Eingeweide heraustraten, und ein Biß hatte ihm fast die ganze linke Schulter abgetrennt.

Indri hatte sich über den Unglücklichen gebeugt, indem er sagte:

»Mit diesem Menschen geht's zu Ende.«

Als der Inder diese Stimme hörte, hatte er die Augen geöffnet und sie auf Indri gerichtet. Bei Dhundias Anblick zuckte er überrascht zusammen und öffnete die Lippen, indem er vergebens versuchte, einige Worte zu stammeln.

»Kennst du diesen Mann?« fragte Indri, verblüfft über die Bewegung, die ihm nicht entging, obwohl sie fast unmerklich war.

»Nein«, antwortete Dhundia, der seine Blicke fest auf den Verwundeten richtete, ohne sie auch nur einen Augenblick abzuwenden.

»Seltsam! Man möchte meinen, daß ihr euch nicht unbekannt seid.«

»Ich wiederhole dir, daß ich diesen Menschen nie gesehen habe«, antwortete Dhundia energisch. »In welchem Verhältnis sollte ich, ergebener Diener des Guicowar von Baroda, zu jenem Dakoiten stehen?«

»Das ist ein Dakoit? Ein Giftmischer!« rief Indri.

»Still! Er wird nicht allein sein. Lassen wir ihn

hier, und machen wir uns sofort davon. Unser Leben ist vielleicht in Gefahr, mit ihm aber geht's zu Ende, er kann jeden Augenblick sterben.«

Das war richtig. Der Inder lag offenbar in den letzten Zügen.

Sein düster lauernder Blick wandte sich jedoch nicht von Dhundia ab, und seine Lippen bewegten sich, als wenn sie versuchten, irgendwas hervorzubringen.

Plötzlich fiel er zurück und schloß die Augen.

»Gehen wir«, wiederholte Dhundia.

»Ja, hier haben wir nichts mehr zu tun«, antwortete Indri.

Er hob den Karabiner auf und ging.

Auch Dhundia hatte sich gebückt, um seine Waffe aufzuheben, die er hatte fallen lassen. Kaum sah er aber, wie sein Gefährte dem Schilfdickicht zulief, als er sich mit blitzartiger Bewegung dem Sterbenden näherte und seine Hand in die furchtbare Wunde legte, die ihm im Leibe klaffte.

Bei dieser Berührung schlug der Unglückliche die Augen weit auf, sein Körper zuckte krampfhaft zusammen.

Seine Lippen öffneten sich noch einmal, und einige Worte kamen hervor:

»Sitama ... der Fakir ...«

»Stirb in Frieden«, sagte Dhundia, indem er ihm mit einer Gebärde Lebewohl sagte. »Ich habe dich verstanden.«

Der Inder hatte die Augen wieder geschlossen, zuckte abermals zusammen und blieb unbeweglich liegen.

Er war tot.

Dhundia hatte in wenigen Minuten Indri eingeholt.

»Er ist tot«, sagte er.

»Wenn ich gewußt hätte, daß es ein Dakoit war, wäre ich nicht bis hierher vorgedrungen«, antwortete Indri. »Ob der Gauner uns aufgelauert hatte?«

»Wahrscheinlich; er hat uns vielleicht von fern gesehen und sich hier versteckt, um uns im Schlafe zu überraschen.«

»Ob er allein ist?«

»Wenn er Komplizen gehabt hätte, so hätten diese uns nicht in Frieden gelassen.«

»Vielleicht war er der Spion der Bande.«

»Wir werden uns in acht nehmen«, sagte Dhundia, dem dieses Gespräch nicht zu behagen schien. »Beschäftigen wir uns jetzt mit dem Panther.«

»Ich glaube, der ist davon.«

»Hm! Verlaß dich nicht darauf!«

Indri hatte das Gestrüpp betreten und verfolgte denselben Weg, den er vordem gegangen war und den man an den niedergetretenen Halmen leicht wiedererkennen konnte.

Der Rückzug ging glücklich vonstatten, ohne daß sie dem Raubtier begegneten.

Als Indri und sein Gefährte die Hochebene wieder erreichten, fanden sie Bangawady aufrecht in Kampfstellung, mit zusammengerolltem Rüssel zwischen den Stoßzähnen, gegen eine Felswand gelehnt.

Der Kornak hatte seinen Platz nicht verlassen und hielt den Karabiner in der Hand.

»Hast du den zweiten Panther gesehen?« fragte ihn Indri.

»Ja, Herr«, antwortete der Kornak. »Zweihundert Meter von hier kam er vorbei und umschlich die Kalam.«

»Und hast du Menschen bemerkt?«

»Nein, niemanden.«

»Laß den Elefanten sich niederlegen und schlage ein Lager auf!«

Der Kornak ließ sich auf die Erde stellen, indem er sich fest am Rüssel des klugen Tieres anhielt, und begab sich dann ins Gebüsch, um trockenes Holz zu sammeln.

Inzwischen war Dhundia in die Hauda gestiegen, um Proviant und eine große, wasserdichte Leinwand zu holen, die als Zelt dienen sollte. Während er die Abendmahlzeit bereitete, war Indri zu den Kalam zurückgekehrt und lief langsam die Front ab. Zuweilen blieb er stehen und lauschte. Suchte er den Panther, oder wollte er sich vergewissern, ob sich noch mehr Dakoiten im Gestrüpp verborgen hielten? Wahrscheinlich waren es die letzteren, die ihn beschäftigten, und seine Unruhe war nicht unbegründet.

Wenn Indien das Land der reißenden Tiere und Schlangen ist, so ist es auch das Land der blutdürstigen Sekten, die kein anderes Interesse haben, als das Menschengeschlecht zu vernichten. Die Thugs oder Würger bilden eine der berüchtigtsten; jene der Dakoiten steht der ersten an Ruchlosigkeit nicht nach, und schon ihr Name verbreitet unter den Einwohnern der hindustanischen Halbinsel überall Schrecken. Diese Dakoiten leben zuweilen in großen, zuweilen in kleinen Banden und wetteifern untereinander, soviel Menschen, wie nur irgend möglich, umzubringen. Während die Thugs sich aber eines Lassos oder eines seidenen Tuches bedienen, wenden jene Gifte oder Betäubungsmittel an. Der Bundelkand oder die Hochebene von Pannah bilden ihren bevorzugten Aufenthalt. Sie morden mit gleicher, ungezügelter Begierde wie die Thugs, aber während diese nur aus religiösem Fanatismus vernichten, töten die Dakoiten, um ihre Opfer zu berauben. Nicht einmal die Bengalow, jene festen, eleganten Häuser der Reichen und Engländer, sind vor ihren Angriffen sicher. Ein Fenster, ein beliebiges Loch genügt jenen Verbrechern, um in die Zimmer zu gelangen und die Menschen im Schlafe zu ermorden.

## 3. Kapitel
## Der Fakir

Als Indri zurückkam, war die Abendmahlzeit bereits fertig und das Zelt an einem großen Felsblock aufgeschlagen, der isoliert auf der höchsten Erhebung des Hochlandes stand.

Die Mahlzeit bestand aus einem Weizengericht, das Niti heißt und die Lieblingsspeise der Einwohner ist, die wegen Wassermangels keinen Reis bauen können, und Karri, einem Gemisch von Fleisch, Kräutern und verschiedenen Gewürzen, Butter, Zucker und ausgezeichneten Bananen.

Indri und sein Gefährte sprachen der Mahlzeit tüchtig zu, dann legten sie sich neben das Feuer und zündeten sich eine Zigarette aus Palmenblättern an, während der Kornak, der getrennt von den beiden gespeist hatte, sich mit dem Elefanten beschäftigte, der mit langen Trompetenstößen nach seiner Ration verlangte.

Jeder Inder pflegt seinen Dickhäuter auf das sorgfältigste, um ihn bei Kräften und guter Laune zu erhalten.

Die tägliche Ration dieser Kolosse besteht gewöhnlich aus zwanzig Pfund besten Mehles, das mit Wasser, einem halben Kilogramm reiner Butter, Ghi genannt, und einem halben Pfund Salz vermengt wird. Meistens fügt man noch eine Portion Zucker hinzu, besonders wenn sich die Elefanten auf dem Marsche befinden.

Außerdem verzehren sie in Zwischenräumen eine Unmasse Blätter und Baumrinde, mit Vorliebe indische Feigen und gewisse Sumpfkräuter, die säbellange Blätter haben und von den Botanikern »tapha elephantina« genannt werden.

Als er seine Mahlzeit verschlungen hatte, die ihm der Kornak in einem eisernen Behälter vorsetzte, legte sich Bangawady auf die Seite, gegen den Felsblock, während sein Wärter ihm einige Eimer voll Wasser über den Kopf goß und ihm dann Ohren, Füße und alle anderen spröden Teile mit Fett einrieb.

Indri war schweigsam geworden, auch Dhundia tat den Mund nicht auf. Beide schienen sich ernstlichen Besorgnissen hinzugeben, die vielleicht vom Zusammentreffen mit dem Dakoiten herrührten. An den Panther dachten sie wahrscheinlich gar nicht mehr, obwohl sie sich in nächster Nähe der Kalam befanden.

Als Indri seine Zigarette aufgeraucht hatte, erhob er sich und sagte: »Ich bin unruhig, Dhundia. Jener Dakoit gibt mir viel zu denken.«

»Er ist tot.«

»Das schadet nichts; seine Gefährten können den Zweck unseres Unternehmens erraten haben und glauben uns vielleicht schon im Besitze des Lichtbergs«, sagte Indri.

»Es ist ganz ausgeschlossen, daß sie das erfahren haben. Nur wir und der Guicowar kennen den Grund dieser Reise.«

»Wenn uns jemand verraten hätte?« fragte Indri, indem er ihn fest anschaute.

»Welche Idee!« antwortete Dhundia. »Niemand hätte ein Interesse daran.«

Indri schwieg einige Augenblicke, dann sagte er:

»Bah! Morgen wird auch die Hochebene durchschritten sein, und wir werden meinen Freund Toby finden.«

»Und würdest du einen Europäer mit in unser Unternehmen hineinziehen und ihm dein Geheimnis anvertrauen? Ich würde mich nicht auf ihn verlassen.«

»Toby ist mir wichtig. Er ist der berühmteste Tigerjäger Nordindiens und wird uns vorzügliche Dienste leisten, den wahren Zweck unserer Reise zu verheimlichen. Mit ihm wird der ›Menschenfresser‹ der Minen von Pannah schnell verschwinden, und wir werden in Gnaden beim Sultan aufgenommen werden, ohne Verdacht zu erregen. Übrigens kenne ich jenen berühmten Jäger zu genau, um gegen ihn Mißtrauen zu hegen, und er wird mir seine Begleitung nicht abschlagen.«

»Ich glaube das Gegenteil, und außerdem wäre der Guicowar nicht damit einverstanden.«

»Er hat mir gesagt, kein Mittel unversucht zu lassen, das zum Erfolg führen kann, und ich werde nicht zögern. Bedenke, daß mein Schicksal vom Gelingen unserer Reise abhängt!«

Ein Schatten von Traurigkeit ging über die Stirn

des Inders, während ein tiefer Seufzer seine Brust hob.

»Wir wollen schlafen«, sagte er nach kurzer Pause. »Das Feuer und Bangawady werden genügen, um die Raubtiere fernzuhalten.«

Er kroch unter das Zelt, nahm seinen Karabiner und ein Paar reich verzierte Pistolen mit, streckte sich auf die Leinwand und legte seinen Kopf auf ein prächtiges Kissen aus silberdurchwirktem, rotem Samt.

Dhundia tat fast widerwillig, ohne zu sprechen, desgleichen. Er legte sich in eine Ecke des Zeltes und starrte ins Feuer, das daneben brannte.

Indri war eingeschlafen, ebenso der Elefant und der Kornak.

Tiefes Schweigen herrschte auf diesem Flecken der Hochebene, nur unterbrochen von den rauhen Atemzügen des Kolosses oder dem schwachen Schrei einer jener enormen Fledermäuse, die über das Lager flogen. Trotzdem hatte sich Dhundia noch nicht entschlossen, die Augen zuzutun. Von Zeit zu Zeit erhob er sich sogar in die Knie und forschte in die Finsternis hinaus, die durch den Leuchtkreis des Feuers noch undurchdringlicher wurde.

Plötzlich fuhr er zusammen. Aus der Richtung der Kalam hatte er einen kaum hörbaren Pfiff vernommen.

»Sitama?« fragte er sich. »Es wäre unvorsichtig, ihn bis hierher kommen zu lassen. Bangawady könnte Alarm blasen.«

Er schlich geräuschlos zu Indri, um sich zu überzeugen, ob er fest schlief, und verließ das Zelt, indem er den Karabiner mitnahm. Bangawady schlief neben dem Kornak, ohne Zeichen von Unruhe zu geben, also konnte er auch darüber beruhigt sein.

»Alles geht glatt«, murmelte er.

Mit denkbar größter Vorsicht durchschritt er den Lichtkreis und verbarg sich, als er die Kalam auf etwa fünfzig Schritt erreicht hatte, hinter einem Mindi-Gebüsch.

Kurz darauf ertönte in größerer Nähe ein zweiter, schwächerer Pfiff, den man mit dem Zischen der Kobra verwechseln konnte. Dann tauchte vor dem Gebüsch, wo sich Dhundia befand, ein Mann auf.

Es war ein Inder von imposanter Statur, grausamen Gesichtszügen und tückischem Aussehen. Er hatte lange Haare, die, um den Kopf gewunden, mit einem rötlichen Schlamm bedeckt waren und eine enorme Masse bildeten. Vom Kinn fiel eine dünne Bartsträhne bis zu den Knien herab, ein Kennzeichen der Anbeter Ramas, des Schöpfergottes. Auf der Stirn trug er drei Zeichen, die mit gebranntem Kuhdünger gemacht waren, drei andere auf der Brust und auf dem rechten Arm. Der ganze Körper war mit Kokosöl eingerieben und glänzte, als wenn er mit Glas überzogen wäre. Außer einem aus Häuten geflochtenen Gürtel trug er keinerlei Kleidung.

»Bist du Sitama, der Fakir?« fragte Dhundia leise.

»Ja, Sahib«, (Herr) antwortete der Unbekannte. »Ich bin der Fakir und der Häuptling der Dakoiten.«

»Barma sagte es mir, bevor er starb.«

»Ist er tot?«

»Der Panther hat ihn zerrissen.«

»Das tut nichts, wir sind zahlreich«, antwortete der Dakoit gleichgültig. »Ich kam her, um deine Befehle entgegenzunehmen, Sahib.«

»Erwartest du mich schon lange?«

»Seit drei Tagen. Was sollen wir tun? Wünschest du, daß wir deinen Gefährten töten, bevor er die Hochebene durchquert?«

»Würdest du das wagen? Indri ist ein Mann, der jetzt noch unter Brahmas Schutz steht. Wenn ihn seine Kaste verstößt und er ein armseliger Paria wird, ja, dann . . . Aber jetzt nicht, du würdest im Jenseits verflucht.«

»Ob Guruh, Brahmane oder ein einfacher Sudra*, das ist mir gleich.«

»Nein, außerdem ist der Lichtberg noch nicht in seinem Besitz. Wem würde sein Tod also etwas nützen? Wir kämen dadurch um eine ungeheure Summe.«

»Was soll ich also tun?«

»Uns ununterbrochen bis zu den Minen von Pannah folgen und nichts gegen uns unternehmen, bis nicht jener kolossale Diamant in unserer Hand ist.«

»Und glaubst du, Sahib, daß dies dem Exfavoriten des Guicowar gelingen wird?«

»Indri wird es verstehen, sein Ziel zu erreichen. Sonst wird er ein Paria und von der hohen Stellung in den Staub, ins Nichts, gestürzt«, versetzte Dhundia.

»Aber nicht der Guicowar von Baroda, sondern wir werden den Lichtberg erhalten!«

»Ja, und außerdem eine gewaltige Geldsumme von Parvati, seinem Ersten Minister.«

»Und wohin wendet ihr euch jetzt?«

»Zu Toby, dem berühmten Tigerjäger.«

»Den kenne ich. Warum aber sucht ihr ihn auf?«

* Die Sudra bilden die letzte Kaste, jene der Sklaven. Immerhin sind sie noch nicht Paria, denn diese gehören überhaupt zu keiner Kaste.

»Das wirst du später erfahren. Spricht man in Pannah immer noch vom Menschenfresser?«

»Die Furcht vor diesem blutdürstigen Raubtiere ist so groß, daß die Bergleute ihre Arbeit eingestellt haben«, sagte der Fakir.

»Und niemand wagt, ihm die Stirn zu bieten?«

»Es hat schon zehn Jäger zerrissen, die es zu überraschen suchten, angezogen von den zehntausend Rupien, die der Radscha versprochen hat.«

»Indri und Toby werden es töten, und jeder Verdacht von dem wahren Zwecke unserer Reise wird schwinden. Geh und nimm dich vor den Raubtieren in acht, der Panther, der Barma zerriß, lebt noch.«

»Ich bin bewaffnet.«

Der Dakoit erhob sich, grüßte leicht mit der Rechten und verschwand rasch zwischen den Kalam.

»Das ist der rechte Mann, der im günstigen Moment nicht zögern wird«, murmelte Dhundia, während ein höhnisches Lächeln um seine Lippen zuckte. Er verließ das Gebüsch und begab sich zum Lager, indem er vorsichtig Umschau hielt, aus Furcht, vom Panther überrascht zu werden, der sich bis zur Nähe des Zeltes herangewagt haben konnte.

Schon war er am Feuer vorbei, als er den rauhen Schrei der Bestie von den Kalam herüber hörte.

»Ob sie den Sitama verfolgt?« fragte er sich schaudernd.

Da ließ Bangawady einen lauten Trompetenstoß hören.

Dhundia beeilte, aufs höchste beunruhigt, seinen Schritt und schaute sich furchtsam um. Eben wollte er ins Zelt treten, als er erschrocken zurückwich. Indri war erschienen und hielt die Pistolen in der Faust.

»Woher kommst du?« fragte er den Inder.

»Ich habe einen kleinen Streifzug ums Lager herum unternommen«, antwortete Dhundia, indem er sofort seine Ruhe wiedergewann. »Ich fürchtete, der Panther könnte uns belauern.«

»Schau! Du wirst mutig!« rief Indri spöttisch. »Hast du ihn wenigstens gesehen?«

»Ich habe ihn nur gehört.«

»Er ist zwischen den Kalam?«

»Ja, Indri.«

»Schüre das Feuer, dann treten wir wieder ins Zelt. Er wird keinen Angriff wagen.«

Da hallte ein Schuß und kurz darauf ein zweiter.

»Wer kann Feuer gegeben haben?« rief Indri unruhig.

»Ob es dein Freund Toby ist?« fragte Dhundia. »Du sagtest mir ja, daß er zuweilen weite Streifzüge unternimmt.«

»Es wäre mir recht, wenn ich ihn sehen könnte. Wenn er es wirklich wäre, so werden wir ihn morgen sicher treffen.«

»Lassen wir ihn jagen; er ist ein Mann, der unserer Hilfe nicht bedarf.«

Sie lauschten noch einige Minuten; als sie dann keinen weiteren Schuß hörten, traten sie in die Hütte.

Bangawady war schon wieder eingeschlummert und schlief ruhig neben dem Kornak.

# 4. Kapitel
## Ein furchtbares Ringen

Beim ersten Morgengrauen war der Elefant schon bereit, seinen Marsch durch die Hochebene von Pannah fortzusetzen. Indri und Dhundia ließen nach einem kleinen Imbiß, der aus Tee und Zwieback bestand, das Zelt abbrechen und stiegen wieder in die Hauda, entschlossen, einen langen Marsch zu machen und auch den zweiten Panther zu jagen. Das Fell des ersten, das der Kornak schon abgezogen hatte, prangte auf dem Rücken des Dickhäuters, wie eine Drohung für anderes Raubzeug.

»Vorwärts«, befahl Indri. »Erst an Tobys Bengalow werden wir wieder haltmachen.«

»Wenn wir dem Jäger nicht eher begegnen«, sagte Dhundia.

»Schon möglich«, versetzte Indri.

Der Elefant hatte sich in Marsch gesetzt, indem er mit seinen Trompetenstößen das Wild aufscheuchte, das sich in den Kalam versteckt hielt. Er rückte jedoch nur zögernd vor und gab deutliche Zeichen von Unruhe, die selbst durch die sanften Worte des Kornak nicht verscheucht werden konnte.

Auch Indri nahm die Erregung des Dickhäuters wahr, daher sagte er zu Dhundia: »Bangawady wittert etwas.«

»In diesem Walde wird es viel Schlangen geben«, antwortete der Scheik, ohne eine Miene zu verziehen.

Gerade in dem Augenblick blieb der Elefant plötzlich stehen und wich einige Schritte zurück.

»Herr«, sagte der Kornak. »Haltet die Waffen bereit.«

»Schon wieder der Panther?« fragte Indri.

»Ich rieche ihn.«

Da durchzitterte ein wilder Schrei die Luft, gefolgt von einem wütenden Zischen.

Indri und Dhundia hatten sich über die Hauda gebeugt und zu den Karabinern gegriffen.

Zwanzig Schritt von ihnen, am Fuße eines Palas, war plötzlich der Panther aufgetaucht, vielleicht derselbe, der den Dakoiten zerrissen hatte. Aber er war nicht mehr frei.

Ein gewaltiger, enorm langer Körper hatte ihn umwickelt, indem er sich wütend schlängelte und zischte.

Es war eine getigerte Riesenschlange, ein prächtiges Tier von blaugrüner Farbe, mit unregelmäßigen Ringen, fast fünf Meter lang und dick wie ein Mannesschenkel.

Das Reptil, eins der furchtbarsten dieser Gattung, hatte wahrscheinlich den Panther überrascht, während er auf der Lauer lag, um sich auf den Elefanten zu stürzen, hatte ihn mit seinen mächtigen Ringen gepackt und versuchte nun, ihm die Luft abzudrücken und die Rippen zu zermalmen.

Vielleicht hatte sie sich mit dem Schwanze an einem oberen Ast festgehalten und war auf das Raubtier gestürzt, bevor dieses ihre Gegenwart überhaupt wahrnehmen konnte. Wie es auch sei, der Panther war gefangen, und es war ihm unmöglich, sich aus jenen Ringen zu befreien, die eine unglaubliche Widerstandskraft besaßen. Wütend schlug er um sich und stieß ein furchtbares Geschrei hervor. Seine Stahlkrallen zerfleischten das Reptil, aber dieses löste die Ringe nicht und besudelte ihn mit Blut und dem klebrigen Geifer seiner gespaltenen Zunge.

Weder die Schlange noch der Panther schienen die Gegenwart Bangawadys bemerkt zu haben, so rasend waren sie. Indri und seine Gefährten wohnten jenem schrecklichen Schauspiele bei, ohne zu sprechen, ohne von den Waffen Gebrauch zu machen, denn sie sahen voraus, daß keiner jener gewaltigen Feinde als Sieger hervorgehen würde.

Trotz seiner außerordentlichen Kraft erschöpfte sich der Panther immer mehr. Er röchelte unter den Windungen, die von einem Augenblick zum andern schrecklicher wurden, und seine vor Wut und Angst weit aufgerissenen Augen schienen aus den Höhlen hervorzuspringen.

Jedoch auch die Riesenschlange, obwohl sie ihre Pressungen noch fortsetzte, war nicht mehr imstande, den Ringkampf mit dem Könige der Dschungel noch lange auszuhalten. Das Blut floß ihr aus vielen Wunden, und ihre Haut, an vielen Stellen von den Krallen des Raubtiers zerrissen, hing in Fetzen herunter.

Jetzt stieß der Panther einen letzten Schrei aus, dann hörte man ein Krachen, wie von zermalmten Knochen. Die Rippen und das Rückgrat hatten endlich den gewaltigen Windungen nachgeben müssen, der Panther war tot. Fast gleichzeitig fiel auch die Schlange, völlig verblutet, unter krampfhaften Zukkungen zu Boden, ohne jedoch die Ringe von ihrer Beute zu lassen.

»Ein magerer Sieg«, sagte Indri, indem er zuerst das Schweigen unterbrach. »Der Kornak mag absteigen und das Pantherfell holen. So werden wir im Triumphe in Pannah einziehen, und diese beiden Felle werden unsere Tüchtigkeit und unseren Beruf bestätigen.«

Der Kornak ließ sich zur Erde gleiten. Mit einem langen Messer zerschnitt er das Reptil in verschiedene Stücke, um den Panther aus den furchtbaren Windungen zu befreien; dann machte er sich ans Werk. In einer halben Stunde hatte er das Fell abgezogen, das sofort auf dem Rücken des Elefanten angebracht wurde, damit es in der Sonne trocknen konnte.

Bangawady hatte sich, nach jenem kurzen Aufenthalt, den er dazu ausnützte, um die nächsten Bäume zu plündern, eiligst in Marsch gesetzt, um die verlorene Zeit wieder einzuholen.

Gegen zehn Uhr erreichten sie die Hochebene. Der Dickhäuter konnte nun schneller vorwärts schreiten, da er nicht mehr zu steigen brauchte.

Eine gewaltige Ebene streckte sich vor den Reisenden aus, im Hintergrunde prächtiges Gebirge; die ersten Ausläufer der großen Hochebene Zentralindiens und der Ghati, die terrassenförmig in gewaltigen Linien ansteigen.

Düstre, dunkelgrüne Wälder bedeckten überall die steilen Abschüsse, die Schluchten und enormen Spalten des tiefen Keyntales, oder zogen sich auf der wundervollen Kajrahebene hin. Den Tälern entlang, am Rande der Schluchten, tauchten, halb unter Bäumen versteckt, kleine Hütten und Hudi auf, kleine Bergfestungen, die als Raststätte und Lager dienen und meistens am Eingange der Engpässe stehen. Die Hochebene selbst schien jedoch öde.

Nachdem Bangawady etwa sechs Meilen zurückgelegt hatte, machte er gegen Mittag in einem Dschakierenwalde halt, Bäume, die gelbliche, wohlriechende Früchte hervorbringen, die zwanzig Pfund wiegen und nicht an den Ästen hängen, sondern aus dem Stamme herauskommen.

Auf zweihundert Meter Entfernung, am Ufer eines kleinen Weihers, erhob sich ein elegantes, einstöckiges Haus aus Holz, mit einem pyramidenförmigen Dache, auf dem eine kleine, englische Fahne flatterte. Ringsum ging, von Holzsäulen gestützt, eine Galerie; die Varanga, die mit Kokosmatten behangen war. Zu beiden Seiten der Wohnung streckten sich geräumige Stallungen aus, die von einem Gitter umgeben waren. Ein Panther- und zwei Axisfelle hingen von der Varanga herab; man erkannte sofort, daß hier ein Jäger wohnte.

»Wir sind am Ziele«, sagte Indri. »Wird Toby zu Haus sein oder die Spuren irgendeines Raubtieres verfolgen?«

Der Elefant stieß einen Trompetenstoß aus, dem sofort das Gebell verschiedener Hunde antwortete.

»Steigen wir ab«, sagte Indri. »Wenn die Hunde da sind, wird auch Toby hier sein.«

Er warf die Strickleiter und glitt auf die Erde, hinter ihm Dhundia.

In diesem Augenblick hatte sich die Tür des Bengalow geöffnet, und ein in weiße Leinwand gekleideter Mann, mit einem großen Strohhut auf dem Kopfe, war auf der Stufe erschienen, indem er ausrief:

»Wen sehe ich da! – Indri!«

Es war ein Europäer von etwa vierzig Jahren, äußerst kräftig und über mittelgroß. Seine Haut war fast bronzefarben; Haare und Bart jedoch noch blond, ohne einen Silberfaden. Seine blauen Augen, die sich auf den Inder richteten, drückten die lebhafteste Verwunderung aus.

»Jawohl, ich bin's, Toby«, antwortete der Inder, indem er ihm eiligst entgegenschritt und die Hand ausstreckte. »Du hast sicher meinen Besuch nicht erwartet.«

»Auf Ehre, nein. Ich glaubte dich in Baroda, bei deinem mächtigen Herrn, damit beschäftigt, irgend so einen ungeheuerlichen Kampf zwischen Tiger und Elefanten zu veranstalten. Was führt dich auf diese Hochebene?«

»Du sollst es später erfahren, Freund; hier ist kein geeigneter Ort, um davon zu reden.«

»Wer ist der Inder, der dir folgt?«

»Ein Mann, den mir der Guicowar mitgegeben hat.«

»Freund oder Feind?«

»Lies in seiner Seele, wenn du es vermagst!«

»Sein Gesicht will mir nicht allzusehr gefallen.«

»Empfange ihn als Freund«, murmelte Indri.

»Wie du willst; treten wir ein.«

## 5. Kapitel
## Der Haß eines Ministers

Toby Randal war zu der Zeit, in der diese wahre Geschichte spielt, der berühmteste Raubtierjäger Nordindiens. Früher Unteroffizier der Schutztruppe, hatte er Säbel und Regiment verlassen, um mit dem Karabiner in die Wälder zu ziehen. Man sah ihn in den Sunderbunds, in den Dschungeln Nordbengaliens, in Orissa, in Bundelkand und sogar in Guzerate, wo er mit seltenem Glücke die Raubtiere Tag und Nacht verfolgte.

Wie viele mochte er getötet haben? Das wußte er selbst nicht einmal mehr. Eines Tages jedoch hatte auch ihn das Glück verlassen. Bei der Jagd auf einen Menschenfresser, der die Besitzungen des Guicowar von Baroda verwüstete, wurde er angegriffen und furchtbar zerfleischt. Wahrscheinlich hätte sein Ruf damit sein Ende gehabt, wenn nicht durch glücklichen Zufall ein Retter dazugekommen wäre, der ihn halbtot den Krallen der Bestie entriß.

Dieser Tapfere war Indri, der Favorit des mächtigen Guicowar, der es liebte, den Hof mit der Jagd zu belustigen.

Indri hatte ihn nicht nur gerettet, sondern auch gepflegt, nicht mit der Zuneigung eines Fürsten, sondern der Liebe eines Bruders, indem er ihn noch mit Geschenken überschüttete.

So kam es, daß diese beiden Männer, einer für den anderen geschaffen, beide mutig und rechtschaffen, sich kennengelernt und ewige Freundschaft geschworen hatten.

Obwohl Toby begierig war, den Grund zu erfahren, weswegen Indri ihn hier auf der Hochebene von Pannah aufsuchte, die er als Wohnsitz gewählt hatte, hieß er den Freund in ein Zimmer im Erdgeschoß eintreten, wo man einen bereits gedeckten Tisch sah.

Die Möbel waren einfach, wie man sie fast überall in den indischen Bengalow sieht. An den Wänden hingen Jagdtrophäen: Rhinozeroshörner und verschiedene Antilopenspieße, Tigerklauen und prächtige Pantherfelle. Ferner in einer Ecke an der Zimmerdecke die unentbehrliche Punka, eine Art gewaltiger Fächer, den man mittels einer Kurbel in

Schwingungen versetzt, um sich während der sengenden Sommerhitze etwas Abkühlung zu verschaffen.

Das Frühstück war nicht gerade vielfältig, aber reichlich. Wie immer, bestand es aus Fleisch, Hülsenfrüchten, Obst und Bier und einer feisten Gans, die Toby tags zuvor an den Ufern seines Weihers erlegt hatte.

Indri, der von dem langen Morgenritte und der reinen Luft der Hochebene Appetit bekommen hatte, machte der Küche des Jägers Ehre. Nur Dhundia verzog das Gesicht, denn die meisten Hindustaner haben einen fast unüberwindlichen Widerwillen gegen Fleisch, besonders Kuhfleisch, weil diese Tiere für heilig gehalten werden; endlich aber entschloß er sich zuzulangen, nachdem er die Versicherung gewonnen hatte, daß es sich um ein Stück Schöpsenfleisch handelte.

Nach der Mahlzeit ließ Toby von einem seiner Diener einen ausgezeichneten Mokka und Zigarren bringen und sprach von seinen letzten Jagdabenteuern, indem er vermied, Indri nach dem Grunde seines Besuches zu fragen. Dieser selbst kam auch nicht darauf zu sprechen, und Toby, verschlagen, wie er war, entnahm daraus, daß der ausführliche Bericht später, unter vier Augen, kommen würde.

Seine Geduld sollte auf keine allzu harte Probe gestellt werden. Sie schwatzten seit einigen Stunden rauchend, bei vorzüglichem Biere, als sie sahen, wie Dhundia sanft auf die Stuhllehne zurücksank und die Augen schloß. Hatte er zuviel getrunken, oder zwang ihn die Hitze zu einem Ruhestündchen?

Jedenfalls war die Gelegenheit günstig.

»Lassen wir deinen Freund in Frieden schlafen, und genießen wir ein wenig die frische Luft meines Gartens«, sagte Toby, indem er mit den Augen zwinkerte. »Ich werde dir die schönen Rosen zeigen, die ich von Kaschmir habe kommen lassen.«

»Ich wollte dir eben den Vorschlag machen«, antwortete Indri, indem er ein Zeichen gab, daß er ihn verstanden hatte. »Hier ist's drückend heiß, die reine Luft der Hochebene wird uns guttun.«

Sie warfen nochmals einen Blick auf Dhundia, der fest zu schlafen schien, und traten hinaus.

Hinter dem Bengalow dehnte sich ein prächtiger, eingezäunter Garten mit wundervollen Kokospalmen, Manghen, Bananen und verschiedenen Blumenbeeten aus, die Toby persönlich pflegte, wenn ihn die Jagd nicht in den nahen Wäldern hielt.

In der Mitte stand ein kleines, indisches Gartenzelt, versteckt unter hohen Pflanzen, die es beschatteten, und umgeben von Mussenda-Sträuchern mit blutigroten Blättern.

Toby, der seine Neugierde nicht mehr meistern konnte, führte Indri in jenes elegante Häuschen, wo es hübsch kühl war, und nachdem er ihm einen Lehnstuhl angeboten hatte, sagte er:

»Sprich, ich glaube, es wird nun Zeit.«

»Sind wir allein? Das ist die Hauptsache!« fragte der Inder.

»Meine Diener befinden sich alle in den Stallungen.«

»Das, was ich dir zu sagen habe, ist so wichtig, daß keiner eine Silbe hören darf.«

»Du treibst meine Neugierde aufs höchste, Indri. Du kannst frisch weg erzählen, denn wir sind vollständig allein.«

»Hast du in diesen Tagen keinen Fremdling in der Nähe deines Bengalow gesehen?«

»Nein, niemanden – doch.«

»Ah!« kam es über Indris Lippen.

»Doch, einen Inder, den ich früher nie gesehen habe. Er kam vor etwa drei Tagen und gab an, einen Tiger gesehen zu haben, der sich in einer Schlucht umhertrieb.«

»Hast du diesen Tiger getötet?« fragte Indri gespannt.

»Zwei Tage lang suchte ich ihn, konnte aber nirgends eine Spur entdecken.«

»Kam der Inder wieder?«

»Ich habe ihn nicht mehr gesehen!«

»Dann war es ein Spion.«

»Ein Spion!« rief Toby überrascht. »Indri, mein Freund, drücke dich deutlicher aus!«

»Hör mir zu, und du wirst sehen, ob ich recht daran tat, mich jenes Mannes zu erinnern, den ich vor zwei Jahren den Pranken des Tigers entriß, der ihn zerfleischen wollte.«

»Und den du pflegtest, als wenn es dein Bruder wäre«, sagte Toby bewegt.

»Ich, der ich vor wenigen Wochen noch der mächtigste Guru Barodas war, ich, der Favorit und Berater des Guicowar, vor dem, wenn er gewollt hätte, mit einem einzigen Worte Millionen gezittert hätten, mit mir ist es so weit gekommen, daß man mich aus meiner Kaste auszuschließen droht, daß ich Ehren und Reichtümer verliere und ein Elender werde, ein verachteter Paria, ein Mann ohne Kaste und ohne Vaterland.«

»Du! – Du, Indri!« rief Toby, schmerzlich überrascht. »Das ist unmöglich! . . .«

»Du weißt, daß meine Stellung als Favorit des Guicowar von mächtigen Feinden beneidet wurde, unter diesen ganz besonders von Parvati, dem Ersten Minister.«

»Du sprachst vor zwei Jahren davon.«

»Alle diese Feinde haben sich verschworen, mich zu ruinieren. Seit Jahren arbeiten sie geduldig, aber hartnäckig. Ein unglücklicher Zufall hat sie endlich in ihren Bemühungen unterstützt, und ich werde in dem harten, mir von Parvati aufgezwungenen Kampf unterliegen müssen. Weißt du denn, was ein Paria ist?«

»Ein Unglücklicher, der allen Mitgliedern der vier Kasten Schrecken einflößt, dem sich niemand nähern kann, ohne sich Strafen auszusetzen, obwohl er ein Mensch wie jeder andere ist«, sagte Toby frei.

»Das ist richtig«, sagte Indri. »Ein Bedauernswerter, der die Strafen seiner Ahnen büßt. Niemand darf sich ihm nähern, niemand ihm zu Hilfe eilen, niemand ihm Gastfreundschaft erweisen, unter Strafe, von seiner Kaste ausgestoßen und wie dieser Unglückliche selbst ein Verdammter, ein Elender zu werden.«

»Und du hast dich einem Paria genähert?« fragte Toby, der zu verstehen anfing.

»Ja, ich, der geachtetste und gefürchtetste Mann Barodas, nahm, ohne es zu wollen, einen jener Verachteten bei mir auf.«

»Wie kam das?«

»Du sollst es sofort hören, mein Freund. Ich reiste in Guzerate, im Auftrag des Guicowar, meines Herrn, als ich der Spur eines Rhinozerosses begegnete und die unheilvolle Idee hatte, ihr zu folgen, um das Tier zu töten. Ich hatte es schon eingeholt und verwundet, als es plötzlich so wütend auf mich stürzte, daß ich den Karabiner nicht mehr laden konnte. Es fehlte nicht viel, so hätte es mir den Unterleib aufgerissen, als sich ein junger Inder zwischen mich und die wütende Bestie warf und ihr eine Lanze in den offenen Rachen stieß. Ich war gerettet, aber der Jüngling hatte dem Horne des Gegners nicht entgehen können und war mit zerrissener Brust zu Boden gestürzt. Was hättest du getan?«

»Ich hätte ihn nach Hause getragen und gepflegt«, antwortete Toby.

»Ohne zu fragen, wer er wäre?«

»Das würde der geeignete Moment nicht gewesen sein, scheint mir.«

»Und das habe ich auch getan. Ich nahm den Unglücklichen, der ohnmächtig war, auf die Arme und trug ihn in mein Zelt. Als er wieder zu sich kam und gewahrte, daß er sich in meinen Armen befand, zeigte er den größten Schrecken, denn er war ein Paria, und mit seiner Berührung hatte er mich verpestet. Er starb vor Sonnenuntergang, und damit war ich ebenfalls verloren. Einer meiner Diener verriet mich, und in Baroda erfuhr man alles.«

»Lumpengesindel!...« rief Toby entrüstet. »Als wenn ein Paria nicht geradesogut ein Mensch wäre wie die anderen.«

»Unsere Religion scherzt nicht«, versetzte Indri schwermütig. »Ich als moderner Inder, obwohl Brahmane, verleugne gewisse Albernheiten, die heutigen Tages nicht mehr existieren dürften, doch habe ich mich fügen müssen. Parvati wartete ja auf eine derartige Gelegenheit, mich ins Verderben zu stürzen und vor dem Guicowar und meiner Kaste anzuschuldigen.«

»Sie drohen also, dich auszustoßen?« fragte Toby erschrocken. »Diese Dummköpfe!«

»Noch nicht, denn der Guicowar, der mich liebt, hat mir ein Mittel zur Rettung gegeben, das ihm wahrscheinlich die höllische Tücke Parvatis erst eingab.«

»Was sollst du tun? Sprich, und wir werden Wunder verrichten um jenem neidischen Schufte den Sieg zu entreißen.«

»Dem Brahma geweihten Tempel den Lichtberg des Radscha von Pannah schenken, damit er dort auf der Stirn des Gottes prangt.«

»Potztausend!« rief Toby. »Den Lichtberg! Das ist ein Unternehmen, das uns Arbeit geben wird. Ein derartiger Gedanke kann nur im Hirn von einem Parvati entstanden sein! Aber alles ist noch nicht verloren, mein lieber Indri, und wir werden das Wunder vollbringen, das man von dir verlangt.«

## 6. Kapitel
## Dhundia offenbart sich

Das indische Volk teilt sich in vier wohlunterschiedene Kasten, die nie ineinander verschmelzen können, denn ihre Religion gibt nicht wie die christliche jedem Menschen denselben Ursprung.

Man unterscheidet Brahmanen, hervorgegangen aus dem Munde Brahmas; Krieger aus seinem Arm; Ackerbauern und Kaufleute aus seinem Schenkel und Sudri oder Diener aus den Füßen des Gottes. Die Teilung zwischen den Kasten ist so scharf, so ausgesprochen, daß keine in eine andere aufrücken kann, weder aus Verdiensten noch Reichtümern, noch sonst einem Grunde.

Alle die, die diesen Kasten nicht angehören, und das sind nicht wenige, sind Paria, Menschen, die weder Stamm noch Vaterland haben, verachtet und verflucht sind, denen sich niemand nähern darf, niemand helfen kann, bei Strafe, selbst ein Paria zu werden. Ein Mann, wie mächtig und hochgestellt er sein mag, sei er auch ein Brahmane, der unüberlegt oder aus Mitleid irgendwie mit ihnen in Berührung kommt und, ohne es zu wissen, sich eines beliebigen Gegenstandes bedient, der einem jener Unglücklichen angehört, wäre unwiderruflich verloren. Seine Kaste würde sofort den Bann über ihn verhängen und ihn ausstoßen, eine furchtbare Strafe, denn der Betroffene darf keinen Verkehr mehr mit seinesgleichen pflegen und an der menschlichen Gesellschaft nicht mehr teilnehmen. Er ist ein wahrhaft Verfluchter, denn alle meiden ihn wie einen Pestkranken, auf den sie in tiefster Verachtung mit Fingern zeigen. Nicht einmal die letzte Kaste, jene der Diener, würde es wagen, ein so herabgewürdigtes Wesen aufzunehmen, und wäre es früher auch ein Brahmane gewesen. Er ist gezwungen, zu den anderen Paria zu fliehen oder zu den europäischen Stadtvierteln seine Zuflucht zu nehmen, die einzigen Orte, wo er seinen Frieden findet.

So kann man verstehen, in welch furchtbarer Lage sich Indri befand, der Favorit des Guicowar von Baroda, der angeschuldigt war, jenen armen Paria, der ihn gerettet und sich statt seiner von dem gewaltigen Rhinozeroshorn hatte aufschlitzen lassen, berührt und nach Hause getragen zu haben. –

Nach jenem Zornesausbruch war Toby schweigsam geworden und schaute so verstört drein, daß dies der Aufmerksamkeit des Inders nicht entgehen konnte.

»Die Sache ist ernst, nicht wahr?« fragte ihn dieser mit einer gewissen Besorgnis.

»Ja, Indri«, antwortete der Exsergeant der Schutztruppe. »Parvati konnte dem Guicowar keine gefährlichere Idee eingeben als diese. Der Radscha von Pannah hält zuviel auf seinen Lichtberg und wird ihn dir um keinen Preis abtreten, da er ja schon die Millionen abgeschlagen hat, die ihm vom Großmogul dafür geboten wurden.«

»Ich weiß, Toby, mir bleibt nur ein Weg offen: ihm den Diamanten zu rauben und später zu bezahlen, wenn er beim Guicowar in Sicherheit gebracht ist.«

»Und glaubst du, daß das so einfach sein wird?« fragte Toby.

»Im Gegenteil, sehr schwierig, denn ich fürchte, daß meine Feinde den Radscha von meinen Absichten in Kenntnis gesetzt haben, damit mein Unternehmen von vornherein unmöglich wird.«

»Ich dachte es mir, bevor du es aussprachst«, antwortete Toby. »Ich glaube, Indri, daß dir der Radscha nicht einmal erlauben wird, den Fuß auf sein Land zu setzen.«

»Ich bin davon überzeugt, und gerade um das zu vermeiden, will ich mir den Anschein eines einfachen Tigerjägers geben, und so kam ich zu dir.

Du bist in der ganzen Hochebene bekannt, und niemand wird unter der Tracht eines Dieners den Favoriten des Guicowar vermuten.«

»Dein Gedanke war gut, Indri, du tatest recht daran, auf mich zu zählen. Das Unternehmen wird tausend Gefahren bergen, vielleicht erwartet uns auch der Tod, aber mein Leben gehört dir, denn ohne dich würde sich heute niemand mehr des Tigerjägers Toby erinnern.«

»Danke, ich war sicher, auf deine Freundschaft rechnen zu dürfen«, sagte Indri, indem er die schwielige Hand des alten ehemaligen Unteroffiziers kräftig drückte.

»Wir werden handeln, ohne Zeit zu verlieren«, antwortete der Engländer nach einem Augenblick des Schweigens, »damit der Verdacht des Radscha nicht wächst. Heute noch werde ich einige meiner Diener nach Pannah senden, die dort ankündigen sollen, daß ich kommen werde, um den Menschenfresser zu erlegen. Wenn wir die Minen erreicht haben, werden wir sehen, was zu tun ist.

Nein, diesen Gauner Parvati werden wir nicht triumphieren lassen, und später werden wir ihm den Krieg erklären. Doch eine Sache beunruhigt mich dabei.«

»Welche?«

»Dieser Dhundia ist mir im höchsten Grade verdächtig. Hast du ihn dir ausgewählt?«

»Nein, der Guicowar teilte ihn mir zu.«

»Und der Guicowar wird es auf Parvatis Rat getan haben. Der wird mit ihm unter einer Decke stecken«, murmelte Toby, der nachdenklich geworden war. »Wir werden ihn aufmerksam überwachen und nie allein lassen. Kehren wir zum Bengalow zurück, um ihn nicht mißtrauisch zu machen, und bereiten wir uns auf die Reise vor. Ist dein Elefant etwas wert?«

»Es ist einer der besten, die der Guicowar besitzt.«

»Auf die Jagd dressiert?«

»Ja, Toby.«

»Gehen wir also.«

Er steckte seinen rechten Arm unter den linken Indris, und sie gingen zum Zimmer zurück, indem sie ruhig von Jagd und Elefanten sprachen.

Als sie dort ankamen, war Dhundia nicht mehr da, sondern sie fanden ihn unter dem Schatten einer gewaltigen Tamarinde, die vor dem Bengalow stand, bequem in einer Hängematte liegen.

»Ich fürchte, daß er uns nachspioniert hat«, murmelte Toby in Indris Ohren.

»Schon möglich; trotzdem glaube ich nicht, daß er es gewagt hat, uns zu belauschen.«

»Wenn er es getan hat, um so schlimmer für ihn. So wird er wenigstens gehört haben, was wir von ihm halten, und wird Furcht bekommen, wenn er sich bewacht weiß.«

Sie ließen ihn weiter schlafen und traten in den Stall, wo zwei prächtige Pferde standen, die Indri dem Jäger im vergangenen Jahre geschenkt hatte, sowie zwei Zebus, mit starkem Höcker versehene kleine Ochsen, die man vor Wagen spannt, da sie dieselbe Gangart wie die Esel haben.

Bangawady hatte den Ehrenplatz in der weiten Stallung eingenommen und ruhte auf einem weichen, grünen Blätterlager.

»Es ist wirklich ein schönes Tier«, sagte Toby, der sich darauf verstand. »Kräftig und massig. Wenn den der Menschenfresser von Pannah angreifen will, so wird er es mit einem furchtbaren Gegner zu tun haben.«

»Werden wir ihn mit Bangawady jagen?« fragte Indri.

»Nein, der Elefant wird uns nur beim Fährtensuchen dienlich sein. Jene Tiger sind zu verschlagen, um sich am hellen Tage zu zeigen, und wir werden gezwungen sein, ihn im Hinterhalte zu erwarten.«

»Wird uns die Jagd gelingen?«

»Der Tod des Tigers ist nötig, um die Aufmerksamkeit des Radscha auf uns zu ziehen. Dieser Fürst ist ein prächtiger Mann, und man sagt, daß er die Mutigen liebt und sie zu sehen wünscht. Ich habe meinen Plan schon gemacht; wir werden sehen, ob er einer Abänderung bedarf. Weißt du, wo man den Lichtberg aufbewahrt?«

»Man sagte mir, daß er Wischnu als Auge dient, in einer der größten Pagoden Pannahs; Genaues weiß ich nicht.«

»Das wird schwierig sein«, sagte Toby nachdenklich. »Doch jetzt können wir nicht urteilen; wenn wir in Pannah sind, werden wir es erfahren. Laß mich inzwischen zwei meiner Diener in die Minen senden, die meine Ankunft dort ankündigen! Das wird eine gewisse Wirkung hervorbringen, denn ich bin in der ganzen Hochebene nicht unbekannt.«

»Werden sie dich nicht verraten?«

»Sie kennen ja den wahren Zweck unserer Reise nicht; was hast du also zu befürchten? Außerdem sind sie mir treu.«

Er ließ die beiden Pferde satteln, suchte aus seinen fünf Dienern die beiden ergebensten aus, unterrichtete sie über sein Vorhaben und befahl ihnen, in Pannah auf ihn zu warten.

Am Abend führte der Jäger Indri wieder in den Garten, wo er neben der gewaltigen Tamarinde das Abendessen hatte auftragen lassen. Dhundia hatte jetzt erst die Hängematte verlassen, wo er geschlafen oder wenigstens sich schlafend gestellt hatte.

»Der Müßiggang bringt mich um«, sagte er zu Indri. »Diese Ruhe macht mich nervös. Ich wäre lieber auf Bangawadys Rücken als in dieser ruhigen Behausung.«

»Morgen brechen wir auf«, sagte Toby zu ihm, indem er ihn aufmerksam anschaute.

»So schnell?« fragte Dhundia, etwas überrascht.

»So brauchst du wenigstens nicht über Müßiggang zu klagen«, versetzte Indri.

»Dann werden wir morgen abend in Pannah sein.«

»Ich hoffe es«, antwortete Toby. »Paßt Euch das nicht?«

»Doch, Herr. Im Gegenteil, ich kann es kaum erwarten zu sehen, wie Ihr Euch mit dem Menschenfresser messen werdet.«

Als Dhundia sich in seinem Zimmer, das am äußeren Flügel des Bengalow lag, allein befand, rieb er sich leise die Hände wie einer, der mit sich zufrieden ist.

»Sie mißtrauen mir«, sagte er, indem er boshaft lächelte. »Dhundia ist nicht so dumm, um das nicht zu merken. Ah! Sie wollten nicht, daß ich ihrem Zwiegespräch beiwohnen sollte? Gut, ich sage euch nur, daß ich über euch triumphiere. Sehen wir vor allen Dingen nach, ob die Leute des Dakoiten auch hier wachen.«

Er öffnete geräuschlos das Fenster, zog die Strohmatte in die Höhe, die als Jalousie diente, und spähte nach der dunklen Ebene, die sich vor dem Bengalow ausdehnte. Er lauschte einige Minuten, dann nahm er die Lampe, trat ans Fenster und hob und senkte sie dreimal. Nach einer halben Minute sah er zwischen den Ästen eines etwa dreihundert Meter entfernten Baumes einen hellen Punkt aufleuchten, der sofort erlosch, um dann noch zweimal aufzublitzen.

»Ich hatte mich nicht getäuscht«, murmelte er. »Der Dakoit hat einen seiner Gauner hiergelassen. Es ist gut, daß ich das weiß. So kann ich, bei Gelegenheit, dem Parvati gute Nachrichten zukommen lassen. Wohlan, das Geschäft geht gut: Tausende von Rupien und Ehren! Wer hätte geglaubt, daß der arme Brahmane Ramghar soviel Glück haben würde?«

Er schloß vorsichtig das Fenster, löschte das Licht, warf sich, ohne sich zu entkleiden, aufs Bett und schlief ruhig ein.

## 7. Kapitel
## Der Schlangenbändiger

Die Sonne war noch nicht aufgegangen, als Bangawady schon das Zeichen zum Aufbruch mit einem so gewaltigen Trompetenstoße gab, daß der ganze Bengalow dröhnte. Nachdem der Kornak Lebensmittel, Karabiner und Munition geladen hatte, die ihm von den Dienern gereicht wurden, nahm er seinen Platz rittlings auf dem gewaltigen Halse des Dickhäuters wieder ein. Indri und Dhundia, die ihre reichen Kostüme mit einfachen, weißen Leinwandanzügen vertauscht hatten, ähnlich, wie sie der Jäger trug, kamen, nachdem sie eine Tasse ausgezeichneten Tee geleert hatten, reisefertig aus dem Gebäude hervor. Alle drei stiegen in die Hauda, und der Elefant setzte sich in Marsch, indem er auf einem schmalen Wege nach Osten vorwärts schritt.

Der Tag versprach prächtig und nicht allzu warm zu werden, da von den Ghati ein gelindes, frisches Lüftchen herüberwehte.

Die gefiederte Welt erwachte und begrüßte lustig zwitschernd die ersten Sonnenstrahlen. Papageien schwatzten zwischen den Blättern der Nagassi, und schillernde Pfauen flogen auf und versteckten sich im dichten Gebüsch. Die kleinen, anmutigen Nachtigallen richteten ihren beweglichen Schopf auf und kämpften miteinander. Um die zahlreichen Weiher herum stolzierten Marabus.

Die Hochebene stieg wieder an, denn Pannah ist sehr hoch gelegen. In langen Bogen zog sie sich hin, besät mit Teakbäumen, Tamarinden, Borassen und kleinen Häusergruppen mit Baumwoll- und Indigofeldern. In der Ferne hob sich immer noch die gewaltige Gebirgskette der Ghati ab, zerklüftet von riesigen Tälern, die Flüssen als Bett dienten.

Bangawady, vom Kornak angefeuert, hatte ein schnelles Tempo angeschlagen und hielt sich fern von den Baumgruppen, damit die Äste den Reisenden nicht hinderlich sein konnten.

Dhundia kaute, wie immer, seinen Betel, ohne ein Wort zu reden, während Toby seine Pfeife angezündet hatte und kräftige Rauchwolken in die Luft blies.

Von Zeit zu Zeit wechselte er einige Worte mit Indri, der nachdenklich geworden war.

So hatten sie, immer steigend, fast drei Meilen zurückgelegt, als Toby Indri auf einen Mann aufmerksam machte, der parallel mit dem Elefanten lief und der sich die denkbarste Mühe gab, nicht zurückzubleiben, und sich möglichst versteckt hielt.

»Es sieht doch gerade so aus, als ob jener Inder uns folgte«, sagte er.

»Es wird ein Hirt sein, der sich aus Furcht vor den Tigern in unserer Nähe hält«, beeilte sich Dhundia zu sagen, der es gehört hatte.

»Dann könnte er näher kommen«, bemerkte Toby. »He, Kornak, versuche den Menschen einzuholen!«

»Wir werden Zeit verlieren, die für uns sehr kostbar ist«, sagte Dhundia.

»Die paar Minuten werden die Reise nicht verzögern«, bemerkte Indri.

Der Elefant, der seinem Führer aufs Wort gehorchte, bog von seinem Pfad ab und wandte sich nach einem Gummibaumwäldchen, das der Unbekannte eben durchqueren wollte. In weniger als einer Minute hatte er es erreicht und vertrat dem Inder den Weg.

»Sieh da! Ein Nanek Punthy!« rief Toby. »Was hat jener Fakir in diesen Wäldern zu tun?«

Die Nanek Punthy bilden eine besondere Sekte, die von Almosen lebt, die sie oft gewalttätig zu erlangen wissen. Sie unterscheiden sich von den übrigen Fakiren durch eine besondere Lebensart, deren Ursprung unbekannt ist. Sie tragen nur einen Schuh und im Gesicht nur eine Schnurrbarthälfte.

Der Fakir, der den Reisenden gefolgt war, war ein Mann von harten Gesichtszügen, düsteren Augen und dunkler, fast schwarzer Haut, wie sie in Nordindien selten ist. Wie alle seine Glaubensgenossen trug er auf dem Kopfe einen Turban, von dessen linker Seite zwei silberne Glocken herabhingen, die mit Eisendraht übersponnen waren.

»Wohin gehst du?« fragte ihn Indri, indem er ihm Halt gebot.

»Nach Pannah, Sahib«, antwortete der Fakir, indem er einen raschen Blick mit Dhundia wechselte. »Ich muß dem Feste des Tirunal beiwohnen.«

»Wann findet es statt?« fragte Toby.

»Es beginnt in zwei Tagen.«

»Das wird unsere Jagd vereiteln«, sagte Toby unzufrieden.

»Und willst du mir sagen, warum du dich nicht zu nähern wagtest?« fragte Indri.

»Ich fürchtete, euch lästig zu sein«, antwortete der Fakir.

»Doch aber folgtest du dem Elefanten.«

»Das ist wahr; diese Wälder hier bergen wilde Tiere, und ich wollte mich in eurer Nähe halten, um nötigenfalls eure Hilfe in Anspruch zu nehmen.«

»Wenn du willst, kannst du neben dem Elefanten herlaufen.«

»Danke, Sahib, aber dein Tier läuft zu schnell, da kann ich auf die Dauer nicht Schritt halten. Außerdem ist jetzt der Wald, in dem die wilden Tiere hausen, hinter uns, und ich brauche keine Furcht mehr zu haben.«

Hierauf wechselte er mit Dhundia nochmals einen raschen Blick und warf sich dann in das nächste Gebüsch, indem er sich unter einem großen Pipal hinlegte.

»Lassen wir ihn ruhen«, sagte Toby, der nichts gemerkt hatte. »Er wird erschöpft sein.«

Bangawady nahm, vom Kornak gelenkt, den Pfad wieder auf und setzte seinen Eilmarsch fort.

In der Ferne, auf den höchsten Stufen der Hochebene, hob sich ein Häusermeer ab, das unter den Sonnenstrahlen glitzerte, als wenn seine Kuppeln und Dächer mit Gold übersponnen wären. Es war Pannah, die Hauptstadt des gleichnamigen Radscha. Aber sie war noch so weit, daß man sie jedenfalls vor Sonnenuntergang nicht mehr erreichen konnte.

Es gab noch viele Wälder, tiefe Engpässe und reißende Gebirgsbäche zwischen riesigen Felswänden zu durchqueren, die die Kraft und Geduld Bangawadys sowie die Geschicklichkeit seines Führers auf harte Probe setzten. Mittags mußten die Reisenden dem armen Tiere eine Stunde Rast gönnen, denn es triefte vor Schweiß, obwohl die Luft noch frisch war. Der Ort, den sie gewählt hatten, wurde von einer gewaltigen Tamarinde beschattet, die isoliert zwischen dichtem Gebüsch stand.

Toby und seine beiden Gefährten hatten sich kaum unter den Schatten dieses prächtigen Baumes gelegt, indem sie darauf warteten, bis der Kornak das Frühstück zurechtgemacht habe, als der erste, dem nichts entging, beim Anblick eines Menschen, der im Gebüsch umherschlich, einen Ausruf der Überraschung nicht zurückhalten konnte.

»Was hast du, Toby?« fragte Indri, im Glauben, daß er von einer Schlange gebissen worden wäre.

»Schon wieder der Nanek Punthy!«

»Das ist nicht möglich!«

»Ich habe mich nicht getäuscht, Indri. Ich sah ihn nur einen Augenblick, aber das genügte mir, ihn wiederzuerkennen.«

»Es wird ein anderer sein«, sagte Dhundia. »Wenn man in Pannah das Fest des Tirunal feiert, werden sich viele Fakire dahin begeben.«

»Hm! Ich zweifle nicht daran, daß es derselbe ist, dem wir begegnet sind, und ich möchte mich wirklich davon überzeugen.«

»Er ist schon weit«, sagte Dhundia, etwas unruhig.

»Nicht so weit, wie Ihr glaubt, und ich werde ihm folgen, während Bangawady ausruht.«

»Und auf das Frühstück willst du verzichten?« fragte Indri.

»Bah! Für einen Jäger genügt ein Zwieback, und den werde ich verzehren, ohne deswegen langsamer zu laufen.«

»Soll ich Euch begleiten?« fragte Dhundia, indem er sich rasch erhob.

»Weder Ihr noch Indri; ich gehe allein.«

Er nickte Indri bedeutungsvoll zu, nahm seinen Karabiner, warf sich mitten ins Gebüsch und verschwand.

»Hier steckt etwas dahinter«, murmelte er, ohne den Schritt zu hemmen. »Man läuft nicht ohne triftigen Grund fünf Stunden hinter einem Elefanten her.«

Er hatte seinen Mann nach einem Bananenwäldchen entschlüpfen sehen und war sicher, ihn im Gebüsch verborgen wiederzufinden. Den Karabiner spannend, drang er entschlossen vor, indem er an den gewaltigen Bananenblättern entlangschlich, die bis auf die Erde hinabhingen.

Wenn er rasch lief, so verlor auch der Inder keine Zeit, denn dann und wann sah er in immer größerer Entfernung elegante Pfauen oder weiße Turteltauben auffliegen. Plötzlich verstummte jedes Geräusch.

Hatte der Inder ein Versteck gefunden oder die Flucht aufgegeben?

»Oh, oh!« rief Toby, der äußerst vorsichtig geworden war. »Was bedeutet dieses Einhalten? Ich bereue fast, mich in dieses Gebüsch gestürzt zu haben, ohne wenigstens den Kornak mitgenommen zu haben.«

Er tat noch einige Schritte, indem er die Blätter mit dem Karabinerlaufe beiseite schob, dann blieb er stehen und lauschte.

Mitten aus dem Gebüsch drangen scharfe Töne, die zuweilen in sanfte und zarte übergingen, wie von einer jener Flöten, die die Schlangenbändiger benützen.

»Was ist das?« rief Toby verwundert. »Ob dieser Inder kein Fakir, sondern ein Sâpwallah – Schlangenbändiger – ist? Oder ob ich vor mir einen gewandten Gauner habe, der fähig ist, sich mitten im Walde zu verkleiden? Diese Inder bringen alles fertig.«

Unterdessen wurde die Musik immer sanfter und einschmeichelnder, so daß auch den Jäger eine seltsame Schwäche, eine Art Schlaftrunkenheit, überkam.

»Ob er mir alle Schlangen, die sich hier versteckt halten, auf den Hals jagt?« fragte er sich.

Er griff in den Gürtel und zog ein langes Messer mit leicht gekrümmter Klinge heraus, eine Waffe, die gegen einen Schlangenangriff dem Karabiner bei weitem vorzuziehen ist. Mit dieser Waffe in der Faust rückte er kühn vor, entschlossen, den Bändiger aufzuspüren, da ihm alles das höchst verdächtig vorkam. Er ging jedoch langsam, denn aus allen Richtungen hörte er Schlangen zischen, und die dünnen Blätter raschelten und bewegten sich.

»Die Schlangen kommen aus ihren Verstecken hervor«, sagte er schaudernd. »Das ist eine eklige Gesellschaft!«

Tatsächlich verließen die Reptile, von der ununterbrochenen Musik angezogen, ihre Schlupfwinkel, und wie von einer unwiderstehlichen Gewalt getrieben, näherten sie sich dem Spieler.

Toby schritt äußerst langsam vorwärts, kalten Schweiß auf der Stirn. Er hatte schon eine Cobra manilla vorbeischleichen sehen, eine kleine, kaum einen Fuß lange, blaue Schlange, deren Biß tödlich ist; dann eine Gulabi mit rötlich gespenkelter Haut.

Er überlegte, ob er weiter vordringen oder umkehren sollte, um nicht von einer jener gefährlichen Schlangen gebissen zu werden, als er sich plötzlich am Waldsaume befand.

Ein Schrei der Überraschung und des Schreckens entfuhr ihm.

Mitten in jener Waldlichtung saß auf einer großen, aus der Erde hervorragenden Wurzel ein vollständig nackter Inder, umgeben von einem Dutzend Reptilien, darunter Gulabis, Kobras und Boas. Er spielte ruhig weiter, als wenn er die Gegenwart des Jägers gar nicht bemerkt hätte, und die Schlangen, die zusammengerollt mit erhobenem Kopfe vor ihm lagen, hörten ihm zu und rührten sich nicht, als wenn die Musik sie hypnotisiert hätte.

Die Ähnlichkeit dieses Menschen mit dem Fakir, den er vier Stunden vorher, fünf Meilen entfernt, gesehen, hatte ihm jenen Schrei der Überraschung entlockt.

Dieselbe dunkle Haut, dieselben Gesichtszüge; aber er hatte weder Turban noch Schnurrbart, noch Schuh, auch keine Halskette.

»Ob es derselbe oder ein anderer ist?« fragte sich Toby, der keine Überzeugung gewinnen konnte. »Wenn ich nur seine Stimme hören könnte.«

Er trat einige Schritte vor, indem er sich vorsichtig umschaute, aus Furcht, von einer später kommenden Schlange eingeholt zu werden, und rief kräftig:

»Höre mit deiner verdammten Musik auf!«

Der Inder hob den Kopf, setzte einen Augenblick die Flöte ab und sagte mit Erstaunen, das echt schien:

»Oh! Ein weißer Mann! Flieht, Sahib, sonst werden Euch die Schlangen beißen.«

»Laß die Blaserei und antworte mir!«

»Ich kann nicht, Sahib; wenn ich einige Minuten innehalte, werden die Schlangen wütend und stürzen sich auf mich.«

Und er setzte die Flöte wieder an und spielte weiter, diesmal aber in anderer Tonart.

»Auch seine Stimme, obwohl sie jetzt näselnd klingt, erinnert mich an den Fakir«, sagte Toby. »Ob er's ist?«

Er wollte eben vordringen, als er etwas Sonderbares sah. Die Schlangen, die bisher unbeweglich dagelegen hatten, lösten, vielleicht gereizt von der Musik, die immer lebhafter und schneller wurde, ihre Ringe und zischten und schlängelten sich. Sie schienen furchtbar zornig zu sein, und anstatt sich dem Bläser immer mehr zu nähern, entfernten sie sich eiligst.

»Hör auf, oder ich töte dich!« rief Toby.

»Ich kann nicht, Sahib«, antwortete der Inder erschrocken. »Ich kann die Schlangen nicht mehr halten. Flieht! Sie sind wütend!«

## 8. Kapitel
## Die Hochebene von Pannah

Anstatt sich zu beruhigen, zischten die Schlangen tatsächlich immer lauter und schlängelten sich wütend davon. Sie richteten sich plötzlich auf, bewegten ihre gabelförmigen Zungen und zeigten ihre giftstrotzenden Zähne, dann sprangen sie vorwärts, als wenn sie irgendeine Beute zum Beißen suchten. Als sie Toby sahen, der, anstatt zu fliehen, unbeweglich, wie von Furcht gelähmt, dastand, richteten sie sich sofort gegen ihn, während der Inder seine teuflische Musik immer mehr beschleunigte, indem er sich hinter der Wurzel versteckt hielt.

Da gab es keinen Augenblick zu versäumen.

Obwohl der Jäger, der in jener Musik einen Streich des Inders vermutete, um ihn zum Rückzug zu zwingen, einen unwiderstehlichen Drang hatte, ihn mit einem Karabinerschuß den Garaus zu machen, mußte er doch zurückspringen, da das gefährliche Gewürm auf ihn zukam.

Fünfzehn Minuten genügten für ihn, um eilends das Bananendickicht zu durchqueren und den Elefanten zu erreichen.

Als ihn Indri keuchend und schweißtriefend ankommen sah, lief er ihm entgegen, da er ihn von einem Raubtier oder einer Dakoitenbande verfolgt glaubte.

»Schnell auf den Elefanten!« rief Toby. »Eine Unmasse Schlangen sind mir auf den Fersen.«

»Schlangen!« sagte Indri.

»Die dieser schurkische Inder hinter mir hergehetzt hat.«

»Welcher Inder?«

»Später ... Brechen wir auf, vielleicht werden sie bald hier sein.«

Bangawady war schon marschfertig. Der Kornak brachte das Frühstück in die Hauda, dann stiegen alle schnell ein, denn am Waldesrande hörte man schon das erste Schlangenzischen.

Während der Elefant vorwärts stürmte, erzählte Toby kurz sein seltsames Abenteuer, worüber Indri und Dhundia herzlich lachen mußten.

»Hast du dir ihn genau angesehen?« fragte Indri, als Toby mit seinem Bericht zu Ende war.

»Den Inder? Natürlich, mein Freund, er sieht dem Fakir verdächtig ähnlich.«

»Ich bezweifle jedoch, daß er es war«, sagte Dhundia. »Als wir ihn trafen, hatte er keine Flöte.«

»Und doch bin ich überzeugt, daß Bändiger und Fakir ein und derselbe Mann sind«, gab Toby zurück. »Wenn es ein armer Sâpwallah gewesen wäre, hätte er nicht alle jene Reptilien auf mich gehetzt. Im Gegenteil, er hätte sie schleunigst gefangen.«

»Du hattest es mit einem geschickten Gauner zu tun, Toby. Ich weiß, daß die Bändiger mit ihren Flöten Schlangen einschläfern und auch äußerst wütend machen können. Er wollte nicht, daß du ihn in der Nähe anschauen solltest, und hetzte die gefährlichen Tiere auf dich.«

»Davon bin auch ich überzeugt, Indri«, antwortete Toby. »Wenn ich ihm aber nochmals begegne, schieße ich ihm eine Kugel durch den Schädel.«

Ein ironisches Lächeln huschte über Dhundias Lippen, ohne daß es jemand merkte. Sicher wußte er mehr über diesen Inder als Toby und Indri.

Sie verzehrten ihr Frühstück und tranken eine gute Flasche Bier dazu. Dann zündete der Jäger seine Pfeife an und legte sich auf die Kissen, während Dhundia seinen Mund mit Betel vollstopfte.

Je mehr Bangawady die Hochebene hinanstieg, desto mehr veränderte sich die Landschaft. Statt dichter Baumgruppen dehnten sich jetzt bebaute Felder und niedrige Waldungen aus. Dann und wann erschienen vereinzelte Häuser, auch einige prächtige Bengalow, die jedenfalls reichen Indern von Pannah gehörten.

Kuhherden weideten friedlich auf den Triften längs der Schluchten, unter der Obhut brauner Hirten. Auch einige gezähmte Elefanten sah man frei umherlaufen. Eine halbe Stunde später erblickte man jenseits eines Tales die Hauptstadt der Hochebene, schon halb in Dunkelheit gehüllt, in hellem Lichterglanze.

Es waren höchstens noch drei Meilen zurückzulegen, eine Entfernung, die Bangawady in weniger als einer halben Stunde durchmessen konnte, obwohl das Gelände sehr zerklüftet und an vielen Stellen aufgerissen war, da die Bergleute des Radscha überall nach Diamanten suchten.

»Werden die Tore noch offen sein?« fragte Indri Toby.

»Man wird sie uns öffnen«, antwortete der Engländer. »Einen weißen Mann, der sich erbietet, die Minen von dem schrecklichen Menschenfresser zu befreien, läßt man nicht auf freiem Felde übernachten. Ich bin sogar überzeugt, daß sie uns erwarten.«

»Sie kommen uns entgegen«, sagte Dhundia. »Ich

sehe Wachsfackeln jenseits der Schlucht, die sich immer mehr nähern. Hört ihr's? Man gibt Zeichen.«

Durch das tiefe Schweigen, das im Tale herrschte, erscholl eine Omerti, ein Instrument, das aus einer halben Kokosnuß besteht, die mit feiner Haut überzogen ist und zarte, paukenähnliche Töne von sich gibt.

»Es ist eine Bedeckung, die uns der Radscha sendet«, sagte Indri. »Die Fackeln kommen uns entgegen.«

»Sie scheint auch zahlreich zu sein«, bemerkte Toby. »Das ist eine Höflichkeit, die ich nicht erwartete.«

»Und aus der wir Nutzen ziehen werden«, sagte Indri, indem er mit dem Exsergeanten einen Blick wechselte.

»Ja, wenn sich Gelegenheit bietet.«

Fünf Minuten danach stieß Bangawady auf eine Schar mit Lanzen und Flinten bewaffneter Männer, hinter der sechzehn Hamali folgten, Träger, die auf den Schultern drei kastenartige, vergoldete Sänften mit seidenen Vorhängen und silbernen Troddeln trugen.

Zu beiden Seiten liefen acht Mussalki, Leute, die Wachsfackeln und Kokosöl in den Händen hielten, das sie in die Flammen spritzten, damit sie heller leuchteten.

Der Anführer der Schar, der an dem Pfauenfederbusch erkenntlich war, der von seinem breiten Strohhut herunterhing, trat vor und sagte: »Ich bin der Gesandte des mächtigen Radscha von Pannah, damit beauftragt, dem Tigerjäger und seinen Gefährten Geleit und Schutz zu geben. Die Sänften stehen bereit.«

»Wir danken deinem Herrn für dieses freundliche

Entgegenkommen«, antwortete Toby, indem er die Strickleiter hinabstieg, die der Kornak hatte fallen lassen. »Wer unterrichtete ihn von meiner Ankunft?«

»Einer deiner Diener verbreitete heute morgen das Gerücht von deinem Eintreffen. So hatte man Wächter auf die Mauern gestellt, um uns von deinem Erscheinen in Kenntnis zu setzen. Sie sahen deinen Elefanten, und ich kam dir entgegen.«

Toby stieg in die erste Sänfte, während Indri und Dhundia in den anderen beiden Platz nahmen, und die Schar setzte sich in Bewegung, von Bangawady gefolgt.

Um zehn Uhr zog die Schar in Pannah ein.

»Hier sind wir am Orte unseres gefährlichen Unternehmens«, sagte Indri seufzend. »Werde ich hier meine Ehre lassen oder als Sieger zurückkehren?«

## 9. Kapitel
## Das Fest des Tirunal

Pannah ist eine der ältesten Städte Indiens und verdankt seinen Ruf dem Reichtum seiner Diamantenminen, die die berühmtesten und ältesten sind, die man kennt. Es liegt inmitten einer weiten, schwer zugänglichen Hochebene, zwischen wilden Bergen und riesigen Waldungen, sozusagen auf einem Diamantenbett, denn grübe man auf seinen Straßen nach, so würde man sicher auch dort Diamanten in großer Zahl finden. Obwohl es nicht sehr groß ist, denn es hat nur zwanzigtausend Einwohner einschließlich des zahlreichen Bergwerkspersonals, ist es doch sehr elegant und hat eher einen europäischen als indischen Charakter.

Als die Schar, voran die Mussalki mit ihren Fackeln, die Stadt betrat, waren die Straßen leer und finster. Nur einige schlecht gekleidete, mit Lanzen bewaffnete Soldatenwachen schritten von Zeit zu Zeit rasch und geräuschlos vorüber. Nachdem sie durch verschiedene Straßen geschritten war, blieb die Schar vor einem der letzten Bengalow des königlichen Palastes, vor dem eine Wache stand, stehen.

»Hier ist es«, sagte der Anführer, indem er an Tobys Sänfte trat. »Das ist das für euch vom Radscha bestimmte Haus.«

»Ist auch Platz für den Elefanten da?« fragte der Jäger.

»Ich werde ihn in einen der Ställe des Palastes führen, ihm wird nichts fehlen«, antwortete der Mann.

Toby stieg rasch aus, ließ einige Rupien in die Hände des Anführers gleiten und trat in den Bengalow, hinter ihm Indri und Dhundia.

Vier Diener erwarteten sie im Erdgeschoßsaal, der teils europäisch, teils indisch eingerichtet war. In der Mitte stand eine reichlich gedeckte Tafel.

»Sahib«, sagte einer jener Diener, der der Kitmudgar – der Oberhaushofmeister – zu sein schien. »Das Abendessen steht bereit.«

»Potztausend!« rief Toby. »Ist der Radscha aber liebenswürdig! Einen derartigen Empfang hatte ich nicht erwartet. Freunde, setzten wir uns und sprechen wir dem Mahle tüchtig zu.«

Das Abendessen war reichlich und gut. Toby und seine Gefährten, die sehr hungrig waren, gaben einen Beweis der Leistungsfähigkeit ihrer Magen, worüber die Diener nicht wenig staunten. Dann ließen sie sich Betel und Pfeifen bringen.

Der Kitmudgar, der immer hinter Tobys Stuhl stand, schien auf etwas zu warten.

»Hast du mir etwas zu sagen?« fragte der Jäger, der es bemerkt hatte.

»Ja, Sahib«, antwortete der Haushofmeister. »Mein Herr wünscht zu wissen, wann du den Menschenfresser töten wirst, der seit sechs Wochen die Bergleute an ihrer Arbeit hindert.«

»Morgen abend, nach dem Feste. Macht der Tiger immer noch seine Streifzüge?«

»Ja, Sahib. Gestern abend hat er wieder einen Minenarbeiter verschlungen!«

»Morgen, nach dem Feste, werden wir das Gelände besichtigen und abends einen Hinterhalt zurechtmachen.«

»Ich wünsche dir Glück, Sahib.«

Sie leerten noch eine Flasche Bier und ließen sich dann in ihre Zimmer führen, die einfach und doch elegant möbliert und mit einem europäischen Bett versehen waren. Toby und Indri schliefen bald ein.

Dhundia jedoch lief lautlos im Zimmer auf und ab und blieb öfter an der Tür stehen, um zu lauschen. Er schien jemanden zu erwarten. Zwanzig Minuten waren vergangen, als er leichte Schritte die Treppe heraufkommen hörte. Er öffnete und befand sich vor dem Kitmudgar.

»Ich wußte, daß du mich erwartetest, Sahib«, sagte dieser. »Hattest du mein Zeichen verstanden?«

»Ja«, antwortete Dhundia. »Wer sendet dich?«

»Sitama, der Fakir.«

»Ist er schon angekommen?«

»Ja, als Nanek Punthy verkleidet, zusammen mit Barwani, dem Riesen.«

»Haben sie mir Befehle von Parvati zu überbringen?«

»Nein, Sahib.«

»Warum kamst du dann zu mir?«

»Um dir zu sagen, daß wir den Boten getötet haben, der beauftragt war, den Radscha von Indris Absichten in Kenntnis zu setzen.«

»Daran habt ihr recht getan; wenn er seinen Auftrag ausgerichtet hätte, wäre der Lichtberg für uns verloren gewesen. Wie lange bist du in den Diensten des Radscha?«

»Seit drei Wochen«, antwortete der Kitmudgar.

»Hast du erfahren, wo sich der Lichtberg befindet?«

»Er ist in einem Eisenkasten verschlossen und befindet sich im Palaste des Radscha.«

Dhundia verzog unzufrieden das Gesicht. »Bist du sicher, daß kein anderer Bote von Parvati gesandt wurde?« fragte er dann.

»Auf allen Straßen, die zur Hochebene führen, haben wir Leute; keiner kann durchschlüpfen.«

»Das habe ich gemerkt, denn auch wir haben zweimal den Nanek Punthy getroffen.«

»Ich weiß«, antwortete der Haushofmeister lachend. »Er erzählte mir das Schlangenabenteuer.«

»Sie haben Verdacht geschöpft.«

»Morgen wird er seinen Ruf als Betbruder bestätigen, indem er sich am Baume anhängen läßt. So wird niemand Verdacht schöpfen, daß unter den Kleidern eines Fakirs Sitama steckt, das Haupt der Dakoiten und der Räuber von Bundelkand.«

»Und er wird sein Fleisch zerreißen lassen?«

»Er hat harte Haut, und der Lichtberg ist eine Marter von wenigen Stunden schon wert.«

»Hast du Befehle für mich, Sahib?«

»Augenblicklich nicht.«

»Gute Nacht.«

Der Haushofmeister entfernte sich geräuschlos, während Dhundia sich entkleidete.

Am nächsten Morgen wurden Toby und Indri von einem betäubenden Lärm geweckt, der alle Straßen der Stadt erschütterte.

Das Hauk, jene gewaltige, mit Pfauenfedern und Roßschweifen geschmückte Trommel, die man nur zu großen Festen rühren darf, dröhnte vor dem Palaste des Radscha, während in den angrenzenden Straßen die durchdringenden Töne anderer Instrumente erschollen.

Das Fest des Tirunal begann, das Volk lief aus allen Richtungen zusammen, um an dem Umzuge teilzunehmen und dem blutigen, ekelerregenden Schauspiele der Folterung beizuwohnen.

»Da wir heute doch nichts unternehmen können, schauen wir uns das Fest an«, sagte Toby. »Bei diesem unverschämten Lärm wird es der Tiger nicht wagen, sich den Minen zu nähern.«

Sie frühstückten in Eile, dann verließen sie den Bengalow, gefolgt von Dhundia und dem Kornak, der sie an der Treppe erwartete.

Um den Palast des Radscha hatte sich eine gewaltige Menschenmasse angesammelt, die aus allen Teilen der Stadt und auch den umliegenden Ortschaften der riesigen Hochebene herbeigeeilt war.

Nachdem sich Toby und seine Gefährten mit Mühe einen Weg durch die Menge gebahnt hatten, konnten sie einen von vier Elefantenköpfen gestützten Brunnen erreichen, von dessen Stufen das Schauspiel besser zu übersehen war. Sie standen einige Minuten dort, als Indri, der nach der äußersten Seite des Platzes schaute, einen außergewöhnlich großen Inder gewahrte, der sie fortwährend ansah, ohne einen Blick abzuwenden.

»Toby, kennst du den Menschen?« fragte er den Jäger leise, indem er so tat, als wenn er woanders hinsähe.

»Nein«, antwortete der Engländer, der die zudringlichen Blicke des Inders ebenfalls bemerkt hatte.

»Und du, Dhundia?«

»Ich auch nicht.«

»Er sieht aus, als wenn er uns überwache.«

»Ob es ein Spion des Radscha ist?« fragte Toby.

»Aus welchem Grunde sollte er uns von einem seiner Beamten verfolgen lassen?«

»Ob er etwas über den wahren Grund unserer Reise erfahren hat?«

»Das ist unmöglich«, murmelte Indri, ohne jedoch ein Schaudern unterdrücken zu können.

Er suchte abermals den Inder, der sie so hartnäckig mit seinen Blicken verfolgt hatte, aber der Mensch war unter der Menge verschwunden, die sich zum Brunnen drängte. Vielleicht glaubte er sich entdeckt.

In diesem Augenblick erschien die Prozession des Tirunal auf dem weiten Platze, um sich zur Hauptpagode der Stadt zu begeben, wo sie sich vor dem Gotte aufstellen mußte. Dem gewaltigen Zuge schritten vier kolossale Elefanten voran, mit rotseidener Satteldecke und Goldtroddeln, metallenen Stirnbändern und großen silbernen Ohrringen. Auf ihren breiten Rücken waren die Mickdember, kleine, viereckige, prächtig bemalte und vergoldete Türme befestigt, worin sich die Blutfürsten befanden. Dahinter kamen fünfzig prunkvoll gekleidete Reiter mit Lanzen und kurzen, breiten Schwertern; dann eine Schar Kantscheni und hüpfender Devadasi, mit Ringen und Armbändern beladen, langen, mit Blumen und Diamanten geschmückten Haaren und buntfarbigen Röcken.

Die ersten sind Berufstänzerinnen, die in Indien sehr beliebt sind und an allen religiösen Zeremonien und Festen teilnehmen. Die zweiten sind Mädchen, die als Wächterinnen den Tempeln geweiht sind, wo sie tanzen und singen lernen.

Sie sangen und hüpften und ließen ihre buntfarbigen Schleier und langen Seidenbänder flattern, während um sie herum Musikbanden Trompeten, Querpfeifen und Dudelsäcke bliesen oder Tamtams und Trommeln schlugen.

Dann kamen eine Unzahl Fakire. Alle Arten waren vertreten, eine ekelerregender als die andere.

Da waren die Abd-hut, Fakire, die dem Volke den größten Schrecken und die höchste Bewunderung einflößen, mit grausam zerfetztem Gesicht und Körper; schmutziges Blut floß aus den Wunden, die sie sich beigebracht hatten; die Ramanady mit ihren schlammbedeckten Haaren; die Porom-hungse, von denen man glaubt, daß sie ohne Essen und Trinken leben können, und die die Inder mit lächerlichen Zeremonien ehren; endlich die Saniassi, gefährliche Betbrüder, die gern Wanderer überfallen und Gärten plündern.

Sie waren fast alle nackt, mit langen, gedrehten Spitzbärten, zerzausten Haaren und tätowierten, bemalten Körpern. Berauscht von Opium und alkoholischen Getränken, schrien sie wie wilde Tiere, zerstachen sich das Fleisch mit Kupfernadeln, zerfleischten ihre Brust mit Messern und Schwertern, sprangen und wandten sich, bis ihnen Schaum vor den Mund trat.

»Hast du den Fakir gesehen, den wir unterwegs trafen?« fragte Toby. »Ich habe ihn vergeblich gesucht.«

»Auch ich habe ihn nicht entdecken können.«

»Dann war es kein echter Fakir.«

Ihr Zwiegespräch wurde von einem höllischen Lärm übertönt. Eine andere, noch zahlreichere Musikbande erschien auf dem Platze und spielte und trommelte mit wahrer Wut. Sie schritt vor einem gewaltigen Wagen einher, der von zwölf Rädern getragen wurde und mit Skulpturen, die die Schöpfungen Wischnus, des erhaltenden Gottes, darstellten, reich geschmückt war. Auf einer Art mit Blumen und Palmen geschmückter Steinkapelle stand auf einem kleinen Papagei das von einem Kinde dargestellte Götzenbild, mit einem Köcher auf dem Rücken, einem Bogen aus Zuckerrohr und einem rosengeschmückten Pfeil in der Hand.

Gegen hundert Betbrüder zogen mittels starker Seile den ungeheuren Wagen, der sich schwankend und knarrend vorwärts bewegte.

Ringsum hielten zahlreiche Aufseher die Fanatiker zurück, die sich unter die Wagenräder zu werfen versuchten, um sich zermalmen zu lassen. Trotzdem verschwand mancher unter der gewaltigen Masse, die auf dem staubigen Wege große Blutflecke und schrecklich verstümmelte Gliedmaßen zurückließ.

»Gehen wir fort«, sagte Toby. »Ich habe genug davon.«

»Wir können uns unmöglich Durchgang verschaffen«, antwortete Indri.

»Mich ekelt die Geschichte an. Das ist keine Prozession, sondern eine Schlachterei.«

»Da sind die Wagen der Aufgehängten«, sagte Dhundia. »Wenn sie vorüber sind, wird das Volk die Pagode stürmen, und Ihr werdet fort können, Herr Toby.«

Vier massige Wagen, in Form viereckiger Türme, mit vier ausgefüllten Rädern, die ebenfalls von Fanatikern gezogen wurden, erreichten, von einer rasenden, enthusiastischen Menge umgeben, den Platz. Auf jedem dieser Gefährte war ein Holzgerüst mit einem zwölf Meter langen Querbalken angebracht, den man mittels langer Seile beliebig heben und senken konnte.

An jeder Spitze dieser langen Stange zappelte unter einer Art Baldachin ein fast nackter, mit Schwert und Schild bewaffneter Inder, andere hielten in den Händen auch einen Sack mit Blumensträußen, die sie dem Volke zuwarfen. Diese Unglücklichen, freiwillige Opfer ihres Fanatismus, wurden von vier Haken gehalten, die in die fleischigsten Teile des Rückens eingehakt waren. Um den Leib trugen sie einen Strick, um zu verhindern, daß die Muskeln völlig zerrissen. Mit rauhen Schreien antworteten sie dem wahnwitzigen Beifallssturme der Menge.

»Der erste Wagen kam an dem Brunnen vorüber, als dem Jäger ein Schrei entfuhr.

»Schau, Indri! Siehst du ihn?«

»Wen?« fragte der Exfavorit des Guicowar verwundert.

»Den Fakir, den wir auf der Hochebene trafen!«

»Wo ist er?«

»Dort hängt er am ersten Querbalken!«

»Dann ist es wirklich ein Fakir«, sagte Indri.

»Erkennst du ihn wieder?«

»Ja, Toby. Er kam her, um sich aufknüpfen zu lassen.«

»Und doch – jetzt, wo ich ihn ohne jene Schnurrbarthälfte sehe, täusche ich mich nicht mehr. Es ist auch derselbe, der die Schlangen auf mich hetzte!« rief Toby.

»Täuschst du dich nicht?«

»Nein, Indri, es ist derselbe Mensch!«

»Wenn es ein Spion gewesen wäre, hätte er sich nicht auf so grausame Weise aufknüpfen lassen, Toby.«

»Ich weiß nicht, was ich dazu sagen soll.«

»Vielleicht ähnelt ihm der Schlangenbändiger.«

»Hm! Die ganze Geschichte ist mir unklar.«

»Bhandara«, sagte Indri, indem er sich nach dem Kornak umdrehte, der hinter ihm stand.

»Was wünschest du, Sahib?« fragte dieser.

»Folge diesem Fakir und überwache ihn sorgfältig. Hast du mich verstanden?«

»Ja, Sahib.«

»Du wirst mir sagen, wo er wohnt, und wirst dich über sein Wesen erkundigen.«

Der Kornak sprang von den Brunnenstufen herunter und verschwand unter der Menge.

»Was tun wir jetzt?« fragte Toby. »Folgen wir der Prozession?«

»Wenn es dir recht ist.«

»Gehen wir, Indri. Ich möchte den Fakir wiedersehen.«

# 10. Kapitel
# Die Jagd auf den Fakir

Der lange Zug setzte seinen Marsch mit wachsendem Lärme durch die Hauptstraßen der Stadt fort. Auch die Menge, gereizt durch die betäubende Musik und den religiösen Fanatismus, vereinigte ihr Geschrei mit dem der Fakire, der Bajaderen und Priester, indem sie ohne Unterlaß den vier Unglücklichen, die an der Spitze der Querbalken zappelten, Blumen zuwarfen und Beifall spendeten.

Toby und seine Gefährten gingen am Ende des Zuges, um sich von der Menge nicht erdrücken zu lassen, die sich in den weniger breiten Straßen zusammendrängte und ohne Rücksicht Frauen und Mädchen mit sich riß.

»Bleiben diese Unglücklichen lange so hängen?« fragte Toby.

»Bis der Wagen viermal um den Tempel herumgefahren ist.«

»Diese Marter! Morgen werden sie nicht mehr leben.«

»Im Gegenteil, Toby. Du kannst dir nicht vorstellen, wie widerstandsfähig wir Inder sind. In wenigen Tagen sind sie geheilt und können wieder von vorn beginnen.«

»Sie tun es aus Fanatismus?«

»Manchmal ja, aber nicht immer. Auch der Verdienst spricht mit. Oft sühnen sie die Sünden reicher Leute. Nehmen wir an, ein Mensch gelobt, sich beim nächsten Fest des Tirunal aufhängen zu lassen. Im letzten Augenblick fehlt ihm der Mut, aber aus Furcht vor dem Zorne seiner Gottheit wagt er nicht, das Gelübde zu brechen. Was tut er? Er zahlt einem Unglücklichen jede beliebige Summe, damit der es für ihn tut.«

»Es wundert mich, daß die englische Regierung diese blutigen Prozessionen erlaubt.«

»Wenn man sie verhindern wollte, so würde das einen religiösen Aufstand entfesseln, dessen Folgen verhängnisvoll werden könnten. Sie haben schon viel erreicht, indem sie die Wagen von indischen Wächtern überwachen lassen, um die Zahl derer zu mindern, die sich unter die Räder stürzen. Vor wenigen Jahren gab es auf jedem Feste nicht weniger als dreihundert Tote. Sogar Frauen warfen sich mit Kindern unter die Wagen.«

»Um schneller in Brahmas Paradies zu kommen, nicht wahr, Indri?« sagte Toby ironisch.

Der Exfavorit schüttelte, ohne zu antworten, den Kopf, während Dhundia, der es gehört hatte, den Jäger mit bösen Blicken anschaute.

Der Zug war unterdessen bei der Pagode angekommen und zog um sie herum. Die Aufgehängten, erschöpft vom Blutverlust und der unerträglichen Marter, regten sich nicht mehr und hingen wie tot an den Spitzen der langen Querstange. Nur der Fakir machte dann und wann mit äußerster Kraftanstrengung noch einige Bewegungen, indem er furchtbare Fratzen schnitt.

Toby und Indri und vor allem Dhundia verloren den Fakir nicht aus den Augen. Als sie die Wagen vor dem Tempel halten und die Querstangen sich senken sahen, um die Aufgehängten von der Marter zu befreien, versuchten sie, sich durch die Menge Bahn zu brechen. Das war jedoch eine vergebliche Mühe. Als sie nach einer halben Stunde die Wagen erreichten, waren der Gott und die Aufgehängten schon im Tempel.

»Treten auch wir ein«, sagte Toby. »Vielleicht finden wir ihn wieder.«

»Du kannst uns nicht folgen«, sagte Indri. »Vergißt du, daß du ein Europäer bist? Die Menge würde dir einen schlechten Empfang bereiten.«

»Dann kehren wir zum Bengalow zurück, um unsere Vorbereitungen zu treffen und einen Bissen zu essen.«

Sie öffneten sich einen Weg unter den Tausenden von Indern, die sich um den Tempel herum anhäuften, und als sie heraus waren, bemerkten sie, daß sie allein waren. Dhundia war verschwunden.

»Wo mag er hingegangen sein?« fragte sich Toby, etwas beunruhigt.

»Er wird uns verloren haben«, antwortete Indri.

Während sie zum königlichen Palaste zurückkehrten, zufrieden, jenes Getöse nicht mehr zu hören, beeilte sich Dhundia, in die Pagode einzudringen. Er hatte den Befehl gehört, daß Bhandara dem Fakir folgen sollte, und da er die unglaubliche Gewandtheit des Kornak und auch dessen innige Zuneigung zu Indri kannte, hatte er nur einen Gedanken: Sitama warnen. Indem er sich die Menschenmasse zunutze machte, war er zurückgeblieben, bis Indri und Toby sich entfernt hatten, dann war er, so schnell er konnte, zur Pagode gelaufen.

Unter gewaltigen Anstrengungen war es ihm gelungen, die Stufen der Pagode zu erreichen, wo die Fakire standen, die sich fortwährend lange Nadeln und scharfe Messer durchs Fleisch zogen. Bei jedem

Schritte blieb er jedoch stehen, indem er aufmerksam die Menge betrachtete, die ihn umgab. Er fürchtete, den Kornak zu entdecken.

Die vier Aufgehängten saßen blaß, erschöpft, das Gesicht mit kaltem Schweiß bedeckt, auf einer Stufe, während einige Priester versuchten, ihr von den Haken furchtbar zerrissenes Fleisch zusammenzunähen. Sitama befand sich unter ihnen und schien am wenigsten von allen zu leiden.

Als er Dhundia sah, hatte er sich langsam erhoben, indem er ihn fest anschaute. Er ahnte, daß etwas Ernstes geschehen sein mußte, da man ihn sogar in der Pagode aufsuchte. Er warf sich einen weiten, gelbseidenen Dubgah um, ein Geschenk der Priester, setzte einen Turban auf, brach sich durch die Menge Bahn, die über seine Energie erstaunt war, und verschwand hinter den gewaltigen Tempelsäulen.

Dhundia war ihm gefolgt, indem er vorsichtig an den Menschen vorbeischlüpfte, die ihn umgaben, und spähte umher, bereit, sich zu verstecken, falls er dem Kornak begegnen sollte.

Sitama, der sicher war, daß er verfolgt wurde, war hinter einer Säule stehengeblieben und dann nach einem der Tempelausgänge gegangen, indem er sich unter die Menge mischte. Er lief jedoch langsam, indem er immer nach Dhundia spähte und erst dann weiterging, wenn er sich vergewissert hatte, daß dieser ihn nicht aus den Augen verloren hatte.

So erreichte er nach und nach den Basar von Pannah, wo Hunderte von Tausendkünstlern Schwerter verschluckten, mit enormen Gewichten umherwarfen oder Schlangen reizten, die bei dem Tone gewisser Flöten aus ihren Körben hervorkamen. Vor einer

Menschengruppe, die einen Schlangenbändiger bewunderte, der mit einem halben Dutzend Cobra capelo und Gulabi scherzte, blieb er stehen, dann mischte er sich unter sie. Wer ihn gesehen hätte, hätte in ihm sicher nicht den Fakir Sitama vermutet, der vor einer halben Stunde, nach einer so grausamen Marter, von der Querstange abgenommen worden war.

Dhundia, der neugierig die Runde gemacht hatte, um sich zu versichern, daß Bhandara nicht da war, näherte sich Sitama, indem er ihm ins Ohr murmelte:

»Gib acht, sie haben dir den Kornak von Bangawady auf die Fersen gesetzt.«

Der Fakir war zusammengefahren. »Hat er mich schon entdeckt?« fragte er, ohne sich umzudrehen.

»Ich weiß nicht, aber Bhandara wird dich sicher finden und dich, solange wir hierbleiben, nicht aus den Augen lassen.«

»Kannst du mir folgen?«

»Auf ein paar Minuten, ja.«

»Ist der Jäger zum Bengalow zurückgekehrt?«

»Auch Indri«, antwortete Dhundia.

»Komm, und ich werde Bhandara ein Schnippchen schlagen«, sagte Sitama.

Er durchschritt den von Neugierigen gebildeten Kreis, durchquerte einen Teil des Basars und blieb vor einem Zelt stehen, das sich an eine Holzbude anlehnte, worin sich Gaukler und Tausendkünstler befanden.

Dhundia verstand das ihm gegebene Zeichen, daß er dort warten sollte, und mischte sich unter die Zuschauer, die sich um die Bude drängten, wo halbnackte Kinder, rückwärts gebogen, Holzsplitter und

Metallknöpfe, an denen mittels feiner Fäden Bleistücke befestigt waren, mit den Augenlidern vom Boden aufhoben.

Kaum waren zehn Minuten vergangen, als ihm jemand auf die Schulter klopfte. Er wandte sich um und sah vor sich einen Inder mit langem schwarzem Bart und zerfurchtem Gesicht, der auf den Schultern einen fein geflochtenen Bambuskorb trug, in dem ein Schwert steckte.

Er war von einem etwa achtjährigen, fast nackten, spindeldürren Knaben mit zwei schwarzen, verständigen Augen und vier Männern, die Musikinstrumente trugen, begleitet.

»Was willst du?« fragte Dhundia.

»Kennst du mich nicht?« versetzte der Inder lachend.

»Sitama!« rief Dhundia verwundert.

»Wenn du mich nicht wiedererkannt hast, so werde ich auch den Jäger, Indri und vielleicht auch Bhandara täuschen.«

»Deine Verkleidung ist tadellos. Doch deine Wunden?«

»Ich habe mir ein Pflaster darauflegen lassen, das nur wir zu bereiten verstehen, und sie werden schnell vernarben.«

»Du bist aus Eisen, Sitama.«

»Oder aus Stahl«, antwortete der Fakir lächelnd.

## 11. Kapitel
## Der Menschenfresser

Vier Stunden danach, kurz vor Sonnenuntergang, verließen Toby und seine Gefährten den Bengalow, um das Terrain zu untersuchen, wo der Tiger hauste. Sie wollten einen geeigneten Platz suchen, um einen Hinterhalt herzurichten, und nach den Fallen sehen, die einige mutige Inder bereits gestellt hatten, sich aber später, aus Furcht, von dem furchtbaren Raubtiere zerrissen zu werden, nicht mehr hingetrauten.

Der Radscha hatte einen prächtigen Ruth, einen großen Wagen, zu ihrer Verfügung gestellt, ein wirkliches indisches Original, vollständig geschlossen, mit Portieren und feinem Bambusgitter, das von vier großen, weißen Ochsen gezogen wurde, die goldne Nasenringe, ebenfalls vergoldete Hörner und rotbemalte Hufe und Schwänze trugen. Diese Wagen sind für die Reichen und den großen Würdenträger bestimmt, obwohl sie unbequem und für Europäer kaum zu gebrauchen sind.

Vier Buschschläger, Schikari genannt, die schon an die Jagd auf jene gefährlichen Raubtiere gewöhnt waren und die Minenumgebung genau kannten, sollten ihnen bei dem gefährlichen Unternehmen behilflich sein.

»Wahrscheinlich wird die Bestie bei diesem Lärme ihr Versteck gar nicht verlassen haben«, sagte Toby, während der Wagen sich knirschend und schwankend von der Stadt entfernte. »Trotzdem darf man diesen alten Tigern nicht trauen. Wenn man's am wenigsten vermutet, springen sie hervor. Hast du eine Ziege mitbringen lassen?«

»Zwei Stück sind hinten an dem Ruth angebunden«, sagte Dhundia.

»Wir können es mit einer Grabenfalle versuchen.«

»Oder mit einem Brettergerüst«, sagte Indri. »Wenn der Ort waldig ist, wird es vorzuziehen sein.«

»Das werden wir später entscheiden«, antwortete Toby.

Je mehr sich der schwere Wagen von der Stadt entfernte, desto schwächer wurden das Geschrei und die Musik. Die Vororte waren verlassen, denn alle ihre Einwohner waren auf die Stadtplätze geeilt, um sich an den nächtlichen Schauspielen zu erfreuen. Eine fast lautlose Stille herrschte jenseits der Stadtmauern, die höchstens durch das Knarren der Wagenräder oder dann und wann durch das Brüllen der vier Ochsen unterbrochen wurde.

Das eigentliche Diamantengebiet begann hier, streckte sich aber bis zur Stadt aus und goß sich dann in die gewaltige Hochebene hinein. Das ganze Gebiet war voller Gruben und hier und da mit Steinhaufen und hohen, blühenden Jasminsträuchern bedeckt, die einen scharfen Geruch ausströmten. Große Hütten der Bergarbeiter standen zerstreut um die Ausgrabungen, während sich in der Mitte ein gewaltiges Schröpfwerk erhob, das aber nicht mehr in Betrieb war.

Die Diamantenzone durchquert antike Alluvialgebiete, die hauptsächlich aus horizontal gelegenen Gneis- und Karbonatschichten bestehen, die eine durchschnittliche Stärke von dreizehn und vierzehn Metern haben. Sie dehnt sich ungefähr dreißig Kilometer nordöstlich von Pannah aus, mit den Bergwerkszentren Myra, Etawa, Kamarya, Brispur und Baraghari, und bringt Diamanten von wunderbarem

Glanze hervor, mit Variationen vom reinsten Weiß zum Schwarz, mit allen Abstufungen, rot, gelb und bräunlichgrün.

»Ich möchte all die Reichtümer besitzen, die unter diesem Boden versteckt liegen«, sagte Toby, der die Bambusstäbe beiseite geschoben hatte, um das Diamantenfeld besser überschauen zu können. »Wenn man diese Schichten nach modernem System bearbeiten würde, würden sie einen fabelhaften Ertrag bringen, während diese Bergleute das primitivste Verfahren anwenden, das von Jahrhundert zu Jahrhundert unverändert geblieben ist.«

»Trotzdem zieht der Radscha große Summen heraus«, sagte Indri. »Den jährlichen Ertrag dieser Minen schätzt man auf zwei Millionen, aber wer weiß, wieviel Diamanten von den Arbeitern und Aufsehern gestohlen werden!«

»Und hier wurde der Lichtberg gefunden?« fragte Dhundia.

»Ja, in diesem Boden«, antwortete der Jäger. »Er hat eine seltsame Geschichte hinter sich, der Kohinoor, wie dieser berühmte Diamant genannt wurde. Der Bergmann, der ihn fand, war kein Dummkopf. Als er sah, daß der Diamant Millionen wert sein konnte, überlegte er, anstatt ihn sofort an die Aufseher abzugeben, wie er sich ihn aneignen konnte, überzeugt, das Glück eines Radscha in den Händen zu haben. Die Sache war jedoch nicht leicht, denn wie ihr wißt, werden die Bergleute, wenn sie die Schächte verlassen, aufs genaueste untersucht. Was tut der durchtriebene Bergmann? Mutig, mit kaltem Blute bringt er sich mit dem Beile, das er in der Hand hält, eine furchtbare Wunde im Oberschenkel bei, steckt den Diamanten hinein und bindet ein Taschentuch darum. Als ihn die Wächter so zugerichtet sehen, denken sie nicht einmal daran, ihn zu untersuchen, und lassen ihn nach Hause gehen, damit er sich pflegen soll. Nach zwei Wochen wurde der Diamant, der zweihundertneunundneunzig Karat wog und daher Millionen wert war, für hunderttausend Franken verkauft. Er sollte eben von Pannah fortgeschafft werden, als ein Agent des Radscha den Besitzer anhielt und ihn zwang, den Diamanten zu verkaufen. So kam er wieder in den Besitz des Fürsten, der ihn eifersüchtig bewacht, aus Furcht, er könnte ihm geraubt werden.«

»Doch wir werden ihn wieder holen«, sagte Indri halblaut. »Wie hoch wird er geschätzt?«

»Auf zwei Millionen Franken.«

»Diese Summe kann ich zahlen, ohne mich dadurch zugrunde zu richten«, sagte Indri.

»Selbst wenn du das Doppelte zahltest, würde ihn dir der Radscha nicht überlassen, denn dieser Diamant ist für ihn ein kostbarer Talisman.«

»Er wird zufrieden sein und die zwei Millionen nehmen, die ich ihm hinterlegen werde, wenn wir den Kohinoor in unserer Hand haben.«

Inzwischen fuhr der Ruth immer tiefer in die Diamantenfelder hinein, die nach dem Auftauchen des furchtbaren Menschenfressers gänzlich verlassen waren. Die Hochebene, die bis hierher wenig bewachsen war, überzog sich mit einer üppigen Vegetation. Gewaltige Tamarindengruppen wechselten mit fünfzehn Meter hohen Bambus und prächtigen Lorbeerbäumen ab. Das waren die Schlupfwinkel des Menschenfressers.

Der Wagen machte bei einem dichten Bambusgestrüpp halt.

»Sahib«, sagte einer der Schikari, indem er sich dem Wagengitter näherte. »Es wäre unvorsichtig, mit dem Ruth noch weiter vorzudringen. Die Bâg hält sich oft in diesen Dickichten auf.«

Toby nahm seinen Karabiner und stieg aus, hinter ihm Indri und Dhundia.

»Ein schöner Ort, um sich in den Hinterhalt zu legen«, sagte er, nachdem er die Gegend überblickt hatte. »Der Tiger konnte kein besseres Versteck finden. Hier schlagen wir unser Lager auf. Dann suchen wir einen geeigneten Ort, wo wir das Gerüst anbringen können.«

»Nehmen wir die halbe Stunde wahr, wo es noch hell ist, und bereiten den Hinterhalt vor«, sagte Indri. »Die Herstellung des Gerüstes wird nur wenige Minuten erfordern.«

Sie ließen zwei Schikari als Wagenwächter zurück, versahen sich mit Lebensmitteln und drangen, geführt von zwei anderen, die mit Beilen und Stricken versehen waren, ins Gebüsch. Für den Augenblick setzten sie sich keinerlei Gefahr aus, denn die Tiger verlassen fast nie ihre Verstecke vor Sonnenuntergang. Sie führen ihre Streifzüge nur nachts aus, denn sie bedürfen der Dunkelheit, um unerwartet auf ihre Beute zu stürzen.

Zweihundert Schritt vom Wagen entfernt begann der eigentliche Wald, der von dichtem Bambusgestrüpp, kleinen Teakbäumen, gewaltigen Bananen, rotem Sandelholz und Gummibäumen gebildet wurde.

»Der reine Urwald«, sagte Indri. »Nicht einmal in

Baroda habe ich derartige Wälder gesehen. Wo bauen wir das Gerüst?«

»Dort sehe ich einen Platz, der sich vorzüglich dazu eignen würde. Es ist ein Banian, dessen Schatten uns vor den Blicken der Bâg schützen wird.«

Die Schikari machten sich sofort an die Arbeit, um das Gerüst herzustellen, das aus einer einfachen Plattform aus Ästen besteht, die von vier starken, sechs Meter langen Bambus gestützt wird. Diese Höhe genügte, die Jäger außer Sprungweite jener gefährlichen Raubtiere zu halten. Da auch Toby und seine Gefährten mithalfen, war die Plattform in einer knappen Stunde errichtet. Sie war drei Meter breit, vier lang und fünf Meter hoch. Die Schikari untersuchten sie und überzeugten sich von ihrer Festigkeit. Neben dem Platze wurden Baumäste angehäuft, um die Jäger besser zu verbergen. Dann band man die Ziege, die sie mitgebracht hatten, an eine der Wurzeln des Banian, wo der Schatten am dichtesten war, damit sie der Tiger nicht sofort entdecken und wegschleppen konnte.

»Kehrt zum Lager zurück und rührt euch nicht bis morgen früh«, sagte Toby zu den Schikari. »Beunruhigt euch nicht, wenn ihr Schüsse hört!«

»Viel Glück, Sahib«, antworteten die beiden Inder, indem sie zu ihren Flinten und Beilen griffen. »Bei Sonnenaufgang werden wir hier sein.«

Kurz darauf verschwanden sie schleunigst im Dikkicht.

Toby ging erst um den Banian herum und kletterte dann zu Indri und Dhundia auf das Gerüst hinauf, indem er sich an einen Bambus anklammerte, in den tiefe Kerbschnitte gemacht worden waren, um die Füße zu stützen.

»Verzehren wir vor allen Dingen unser Abendbrot«, sagte der Jäger. »Wir werden die nötige Zeit zum Essen und auch zum Rauchen haben. So schnell wird der Tiger uns keinen Besuch abstatten.«

In einem Korbe hatten sie eine gebratene Ente, Reispasteten, ein paar Flaschen Bier und eine Flasche Gin. Sie rückten in den Mittelpunkt der Plattform, wo die Äste dichter verflochten waren, und begannen zu essen, und nur Dhundia schien sich nicht recht sicher zu fühlen und schaute öfter zum Banian und nach der Ziege.

Der Mond war inzwischen aufgegangen und goß seine bläulichen Strahlen über den Wald, so daß die Bambusrohre glitzerten. Nicht das leiseste Geräusch war hörbar, überall herrschte vollständige Ruhe.

Eine volle Stunde mochte so verflossen sein, als plötzlich die Ziege meckerte, die an einer Baumwurzel des Banian angebunden war.

»Die Bâg!« rief der Jäger. »Achtung!«

## 12. Kapitel
## Ein doppelter Überfall

Nachdem Toby den Karabiner gepackt hatte, erhob er sich, ohne daß die Äste knarrten, die das Gerüst bildeten, und warf einen forschenden Blick zum Banian. Eine Wolke, die unter dem Monde hinzog, verdunkelte den Schatten des riesigen Baumes noch mehr, und es konnte möglich sein, daß der Tiger die dichtere Finsternis benutzt hatte, um sich unbemerkt der armen Ziege zu nähern.

Kein Geräusch störte jedoch das Schweigen der kleinen Lichtung. Kein Ast knarrte, kein dürres Blatt rauschte zwischen den zahllosen Wurzeln des Banian. Hatte die Ziege den Tiger gewittert, oder hatte sie Furcht vor dem Alleinsein, woran sie vielleicht nicht gewöhnt war?

»Das muß ein falscher Alarm gewesen sein«, sagte Toby endlich. »Ich sehe nichts.«

Er zog die Uhr und schaute nach. »Elf Uhr«, sagte er. »Es ist noch zu früh.«

Einige Minuten lauschte er unbeweglich, dann legte er sich, vollständig beruhigt, wieder hin. Die Ziege hatte nicht wieder gemeckert, sondern sich sogar in das Gras gelegt, das um den Banian herum wuchs.

Abermals war wohl eine volle Stunde verstrichen, da dröhnte durch das tiefe Schweigen des Waldes gewaltig und tückisch das rauhe Gebrüll des Menschenfressers: »A-o-ung!«

Die Ziege, zu Tode erschrocken, hatte mit einem zitternden Meckern geantwortet.

Die beiden Inder und der Jäger schauten sich gegenseitig an. Sogar Toby hatte sich bei dem furchtbaren Gebrüll, das durch die Finsternis donnerte, eines Schauders nicht erwehren können.

»Er hat sich angemeldet«, sagte er. »Jetzt heißt es ruhig bleiben.«

Er gab seinen Gefährten ein Zeichen, zu den Waffen zu greifen, schob die Äste beiseite, die die Plattform umgaben, und spähte nach dem Banian.

»Siehst du ihn?« fragte Indri leise.

»Nein«, antwortete Toby.

»Aus welcher Richtung wird er kommen?«

»Wer kann das wissen? Vielleicht schleicht er jetzt lautlos in der Lichtung umher.«

Die Ziege meckerte abermals. Das arme Tier hatte sich erhoben und zog an dem Stricke, indem es ihn zu zerreißen versuchte, um durch den Wald zu fliehen.

Einige Minuten ängstlicher Erwartung vergingen für die Jäger. Die Bâg zeigte sich nicht, trotzdem war Toby sicher, daß sie sich anschlich, indem sie sich in dem hohen Gras verbarg, das die Lichtung bedeckte.

»Die Bestie muß sehr schlau sein«, sagte Toby, der unruhig wurde. »Ob sie sich nicht entschließt, sich zu zeigen?«

Kaum hatte er jene Worte gesagt, als er vor sich, in einem wilden Bananengebüsch, abermals das Brüllen des Raubtiers hörte. Fast in demselben Augenblick ertönte in der Ferne, in entgegengesetzter Richtung, ein anderes Brüllen.

Toby horchte überrascht auf.

»By god!« rief er. »Es sind zwei Menschenfresser!«

»Zwei!« rief Dhundia, während kalter Schweiß auf seine Stirn trat. »Jemand von uns wird seine Knochen hierlassen.«

»Erst werden wir uns von dem einen, dann von dem andern befreien«, sagte Toby entschlossen.

Die beiden Tiger riefen sich, waren aber noch weit. Wahrscheinlich wollten sie sich vereinen, um die Jäger zusammen zu überfallen.

Plötzlich verstummte ihr rauhes Gebrüll. Tiefes Schweigen herrschte in der Lichtung und den Büschen ringsum.

»Ob sie sich gefunden haben?« fragte Indri.

»Ich weiß nicht«, antwortete Toby. »Ruhe!«

Er hatte die Bananenblätter rascheln hören, als wenn die Bestie sich Bahn brechen wollte.

Die drei Jäger hatten sich in die Knie geworfen und richteten ihre Flinten nach dem Gebüsch.

»Er kommt«, sagte Indri.

»Ja, sowie er sich zeigt, gebe ich Feuer«, antwortete Toby.

Der Jäger hatte den Karabiner erhoben, bereit, ihn abzudrücken, sobald sich der Tiger zeigen würde. Plötzlich tönte direkt unter der Plattform ein rauhes Knurren.

»Sir Toby!« flüsterte Dhundia. »Wir haben einen Tiger unter uns!«

»Habt ihr ihn über die Lichtung kommen sehen?«

»Nein.«

»Dann muß es der sein, den wir noch fern glaubten.«

Er wollte sich über die Brüstung der Plattform beugen, um die Bestie zu erschießen, als er die Ziege verzweifelt meckern hörte und dann ein Geräusch wie von krachenden Knochen vernahm.

»Der Tiger hat die Ziege gerissen«, stammelte Dhundia.

»Ob er sich jetzt auf uns stürzt?« fragte Indri.

»Du und Dhundia nehmt den Tiger aufs Korn, der sich vor uns versteckt hält«, sagte Toby. »Ich suche diesen hier zu töten.«

Er hatte sich erhoben, um auf die andere Seite der Plattform zu gelangen, als das Gerüst in allen Fugen wankte.

»Der Tiger versucht heraufzukommen!« rief Toby. »Paßt auf den andern auf! Bewahrt Ruhe!«

Die Bambus zitterten, und die Plattform wurde so heftig geschüttelt, daß sie einzustürzen drohte. Vielleicht war sie von den Schikari zu schnell errichtet worden und hielt kaum das Gewicht der drei Männer. Wenn noch ein Tiger dazukommen würde, lag die Gefahr nahe, daß sie zusammenbrach.

Toby fühlte bei diesem Gedanken einen Schauder durch seinen Körper gehen. Doch sagte er nichts, um seine Gefährten nicht zu erschrecken, die durch den doppelten Angriff schon sehr erregt waren. Er kniete am Rande des Gerüstes nieder und versuchte, den Tiger zu erspähen, der die Ziege zerrissen hatte.

Die Bestie sprang wütend gegen die Bambus und versuchte, sie umzustürzen. Da sie die Plattform nicht im Sprunge erreichen konnte, wollte sie das leichte Gerüst samt den Menschen zu Falle bringen. Die Erschütterungen wiederholten sich von Zeit zu Zeit, und man hörte ein Krachen, als wenn die Bambus unter den gewaltigen Zähnen des Tieres zerbrachen.

»Toby!« sagte Indri. »Mir ist's, als wenn die Stützen der Plattform wichen.«

»Und wenn wir fallen, werden wir verschlungen«, sagte Dhundia schaudernd.

»Schweigt, achtet auf den andern«, antwortete Toby. »Ich sehe ihn!«

Er hatte sich weit über die Plattform hinausgebeugt, indem er sich mit einer Hand an der Brüstung anhielt.

Dicht vor ihm stand der Tiger, ein enormes Tier mit gewaltigen Muskeln und kräftigem Rücken, einer der größten und prächtigsten Königstiger, die Toby bisher gesehen hatte.

Er hatte eine der Bambusstützen gepackt und

wollte sie zerbeißen. Als er den Jäger sah, erhob er sich, knurrte und zog sich sprungbereit zusammen.

»Warte!« schrie Toby, indem er sich schnell zurückzog. »Dir werde ich eins auf den Pelz brennen!«

Er bog die Äste auseinander, die die Plattform bildeten, machte ein Loch und steckte den Karabinerlauf hindurch. Der Tiger kam ihm jedoch zuvor. Als er das Manöver des Jägers bemerkte, sprang er plötzlich mit einem Satze nach dem Gerüst und klammerte sich an dessen Rande an. Sein Kopf tauchte zwei Schritt vor Indri auf, der den warmen, übelriechenden Hauch im Gesicht verspürte.

Dhundia hatte sich zurückgeworfen, indem er schrie:

»Der Tiger! Flieht!«

Indri legte den Karabiner an, während Toby, überrascht von jenem unverhofften Erscheinen des Raubtiers, noch nicht die Zeit gehabt hatte, sein Gewehr aus dem Loche zurückzuziehen.

Ein Schuß krachte: der Inder hatte aus nächster Nähe Feuer gegeben. Der Tiger, wahrscheinlich nicht tödlich getroffen, stürzte knurrend zu Boden, dann sprang er in gewaltigem Sprunge abermals gegen die Pfähle und riß einen davon um.

Fast in demselben Augenblick kam auch der zweite Tiger aus dem Gebüsch hervor, der sich bisher vorsichtig versteckt gehalten hatte. Blitzschnell sprang er über die Lichtung, und indem er sich die Panik der Jäger zunutze machte, warf auch er sich gegen die Plattform.

Toby hatte ihn nicht einmal bemerkt. Er sah ihn erst, als er seinen Gefährten erreicht hatte und das leichte Gerüst auseinanderging.

»Haltet die Waffen fest!« konnte er kaum noch rufen.

Erst bog sich die Plattform auf die Seite, dann brach sie krachend zusammen und riß Menschen und Tiger mit sich.

Die beiden Inder hatten einen Schreckensschrei ausgestoßen.

»Toby! Wir sind verloren!«

Auch in diesem furchtbaren Moment hatte der Jäger seine Kaltblütigkeit bewahrt. Noch halb betäubt von dem Sturze, erhob er blitzschnell den Karabiner, zielte auf den nächsten der beiden Tiger und gab Feuer.

Die Bestie machte einen Luftsprung und stürzte zu Boden. Die andere sprang in riesigem Satze über die drei Jäger und verschwand im Dickicht.

»Donnerwetter!« rief der brave Jäger, indem er sich den Schweiß von der Stirn trocknete. »So nahe sah ich den Tod noch nie vor Augen!«

Indri hatte sich ebenfalls erhoben. »Ist er tot?« fragte er.

»Es war Zeit«, antwortete Toby erregt.

»Und der andere?«

»Ist geflohen.«

Der Inder ergriff die Rechte des Jägers und drückte sie kräftig.

»Dir schulden wir das Leben«, sagte er.

»Ein andrer hätte dasselbe getan wie ich.«

»Ich weiß nicht, Toby.«

»Welch schrecklicher Moment«, sagte Dhundia, indem er langsam aufstand. »Ich fühlte schon, wie mein Fleisch zerrissen wurde.«

»Wenn es auf Euern Mut angekommen wäre, wäret Ihr vielleicht nicht mehr am Leben«, sagte Toby ironisch. »Ihr seid etwas schüchtern, mein Lieber.«

»Ich gestehe, daß ich nach dem Sturze den Kopf verloren hatte«, antwortete der Inder.

»Auch vordem schon«, sagte Indri.

Dhundia biß sich auf die Lippen und antwortete nicht.

»Schauen wir nach, ob ich den ersten oder zweiten getötet habe«, sagte Toby. »Wo hattest du ihn verwundet?«

»An der Schulter«, antwortete Indri.

Sie näherten sich dem Tiger und untersuchten ihn beim Mondlicht.

»Es ist der, den du verwundet hattest«, sagte Toby. »Eine Schulter ist zerschmettert und der Schädel in Trümmern.«

»Dann ist der Entflohene noch unverwundet?«

»Ja, Indri.«

»Ob er wiederkommt?«

»So bald nicht. Zimmern wir eine Tragbahre und kehren wir zum Lager zurück. Heute nacht läßt sich nichts mehr tun.«

Mittels der Bambus der Plattform und einiger Äste machten sie eine Bahre zurecht. Dann legten sie den Tiger darauf, luden die Karabiner wieder und setzten sich in Marsch.

## 13. Kapitel
## Der zweite Menschenfresser

Als sie das Lager erreichten, brannte das Feuer noch um den Ruth herum. Die Schikari waren über die lange Abwesenheit der Jäger und wegen der beiden Karabinerschüsse sehr beunruhigt und hielten mit der Flinte in der Hand Wache.

Als sie die Jäger mit dem toten Menschenfresser zurückkommen sahen, waren sie außer sich vor Freunde, stürzten über die Bestie her und überschütteten sie mit Verwünschungen und Drohungen. Kaum hörten sie aber von einem zweiten Menschenfresser sprechen, so war's mit ihrem Mute plötzlich aus.

»Noch einer!« riefen sie erbleichend aus. »Habt Ihr ihn wirklich gesehen, Sahib?«

»Mit eigenen Augen«, antwortete Toby.

»Wollt Ihr den andern auch töten?«

»Wir haben versprochen, die Minen von den Menschenfressern zu befreien, die die Bergleute an der Arbeit hinderten, und werden Wort halten.«

»Dieser Mut!« rief einer der Schikari, indem er den Jäger verwundert anschaute. »Wir werden euch einen Triumpheinzug in Pannah bereiten.«

»Laßt die Triumphe und die Einzüge! Macht lieber die Betten zurecht!«

»Sie sind fertig, Sahib.«

»Gehen wir schlafen«, sagte Toby. »Morgen sehen wir die Fallen nach und machen einen zweiten Hinterhalt zurecht.«

Sie stiegen in den Wagen, wo die Schikari kleine Matratzen ausgebreitet hatten, und schliefen ein, während die Inder, noch mehr erschreckt als zuvor, die

Feuer schürten, um den Gefährten des schrecklichen Menschenfressers fernzuhalten. Zu ihrem Glücke wagte sich der zweite Tiger nicht hervor, so daß die Nacht ohne Alarm verging.

Als Toby und seine Gefährten aufwachten, hatten die Schikari dem Tiger schon sein wunderbares Fell abgezogen und über vier Bambus gespannt, damit es sich nicht zusammenrollen konnte.

»Prächtig«, sagte Indri. »Ich habe nie ein ähnlich schönes gesehen.«

»Es war ein Prachttier«, antwortete Toby, nicht ohne freudige Genugtuung. »Es wird sich in den Sälen des Radscha gut ausnehmen.«

»Schenken wir es ihm?«

»Er hat ein Recht darauf.«

Die Schikari, die vom Verwalter des Radscha mit hinreichenden Lebensmitteln versehen waren, damit den Jägern nichts fehlen sollte, bereiteten das Mahl und fügten wohlriechende Bananen und vorzüglich schmeckende Ananas hinzu, die sie im Walde gepflückt hatten. Toby und seine Gefährten sprachen dem Frühstück tüchtig zu. Es war zehn Uhr, als sie aufbrachen. Einer der Schikari hatte sich zur Begleitung angeboten.

Ihren ersten Besuch statteten sie der Lichtung ab, da sie sich vergewissern wollten, ob der Tiger zurückgekehrt sei, um die Ziege zu verschlingen, die sein Gefährte getötet hatte. Als sie dort ankamen, waren von dem armen Tiere nur einige Knochen und Hautstücke übriggeblieben. Toby untersuchte den Boden, um zu sehen, ob Schakalspuren zu finden waren. Das war nicht schwer festzustellen, da der Boden feucht war; aber er entdeckte keine.

»Der Tiger hat sie gefressen«, sagte er. »Diese Bestie besitzt eine unglaubliche Kühnheit. Eine andre wäre nicht wiedergekommen.«

»Wenn wir das Loch hier grüben, könnten wir sie wiedersehen«, sagte Indri.

»Einen andern Ort ziehe ich vor«, antwortete Toby. »Auch ist diese Lichtung zu kahl.«

»Ob sich die Bâg immer in dieser Umgebung aufhält?«

»Schon möglich, Indri.«

Sie durchschritten die Lichtung und drangen wieder in den Wald, der immer dichter wurde. In dieser Gegend war eine Falle, die die Jäger des Radscha vor einigen Wochen gestellt hatten. Diese wollten sie untersuchen, obwohl sie sicher waren, sie leer zu finden. Der Schikari, der den Wald kannte, führte sie auf einem schmalen Pfade durch dichtes, meterhohes Gestrüpp und hielt dann vor einer Art Käfig, der halb im Grase versteckt war.

»Sie ist leer«, sagte er. »Ich war davon überzeugt.«

Die Falle bestand aus einem festen Käfig von starkem Holz, dessen Deckel mittels eines Seiles von einem elastischen Tamarindenaste gehalten wurde. Darin befanden sich eine tote Antilope, die schon vollständig in Verwesung übergegangen war, und am Boden, teilweise unter Baumästen versteckt, ein Spiegel. Die Bestien, vom Fleischgeruch angezogen, gehen meistens, ohne lange zu zögern, hinein. Wenn sie dann ihr Ebenbild im Spiegel sehen, glauben sie, daß ihnen ein anderer die Beute streitig machen will, stürzen sich darauf und stoßen gegen das Seil. Der schwere Deckel schlägt zu, sie sind gefangen.

»Ich sagte ja, daß sie zu durchtrieben sind, um sich

so fangen zu lassen«, sagte Toby. »Dieser Platz jedoch scheint mir für einen Hinterhalt sehr geeignet.«

»Graben wir hier das Loch?« fragte Indri.

»Ja«, antwortete Toby. »Ich sehe rundum Gebüsch, was eigens dazu gewachsen scheint, um der Bâg als Zufluchtsstätte zu dienen.«

»Und ich vermute, daß ihr Versteck nicht weit ist, Sahib«, sagte der Schikari.

»Woraus schließt du das?« sagte Toby.

»Ich rieche einen scharfen Fleischgeruch, der kommt aus diesem Bambusdickicht da vor uns. Auch dort befindet sich in Verwesung übergegangenes Fleisch.«

»Der Schikari täuscht sich nicht«, sagte Indri. »Der Wind weht von dort und bringt verpestete Ausdünstungen herüber. Sollen wir das Gebüsch untersuchen?«

»Nein«, antwortete Toby. »Der Tiger könnte merken, daß wir seinen Schlupfwinkel entdeckt haben, und davongehen, um sich einen sicheren zu suchen. Jetzt weiß er, wessen wir fähig sind, und wird mißtrauisch geworden sein, davon bin ich überzeugt.«

»Dann bereiten wir den Hinterhalt vor?«

»Ja, Indri, und heute abend werden wir ihn benutzen.«

Der Buschschläger hatte eine Hacke und zwei Schaufeln mitgebracht, um das Loch an dem vom Jäger bezeichneten Orte zu graben. Er machte sich sofort an die Arbeit, und Dhundia half dabei.

Man mußte ein zwei Meter tiefes Loch graben, das wenigstens so breit war, daß die Jäger bequem die Waffen laden und sich frei bewegen konnten, dann wurde es mit Blättern und Ästen bedeckt. In weniger als zwei Stunden war die Arbeit getan; dann kehrten sie zum Lager zurück.

Im Laufe des Tages kam ein Haushofmeister des Radscha mit zehn gutbewaffneten Schikari und bat den weißen Jäger um Nachrichten. Als er den glücklichen Ausgang der ersten Jagd hörte, war er ganz verblüfft.

»Ah! Diese Engländer!« rief er. »Sie haben vor niemandem Angst und töten immer! Der Radscha wird mit diesem unerwarteten Erfolg zufrieden sein.«

»Ihr könnt ihm sogar das Fell überbringen«, sagte Toby. »Wir schenken es Seiner Hoheit.«

»Und wann werdet ihr den andern töten?«

»Heute abend wollen wir es versuchen.«

»Keiner hat bisher vermutet, daß es zwei Menschenfresser wären«, antwortete der Haushofmeister. »Wenn es euch gelingt, auch den andern zu töten, wird der Radscha der festgesetzten Summe noch eine Prämie beigeben.«

»Und wir werden sie uns verdienen«, antwortete Toby lächelnd. »Ah! Ich vergaß, Euch etwas zu fragen, was mich interessiert.«

»Was, Sahib?«

»Ist unser Kornak zum Bengalow zurückgekehrt?«

»Ist er nicht bei euch?« fragte der Haushofmeister erstaunt.

»Wir verließen ihn in Pannah.«

»Er ist nicht wieder gesehen worden.«

Toby und Indri schauten sich unruhig an.

»Ob er dem Fakir noch auf der Spur ist?« fragte der Jäger.

»Oder ob ihn jener geheimnisvolle Mensch, nachdem er sich verfolgt wußte, hat morden lassen? Alles ist in diesem Lande möglich, wo sich die Dakoiten umhertreiben.«

»Ich bin beunruhigt, Indri. Parvati ist zu allem fähig, und ich habe den Verdacht, daß dieser Fakir eins seiner Werkzeuge ist.«

»Aber jetzt müßte er den Radscha von unsern Absichten schon in Kenntnis gesetzt haben.«

»Das ist richtig, trotzdem möchte ich hier alles erledigt haben und weg von hier sein. Indri, beeilen wir uns, ich fühle instinktmäßig, daß uns eine große Gefahr bedroht.«

Zwei Stunden vor Sonnenuntergang verabschiedete sich der Haushofmeister. Toby und seine Gefährten trafen ihre Vorbereitungen zur nächtlichen Jagd. Sie luden die Karabiner von neuem, versahen sich mit Decken, um sich gegen die Feuchtigkeit der Nacht zu schützen, steckten einige Flaschen Bier zu sich und verließen, gerade als der Mond aufging, das Lager, um sich nach der Grube zu begeben. Sie erreichten bald die kleine Lichtung und dann das gegrabene Loch, fünfzig Schritt von der Falle. An den Stamm einer Betelnußpalme, die vereinzelt dreißig Meter von dem Hinterhalt stand, banden sie die zweite Ziege, die sie mitgebracht hatten, legten Dekken in die Vertiefung, warfen sich darauf und rückten die Bambusschäfte und Blätter, die sie morgens geschnitten hatten, in der Weise zurecht, daß sie vollständig verdeckt waren.

»Also verschießt eure Schüsse nicht unnütz«, sagte Toby. »Zielt ruhig und drückt nicht eher ab, bis ihr sicher seid, zu treffen. Damit meine ich vor allen Dingen Euch, Dhundia.«

»Ich werde nur aus nächster Nähe Feuer geben«, antwortete der Inder.

Der letzte Sonnenstrahl war seit einer halben Stunde verschwunden, und die Finsternis in den Büschen wurde immer dichter. Das Schweigen begann nach und nach seine Herrschaft. Das Papageiengeschrei war verstummt, nur ein leichtes Rauschen der riesigen Bambus war zu hören, die unter einer frischen Brise schwankten, die aus den nördlichen Gebirgen kam. Ein dünner Nebel stieg langsam auf, legte sich auf die Baumäste und verwandelte sich dann in kleine Tropfen, die mit monotonem Geräusch auf die tiefer liegenden Büsche fielen.

Die drei Jäger, unbeweglich wie Statuen, das Gesicht an die Bambusäste angelehnt, die sie bedeckten, die Finger am Karabinerhahn, spähten nach dem Dickicht, in dessen Mitte sie das Versteck des Raubtiers vermuteten.

Keiner gab einen Laut von sich. Nur die Ziege meckerte jämmerlich und lief um den Betelnußbaum, soweit es der Strick erlaubte.

Eine halbe Stunde war vergangen, der Mond stand schon am Himmel, als sich der Wald, der bisher verlassen und schweigsam dalag, zu beleben schien. Mitten aus dem Bambus und den Gebüschen drangen seltsame Geräusche, geheimnisvolles Rauschen, dumpfes Knurren, Flüstern, wie unterdrückte Seufzer, während undeutliche Schatten unter den Baumstämmen huschten.

»Hier in der Umgebung muß eine Quelle sein«, murmelte Toby. »Die Tiere gehen zur Tränke.«

Kurz vor dem Hinterhalt kamen ein paar Axis vorbei, graziöse, harmlose Tiere, die unsern Damhirschen ähnlich sehen, mit braunem, weißgesprenkeltem Fell; ferner nahten vorsichtig, argwöhnisch und behutsam einige Nilgo, eine hirschähnliche Antilopenart von gewandtem Bau, blaugrauem Fell und zwei spitzen Hörnern auf dem Kopf. Dann tauchte einer jener kleinen Panther auf, die die Inder Tcite nennen, elegante, sehr blutdürstige Tiere, die sich jedoch leicht zähmen und gut für die Jagd verwenden lassen.

Die Geräusche wurden immer lauter, immer neue Tiere drangen aus dem Dickicht, aber jenes rauhe Knurren, das die Tiger hervorbringen, wenn sie die Höhlen verlassen, hörten die Jäger noch nicht.

»Er läßt auf sich warten«, sagte Indri.

»Er wird schon kommen«, antwortete Toby. »Dieser Waldteil wird viel von Antilopen aufgesucht, und der Tiger wird es nicht versäumen, sein Opfer oder vielmehr seine Opfer zu wählen, denn mit einem gibt er sich nie zufrieden.«

Abermals war eine Stunde vergeblicher Erwartung vergangen, als Toby, der die Äste ein wenig beiseite schob, um frische Luft zu genießen, ein leises Knurren hörte, das von der Falle herüberkam.

»Achtung, Freunde«, sagte er. »Der Tiger scheint sein Versteck verlassen zu haben.«

Er hob den Kopf und schaute nach der Falle. Der Nebel hatte sich zerstreut, und der Mond beleuchtete den Waldsaum.

»Da! – Schaut!« rief Dhundia. »Seht ihr ihn?«

Ein Schatten hatte das dichte Gebüsch verlassen und schlich vorsichtig an den freien Platz, der die Falle umgab.

»Der Tiger«, lispelte Toby Indri ins Ohr. »Gebt noch kein Feuer! Lassen wir ihn näher kommen.«

Das Raubtier war einhundertvierzig Meter von den Jägern entfernt stehengeblieben, sog die Luft ein und wedelte unruhig mit dem Schwanz. Seine grünen Augen leuchteten in der Finsternis. Einige Sekunden hielt es unter dem dichten Schatten eines Baumes inne, dann schlich es weiter und zeigte sich im Mondlicht.

Wie das erste war es von enormem Bau, eins jener Raubtiere, die einen Stier mit einem einzigen Prankenschlag zu Boden strecken.

»Eine stolze Bestie!« rief Toby. »Sie ist der andern ebenbürtig.«

»Schieß, Toby«, flüsterte Indri.

»Noch nicht, ich könnte ihn nur verwunden. Ich warte, bis er sich mir von vorn zeigt, dann durchbohre ich ihm das Herz.«

Plötzlich tat der Tiger einen gewaltigen Sprung und verschwand im Dickicht.

»Ob er uns gewittert hat?« fragte Indri ärgerlich.

»Wir sind unter Wind, also kann er unsere Gegenwart nicht bemerkt haben«, antwortete Toby. »Er wird sich versteckt haben, um irgendein Wild aufzulauern.«

»Ja«, bestätigte Dhundia. »Dort kommt ein Tier näher.«

In der Nähe des Gebüsches, wo der Tiger sich versteckt hatte, hörte man das Blätterwerk rauschen und dürre Äste knacken.

Eine Nilgo-Antilope öffnete sich den Weg zur Quelle. Vielleicht hatte sie den vom Raubtier zurückgelassenen Geruch bemerkt, denn sie blieb mit gesenktem Kopf stehen und zeigte die spitzen Hörner.

Sie lauschte.

»Verloren«, murmelte Toby. »Schau, Indri!«

Die Bâg war hochgesprungen. Sie fiel auf den Rükken des armen Tieres, das unter dem Gewicht zusammenbrach, und riß ihm mit einem Prankenschlage den Leib auf. Sofort packte sie das noch zuckende Opfer mit den Zähnen am Halse, saugte gierig das Blut; dann, als sie ihren brennenden Durst gelöscht, grub sie das Maul in die offene Flanke und zerriß mit ihren Stahlkrallen den armen Körper in Stücke.

Toby benutzte den Moment, in dem der Tiger, mit dem Verschlingen der blutigen Eingeweide des Nilgo beschäftigt, ihn nicht sehen konnte, legte den Karabiner an, zielte unter die Schulter und gab Feuer.

Als sich der Rauch verteilt hatte, lag der Tiger neben seinem Opfer.

»Er ist tot!« rief Indri. »Die erste Partie haben wir gewonnen! Jetzt zur zweiten!«

## 14. Kapitel
## Die Jagd des Kornak

Während Indri und Toby die beiden blutdürstigen Raubtiere jagten, suchte der Kornak Bhandara mit einer Hartnäckigkeit und Ausdauer, um die ihn selbst der beste englische Polizeibeamte beneidet hätte, die Spuren des durchtriebenen Fakirs.

Der Inder hatte früher wie viele andere Elefantenführer der äußerst zahlreichen Kaste der Diebe angehört, einer Kaste, die in den Augen der Inder der riesigen hindustanischen Halbinsel gar nichts Unehrenhaftes hat.

Durchtrieben, klug, ein scharfer Beobachter, gewandt wie eine Schlange und mutig wie wenige Inder, hatte Bhandara einige Aussicht, den gefährlichen Gauner aufzuspüren, der sich so gut mit Dhundia verstand.

Kaum hatte er den Bengalow verlassen, so ging er nicht sofort zur Pagode, sondern drängte sich zum Basar vor, um sich zu verkleiden und einen Helfershelfer zu suchen, was nicht schwer war in einem Lande, wo Diener nach Tausenden zählen, die nur zu essen verlangen und sich dafür zu jedem Dienste hergeben. Er trat in einen Laden, der einer alten Inderin gehörte, und kam nach einer Viertelstunde als brigibasischer Brahmane verkleidet wieder hervor.

Die Verkleidung war vorzüglich. Diese Brahmanenkaste trägt reiche Dubgad, breite Turbane, die fast bis zur Hälfte des Gesichts herunterreichen, weiße Muschelhalsbänder und zahlreiche Ringe an den Fingern, Armen und Fußknöcheln. Um die Täuschung zu vervollkommnen, hatte sich Bhandara mit einer gelben Schärpe versehen, ein Abzeichen jener Brahmanen, das man immer feucht halten muß, um sich Kopf und Schultern damit zu erfrischen.

Zufrieden mit seiner Verkleidung, die ihm ein imponierendes Aussehen verlieh, begab sich der frühere Dieb schleunigst zu einer Dieneragentur. Nachdem er sich verschiedene Leute angesehen hatte, blieb sein Blick auf einem dreizehnjährigen Knaben haften, der durchtrieben aussah und für sein Alter sehr kräftig war.

»Wie heißt du?« fragte er ihn.

»Sadras«, antwortete der Knabe prompt.

»Hast du Eltern?«

»Nein, Sahib, sie sind an der Cholera gestorben.«

»Ich gebe dir zu essen und zwei Rupien, wenn du mir treu dienen willst.«

Zwei Rupien! Ein wahrer Schatz für dieses Kind, das noch nicht einmal eine gesehen hatte.

Der Kornak ließ ihn anständig kleiden, zahlte dem Agenten eine Rupie und nahm den Knaben mit.

»Und jetzt«, sagte er, »gehen wir zur Pagode. Der Fakir müßte ein Tausendkünstler sein, wenn er mich wiedererkennen würde. Ein Kornak kann kein Brahmane werden.«

Als er die Pagode erreichte, immer vom Knaben gefolgt, drängte sich noch eine gewaltige Menge nach dem Orte, wo die Patienten saßen, die die furchtbare Querstangenfolter überstanden hatten.

Nicht ohne Mühe brach er sich Bahn, indem er den Knaben immer an der Hand hielt, damit er ihn nicht verlöre, und erreichte die Treppe, wo auf der letzten Stufe die Gottheit stand.

Mit einem Blicke merkte er, daß der Fakir verschwunden war.

»Ob er Verdacht geschöpft hat?« fragte er sich, indem er die Stirn runzelte. »Er müßte aber eine außergewöhnliche Konstitution haben, um mit derart zerfetzten Schultern nach Hause zu gehen. Wohlan, ich werde ihn wiederfinden.«

Bhandara verließ die Pagode und begab sich zum Basar. Anfangs hatte er kein Glück, aber er war nicht der Mann danach, sich entmutigen zu lassen.

Trotzdem verging der Tag, ohne daß es ihm gelungen wäre, irgendwo die Spuren des schlauen Fakirs zu finden.

»Er muß sehr gewandt sein, sich nicht überraschen

zu lassen«, murmelte Bhandara, als der Abend kam. »Gehen wir zum Bengalow, und setzen wir morgen unsere Jagd fort.«

Als er die Tür des kleinen Palastes erreichte und nach Indri fragte, war er sehr überrascht, vom Hofmeister zu hören, der ihn nicht erkannt hatte, daß die Jäger schon nach den Minen aufgebrochen wären.

»Es ist besser, wenn ich mich nicht zu erkennen gebe«, sagte sich der Kornak. »Da sie nichts von meiner Verwandlung gemerkt haben, lassen wir sie in der Täuschung und übernachten woanders. Vielleicht habe ich da mehr Glück.«

Er wandte sich nach dem Knaben um und fragte ihn, ob er ein Gasthaus ersten Ranges kenne, um dort zu übernachten.

»Neben dem Basar ist eins«, antwortete Sadras. »Es wird von feinen Leuten besucht.«

»Führe mich hin«, sagte Bhandara. »Findet morgen irgendeine religiöse Zeremonie statt?«

»Ja, Sahib«, antwortete Sadras. »Das heilige Bad ist morgen, in dem eigens vom Radscha dazu erbauten Bassin, das mit Gangeswasser gefüllt ist.«

»Du wirst mich hinführen, auch ich muß mein Bad nehmen. Jetzt gehen wir ins Gasthaus.«

Eben wollten sie den Basar durchschreiten, der sich noch voll Menschen befand, obwohl die Nacht schon seit Stunden hereingebrochen war, als ihre Aufmerksamkeit von einem betäubenden Lärme gefesselt wurde, der von einer gegenüberliegenden Ecke des großen Platzes herkam.

Trommeln wurden geschlagen, Trompeten und Flöten geblasen, buntfarbige Fahnen, von Fackeln erleuchtet, kamen näher.

»Eine nächtliche Prozession?« fragte Bhandara den Knaben.

»Die Sâpwallah feiern ihr Fest«, antwortete dieser.

»Schauen wir zu, Junge. Uns bleibt noch genug Zeit zum Ausruhen.« Dann murmelte er: »Der Fakir ist auch Schlangenbändiger und nimmt vielleicht am Umzug teil. Dieser Teufelskerl ist fähig, noch auf den Füßen zu sein, trotz der überstandenen Folter.«

Die Prozession kam mit wachsendem Lärme näher. Voran vier prunkvoll gekleidete Männer, die keuchend eine ungeheure Trommel trugen, die mit Pfauenfedern geschmückt war. Es war das Hauk, die heilige Trommel, die man nur bei religiösen Feierlichkeiten spielen darf, wofür man eine vom Stadtsemidar festgesetzte Summe zu zahlen hat. Dann kamen vierzig Musikanten mit Khole, Trommeln aus gebrannter Tonerde mit zwei Öffnungen, die mit Fell überspannt sind, Tamtams, die einen ohrenzerreißenden Lärm hervorbrachten, Djhogo, und Trommeln von besonderem Klang und Trompeten und Flöten.

Neben ihnen liefen fast nackte Inder mit Fackeln, die ein helles, flackerndes Licht verbreiteten. Hinter diesen schritten etwa fünf Dutzend halbnackte Schlangenbändiger, mit buntem Flitter bedeckt, die, ohne sich einer Gefahr auszusetzen, mit den gefährlichen Kobras, Gulabis, Boas und anderen, nicht weniger giftigen Schlangen spielten, die sie tagsüber in den Wäldern der Hochebene gefangen hatten. Zahlreiche Inder trugen Gefäße mit Milch, um sie den Schlangen hinzuhalten. Auch aus den nächsten Häusern, aus den Läden und dem Basar eilten Leute mit Gefäßen herbei.

Als der Zug in der Mitte des Platzes ankam, bildete

er einen gewaltigen Kreis, indem er die Sâpwallah mit ihren Schlangen darin einschloß. Die Fackeln wurden so aufgestellt, daß man von jeder Seite den Raum überblicken konnte.

Nachdem die Milchgefäße zur Erde gestellt worden waren, beteten die Schlangenbändiger zu ihrem Gott Krishna, dem Töter der furchtbaren Riesenschlange Bindrahand, die nach der indischen Sage die Ufer der Djumna verwüstete, und ließen die Reptilien frei, die sich gierig sofort auf die Milch stürzten.

Bhandaras ganze Aufmerksamkeit richtete sich auf die Schlangenbändiger, denn er war fast sicher, den Fakir unter ihnen zu entdecken.

Plötzlich entfuhr ihm ein Ausruf.

Mitten unter den Sâpwallah hatte er einen Inder bemerkt, der nicht nackt war wie seine Gefährten, sondern auf dem Rücken ein weites, gelbes Doote trug.

»Wenn dieser Mensch seinen Rücken verdeckt, muß er einen Grund dafür haben«, murmelte Bhandara. »Die Schlangenbändiger tragen sonst während ihrer Zeremonien niemals Gewänder.«

Indem er den Knaben immer an der Hand führte, ging er um den Kreis herum, um dem Menschen näher zu kommen, der seiner Ansicht nach dem Fakir sehr ähnlich sah.

Als er dort war, wo er ihn besser beobachten konnte, unterdrückte er mit Mühe einen Freudenschrei.

»Mein Mann!« rief er. »Ich werde nicht mehr von ihm ablassen. Endlich werden wir erfahren, wer er ist und warum er uns so hartnäckig verfolgt hat.«

Er steckte die Hand unter sein weites Gewand und

fühlte nach, ob er den Dolch und den Revolver noch hatte, den ihm Indri gegeben hatte, bevor er den Bengalow verließ.

Geduldig wartete er das Ende des Festes ab, bis man die Schlangen, die so viel Milch gesoffen hatten, daß sie fast platzten, in ihre Körbe einschloß, und folgte dann dem Zuge, der sich nach dem südlichen Stadtviertel entfernte.

Den Fakir verlor er nicht aus den Augen, entschlossen, ihm überallhin zu folgen.

Als der Zug einen anderen Platz erreichte, zerstreute er sich langsam. Zuerst bogen der Fakir und ein riesig großer Inder ab, der einen Korb trug, worin wahrscheinlich Schlangen waren. Diese beiden Männer betraten sofort einen engen Seitenweg, der durch ärmliche Hütten führte. Bhandara, der ihnen folgte, sah plötzlich den Fakir wanken und in die Arme seines Gefährten fallen.

»Er hat sich zuviel zugetraut«, sagte der Kornak. »Unmöglich konnte er sich mit jenen furchtbaren Wunden, die er auf dem Rücken hat, noch länger auf den Füßen halten.«

Da er sich nicht sehen lassen wollte, war er hinter einer Hütte stehengeblieben, indem er den Knaben hinter sich versteckte.

Der Riese hatte sich den Korb auf den Rücken gehängt und den Fakir auf die Arme genommen. Bhandara sah, wie er sich schnell entfernte und dann plötzlich an einem erbärmlichen Hause haltmachte, dessen Wände aus getrocknetem Schlamm bestanden und mit einem Strohdach überdeckt waren. Die Tür öffnete sich sofort, und beide verschwanden. Ein Licht, das vordem an einem Fenster leuchtete, erlosch.

»Also das ist ihr Haus«, sagte Bhandara befriedigt. »Ich habe meine Zeit nicht unnütz verloren.«

Er drehte sich nach Sadras um, der zu gähnen anfing.

»Weißt du, wer in der Hütte wohnt?« fragte er.

»Nein, Sahib.«

»Würdest du es morgen erfahren können? Du bist intelligent und schlau.«

»Ich werde dir's sagen, Sahib.«

»Du mußt vorsichtig zu Werke gehen, denn ich wünsche nicht, daß seine Bewohner erfahren, daß sich jemand für sie interessiert.«

»Ich werde vorsichtig sein.«

Sie kehrten zu dem Platze vor dem Basar zurück und traten in ein schönes Gasthaus.

Bhandara ließ sich ein kräftiges Abendessen auftragen und sich dann eine Kammer anweisen. Nach fünf Minuten schlief er wie ein Murmeltier. Als er kurz vor Sonnenaufgang erwachte, war Sadras nicht mehr auf seinem Lager.

»Der Junge ist flink und gehorsam«, sagte er, indem er nach dem leeren Bett schaute. »Ich werde sicher etwas Neues über die Gefährten des Fakirs erfahren. Erst frühstücke ich, später nehme ich dann als guter Brahmane ein Bad. Eine innere Stimme sagt mir, daß ich auch dort den Gauner wiederfinden werde.«

Er ließ sich einen Teller Carri mit Fisch und Bananen bringen und ging dann in der Absicht weg, den Bengalow aufzusuchen, obwohl er wenig Hoffnung hatte, den Jäger dort wiederzufinden.

Kaum war er fünfzig Schritte gelaufen, als er den Knaben keuchend ankommen sah.

»Sahib«, sagte er, »die Männer sind ausgezogen, das Haus ist leer.«

Bhandara war überrascht. »Bist du dessen sicher?« fragte er.

»Ich erfuhr es von einer Person, die ich kenne und die in diesem Viertel wohnt.«

»Gehörte die Hütte nicht den beiden Sâpwallah?«

»Sie hatten sie nur für zwei Tage gemietet, außerdem waren sie keine echten Schlangenbändiger.«

»Was waren sie denn?«

»Gaukler, die auch Gefährten bei sich hatten.«

»Wie viele?«

»Vier Mann und einen Knaben.«

Bhandara war schweigsam geworden. Lebhafte Unruhe sprach aus seinem Gesicht.

»Gaukler!« murmelte er. »Bändiger, Fakire, Betbrüder – was sind das für Leute, warum haben sie uns verfolgt? Ob es Spione Parvatis, des Ersten Ministers des Guicowar, sind? Es ist unbedingt nötig, daß ich den Mann wiederfinde. Gehen wir zum heiligen Bad; vielleicht ist er dort.«

Er ließ dem braven Knaben zu essen geben, hüllte sich majestätisch in sein Doote, feuchtete die gelbe Schärpe an und brach auf, von seinem jungen Führer geleitet.

Da die Feste noch nicht zu Ende waren, war Pannah noch stark bevölkert. Eine buntgewürfelte Menge, die hauptsächlich aus Hirten und Städtern, die aus allen Teilen der Hochebene zusammengeströmt waren, bestand, drängte sich durch die Straßen, um sich im heiligen Gangeswasser zu baden, das man unter großen Geldkosten in dieses Bassin gebracht hatte.

## 15. Kapitel
## Wertvolle Entdeckungen

Als Bhandara und der Knabe dort ankamen, umstand die Menge schon das Bassin. Es war ganz aus Stein gebaut und rundum mit gewaltigen Stufen umgeben.

Männer, Frauen und Kinder liefen aus allen Richtungen herbei und brachten Fruchtkörbe oder Milchkrüge mit, um den Inhalt der Gottheit zu opfern, bevor sie in die geweihten Wasser tauchten.

Nachdem Bhandara und der Knabe gebadet hatten, spähten sie umher und beobachteten scharf die Leute rundum.

Es war nicht leicht, den Fakir mitten unter dieser Menge zu finden, trotzdem verzweifelte der Kornak nicht und setzte seine Nachforschungen unermüdlich fort.

Der Morgen war verstrichen, und die Reihen der Badenden wurden lichter, als Bhandara von dem Knaben lebhaft angestoßen wurde.

»Was willst du denn?« fragte dieser.

»Schau den Mann dort, der eben Betelblätter kauft und von einem Gaukler begleitet wird. Erkennst du ihn nicht wieder?«

Bhandara blickte nach der angedeuteten Richtung und machte eine Gebärde des Erstaunens und auch der Freude.

»Das ist der Riese, der den Schlangenbändiger begleitete, nicht wahr?«

»Ja, Sahib, der Mann, der ihn in die Hütte trug. Ich erkenne ihn an seinem roten und gelben Turban und dem silbergestickten Gürtel, den er um die Hüften trägt.«

»Das ist ein unerwartetes Glück«, murmelte Bhandara.

Der Riese rollte ein Betelblatt zusammen, steckte Betelnuß, etwas zerriebenen Kalkstein und Gewürz hinein, formte eine kleine Kugel daraus und nahm sie in den Mund. Er kaute einige Sekunden daran, indem er roten Speichel zu Boden spie, nahm dann den Gaukler am Arm, ging zu einem Zelte, vor dem einige Tausendkünstler das Korbspiel aufführten, und setzte sich daneben nieder.

Bhandara war ihm gefolgt und tat so, als ob er als echter Brahmane einen günstigen Ort suche, um seine Morgengebete zu verrichten, ohne gestört zu werden.

Als er neben dem Zelte einen großen Ruth entdeckte, der viel Schatten bot und dicht hinter den beiden Indern stand, setzte er sich auf den Boden und tat so, als ob er Gebete murmelte. In Wirklichkeit aber lauschte er, um keine Silbe von dem Gespräch jener beiden Männer zu verlieren.

Um keinen Verdacht zu erregen, hatte er Sadras ein Zeichen gegeben, bei einer kleinen Banane in gewisser Entfernung stehenzubleiben.

Das Gespräch der beiden Gaukler mußte eben erst begonnen haben.

»Das hat keinen Zweck«, sagte der Riese zu seinem Gefährten. »Hier verlieren wir unsere Zeit unnütz. Vielleicht ist der Mensch wieder bei seinen Herren.«

Bhandara hatte den Kopf erhoben. Sein Instinkt sagte ihm, daß er teilweise den Stoff zu jenem Gespräche bilde.

Der Gefährte des Riesen antwortete nach einigen Minuten des Schweigens: »Und doch ist er nicht wieder im Bengalow des Radscha gewesen. Hast du ihn schon einmal gesehen, Barwani?«

»Nein«, antwortete der Riese. »Wenn ich ihn einmal gesehen hätte, würde ich ihn nicht wieder vergessen.«

»Also kennt ihn nur Sitama?«

»Er allein.«

»Wenn er hier wäre!«

»Er hat seinen Nerven zuviel zutrauen wollen. Sitama hat zwar harte Haut, aber du kannst dir denken, daß nach derartiger Folter auch ein Rhinozeros genug hätte.«

»Wo ist er jetzt?«

»In der alten Wischnu-Pagode. Er fühlte sich in der alten Baracke nicht sicher, denn er erfuhr, daß vor drei Stunden ein Knabe die Nachbarn gefragt hat, wer in der Baracke wohne.«

»Ein Knabe!« rief der Gaukler.

»Ja, mein Freund, wir waren aber schon ausgezogen.«

»Wurde er erkannt?«

»Es war keiner von den Unsern dabei.«

»Ob das ein Bote des Kornak war?«

»Du kannst vielleicht recht haben«, antwortete der Riese. »Deswegen bin ich auch froh, daß wir die Baracke schleunigst verlassen haben.«

Barwani hatte sich erhoben.

»Ich gehe«, sagte er. »Heute abend ist Zusammenkunft in der Pagode; alle werden erscheinen.«

»Gehst du zu Sitama?«

»Es ist nötig; heute morgen hatte er das Fieber.«

»Was soll ich tun?«

»Versuche, den Kornak zu entdecken!«

»Die Merkmale, die mir Sitama gegeben hat, genügen nicht.«

»Geh zum Bengalow und sieh nach, ob er bei seinen Herren in den Minen ist.«

»Leb wohl, heute abend auf Wiedersehen!«

Bhandara war schnell aufgestanden, um nicht entdeckt zu werden, obwohl er sicher war, von diesen Menschen nicht erkannt werden zu können, die ihn nie gesehen hatten.

Er hüllte sich in das Doote, ging dicht am Knaben vorbei und sagte schnell: »Zur alten Wischnu-Pagode!«

Sadras nickte bejahend mit dem Kopfe.

»Er scheint zu wissen, wo sie ist«, murmelte Bhandara.

Er ging um das Zelt, wartete, bis der Riese vorbei war, und folgte ihm dann in einer Entfernung von etwa fünfzig Schritt.

Obwohl er mitten durch die Menge schritt, die den kleinen See umdrängte, war er sicher, ihn nicht aus den Augen zu verlieren. Sein rot und gelber Turban war leicht über allen Köpfen zu sehen.

Barwani umschritt den See und bog dann in eine wenig belebte Straße, die nach dem südlichen Stadtviertel führte.

Bhandara wurde unruhig, als er ihn die belebten Straßen verlassen sah. Er wußte nicht, wo sich die alte Pagode befand, aber nach der Richtung, die der Riese einschlug, vermutete er, daß sie jedenfalls an einem verlassenen Orte, vielleicht auch außerhalb der Stadtmauern stehen würde.

Wenn seine Vermutung richtig war, war es nicht leicht, Barwani zu folgen. Der Schurke, der schon gewarnt war, konnte leicht bemerken, daß er von jemanden verfolgt wurde.

Er kannte zwar den Kornak nicht, trotzdem war es nicht klug, ihm durch fast leere Straßen zu folgen, ohne Gefahr, bemerkt zu werden. Und Bhandara lag viel daran, unerkannt zu bleiben, bis er den Fakir aufgespürt habe, um frei zu handeln.

»Vielleicht tat ich nicht recht daran, Sadras am Bassin zu lassen«, murmelte der treue Kornak. »Ein Kind erregt weniger Verdacht, ich hätte ihn jenem schleierhaften Schurken nachschicken sollen.«

Er dachte eben darüber nach, wie er die Verfolgung fortsetzen konnte, ohne daß ihn der Riese bemerkte, als er an einer Straßenecke einer Dhummi begegnete.

Das sind plumpe, zweirädrige, schwere Wagen, die für Landreisen benutzt werden.

Sie haben ein gewölbtes Blätterdach, das vorzüglich gegen die sengenden Sonnenstrahlen schützt, und werden von zwei großen weißen Zebus, einer Ochsenart mit starkem Höcker und langen, gebogenen Hörnern, gezogen.

Ein derartiger schwerer Wagen stand an der Straßenecke, während sein Kutscher, ein junger Inder, rittlings auf der Deichsel saß und Betel kaute.

»Bist du frei?« fragte Bhandara, indem er sich dem jungen Manne schnell näherte.

»Ja, Sahib«, antwortete er.

»Ich gebe dir eine Rupie, wenn du mich zur alten Wischnu-Pagode fährst.«

»Dein Wunsch wird erfüllt«, sagte der Kutscher.

Bhandara sprang gewandt unter das Blätterdach, das ihn vollständig verdeckte, und der junge Mann hieb grausam auf die beiden Tiere ein, damit sie schnell laufen sollten.

Barwani konnte nichts bemerkt haben, da noch Leute auf der Straße waren. Er lief sehr rasch, ohne sich umzusehen.

»Ist es weit?« fragte der Kornak.

»In einer halben Stunde werden wir dasein. Siehst du dort unten, hinter jenen Bäumen, die hohe Kuppel mit der vergoldeten Lanze? Das ist sie.«

»Kennst du die Pagode?«

»Ich bin öfter darin gewesen.«

»Ist sie bewohnt?«

»Nein, denn ihre Mauern sind schon lange nicht mehr fest.«

»Ist sie geräumig?«

»Riesig groß, Sahib.«

»Steht sie vielleicht auf dem Diamantengebiet?«

»Ja, Sahib, aber nicht auf jenem, das von dem schrecklichen Menschenfresser heimgesucht wird. Es ist der einzige Teil, wo man noch nach Diamanten gräbt.«

Der Kornak schaute unter dem Blätterdach hervor und sah Barwani schneller durch die Felder laufen, indem er sich öfter umschaute.

Auch der Wagen kam rasch von der Stelle. Der Kutscher schlug fortwährend mit einem langen Stocke, dessen Spitze mit einem scharfen Nagel versehen war, auf die beiden armen Tiere ein.

Die bebauten Felder verschwanden, und die Diamantengebiete tauchten auf. Überall war der Boden von früheren Schächten zerwühlt.

Hie und da sah man vereinzelte Hütten und weite, überdeckte Plätze, wo zahlreiche Menschen arbeiteten, während Staubwolken aus den Gruben drangen.

Es war das Diamantenfeld bei voller Arbeit.

»Sahib«, sagte der Kutscher, »die Pagode steht hinter jenem Mhowah-Walde, aber mein Wagen kann bis dorthin nicht fahren, da der Boden zu unsicher ist.«

»Du kannst zur Stadt zurückkehren«, antwortete Bhandara, indem er die versprochene Rupie zahlte. »Ich brauche dich nicht mehr.«

Er sprang heraus, wartete, bis sich der Wagen entfernt hatte, und schritt zum Wald, indem er sich hinter den Erd- und Steinhaufen versteckte.

Barwani war schon hinter den Bäumen verschwunden. Der Kornak blieb einen Augenblick stehen, um sich zu überzeugen, ob man ihm nicht nachspüre, dann drang er in den Wald.

Leicht konnte er den Spuren des Riesen folgen, die deutlich auf dem feuchten Boden abgedrückt waren, und war so sicher, den Weg nicht zu verfehlen. Nach zehn Minuten erreichte er eine kleine Lichtung, die von Nadelbäumen, riesigen Bambus, Platanen und kleinen Teak umstanden war. In deren Mitte, vor einem Weiher, erhob sich eine gewaltige, teilweise verfallene Pagode.

Ungeheure Kolonnaden mit Skulpturen, die Dämonen, Elefantenköpfe und Schutzgeister darstellten, umgaben sie und stützten noch ungeheuerlichere Kapitäle, ebenfalls mit Statuen und Tieren überladen, die hauptsächlich Kühe vorstellten, denn diese Tiere sind bei den Indern heilig.

Trümmerberge umgaben die Pagode, wahrscheinlich Überreste einer gewaltigen Mauer, die in früheren Zeiten das Gebäude umgab. Trotzdem waren die

Wände selbst, obwohl sie breite Risse hatten, noch in gutem Zustande.

Bhandara, der sich hinter einem dicken Baumstamme versteckt hatte, beobachtete einige Minuten die Umgebung, dann trat er, mit seiner Untersuchung zufrieden, wieder in den Wald.

»Das Versteck ist entdeckt; heute abend werde ich mehr verrichten. Sehen wir nach, ob Sadras angekommen ist.«

Er schlich vorsichtig vorwärts, da er nicht wußte, ob der Wald verlassen war, und blieb an einem Gebüsch stehen, von wo aus man das Diamantengebiet überschauen konnte.

Nach einigen Minuten entdeckte er eine kleine, menschliche Gestalt, die sich vorsichtig hinter den Stein- und Erdhaufen heranschlich.

»Das ist Sadras«, murmelte er. »Der Junge ist klug; durchtriebener, als ich glaubte. Er wird mir vorzügliche Dienste leisten.«

Auch Sadras hatte ihn bemerkt, denn er lief schneller, indem er immer Deckung suchte.

»Sahib«, sagte er, als er näher kam, »du hast mir das Suchen nicht leicht gemacht, ich bin froh, dich endlich gefunden zu haben.«

»Du wußtest also, wo die Pagode stand? Kennst du auch das Innere?«

»Ein wenig.«

»Priester sind nicht mehr darin?«

»Nein, Sahib.«

Da schlug plötzlich der Lärm von Katuben und Trommeln an ihr Ohr. Bhandara blickte nach der Stadt und gewahrte zahlreiche Fackeln, die durch die Felder näher kamen.

»Eine Prozession?« fragte er den Knaben.

»Ob sie das Holicafest feiern wollen?« fragte sich Sadras, ohne zu antworten.

»Sie werden meine Nachforschungen erschweren«, murmelte Bhandara stirnrunzelnd. »Hoffentlich sind es nicht die Gaukler und Schlangenbändiger. Komm, wir erwarten sie im Walde. Dann werden wir sehen, was zu tun ist.«

»Soll ich ihnen folgen, wenn sie in die Pagode gehen?« fragte Sadras.

»Nein, du erwartest mich hier, ich selber gehe hinein.«

Die Prozession zog nach der Pagode. Der Zug bestand aus etwa hundert Menschen, denen ein Dutzend Musikanten und eine Schar Bajaderen vorangeschritten, die unglaublich gewandt tanzten.

Männer und Frauen schrien aus vollem Halse und sangen die Lobgesänge der schreckenerregenden Holica, während die Musiker mit rasender Wut Trommeln, Gongs und Tamtams schlugen und aus voller Brust in die Katuben bliesen.

Alle diese Menschen schienen in eine lebhafte Schwärmerei verfallen zu sein. Wahrscheinlich hatten sie zuviel Bang getrunken, ein stark berauschender Likör, der aus Opium und verschiedenem Gewürz bereitet wird.

Sie sprangen durcheinander, einer um den andern herum, gebärdeten sich wie Besessene, schlenkerten wie verrückt mit den Armen in der Luft und schienen zu wetteifern, wer die kräftigste Lunge habe.

Bhandara, der im Gestrüpp versteckt lag, ließ jene Prozession Verrückter erst vorüber, dann folgte er ihr auf hundert Schritt Entfernung, bereit, sich bei erster Gelegenheit unter jene Menschen zu mischen.

Er war überzeugt, daß alle jene Wesen Gefährten des Fakirs waren und daß sie dieses Fest zu Ehren der Dämonin nur veranstaltet hatten, um ihre Versammlung geheimzuhalten und jeden Verdacht abzuwenden.

Die Prozession durchschritt, immer spielend, den Wald und brüllte und tanzte. Dann blieb sie vor der Pagode stehen und umzingelte die riesige Statue der Holica, die unsichtbare Hände mit Blumen und Laub geschmückt hatten.

Nachdem sie sie begrüßt und die vierundzwanzig Lobestitel hergesagt hatten, die Brahma der Dämonin abtreten mußte, um seine Freiheit wiederzuerlangen, sammelten Männer und Frauen Äste und Blätter, zündeten sie an und improvisierten Leuchtfeuer. Dann begannen sie, unter wachsendem Lärme, wieder ihre verwirrten Tänze und wetteiferten mit den Sprüngen der Bajaderen.

Bhandara gab dem Knaben seine letzten Befehle und mischte sich unbemerkt unter jene Menge, indem er wie die andern schrie und hüpfte.

Aber er beobachtete sie alle scharf, in der Hoffnung, bekannte Gesichter zu entdecken.

Plötzlich zuckte er zusammen. Er hatte den Gefährten des Riesen bemerkt, der mit einer mit Goldringen und kostbaren Steinen beladenen Bajadere tanzte.

»Ich war sicher, mich nicht zu täuschen«, murmelte er. »Das ganze Gesindel ist Anhang jenes verwünschten Fakirs.«

Er sah nach, ob er noch Revolver und Messer

hatte, und mengte sich abermals unter die Tänzer und Tänzerinnen.

Niemand schien auf ihn zu achten, wenigstens bisher nicht, er war ja auch nicht der einzige, der als Brahmane gekleidet war.

Trotzdem war er vorsichtig, bereit, sich beim ersten Alarm von jener lustigen Gesellschaft zu trennen.

Inzwischen wurde die Menge immer wahnsinniger. Flaschen mit Bang und anderen Likören machten schnell die Runden, und ebenso schnell wurden sie leer.

Männer und Bajaderen fielen von Zeit zu Zeit neben die Leuchtfeuer, erschöpft oder vollständig betrunken, während die Musikanten ihren Lärm verdoppelten, als wären sie eigens dazu da, jene wahnsinnige Menge gänzlich zu betäuben.

Es mußte fast Mitternacht sein, als die Leuchtfeuer plötzlich erloschen, indem einige Männer, die aus der Pagode kamen, Wasser darübergossen.

Über die Hälfte der Menge lag betrunken am Boden und war nicht mehr fähig, sich auf den Füßen zu halten.

»Was wird geschehen?« fragte sich Bhandara verblüfft.

»Jenes übermäßige Verteilen von Bang muß seinen Grund gehabt haben. Vielleicht durften alle jene Personen der geheimnisvollen Versammlung nicht beiwohnen, und die ungebetenen Gäste waren absichtlich trunken gemacht worden. Benutzen wir die Dunkelheit, um in die Pagode einzudringen, bevor sie meine Gegenwart bemerken.«

Kaum hatte er die breite Tür durchschritten, so umhüllte ihn stockfinstere Nacht, denn keine Fackel brannte im Innern. Als er die Arme ausstreckte, stieß er an zwei gewundene Säulen, wahrscheinlich zwei steinerne Elefantenrüssel, die sich vor ihm kreuzten.

»Werden sie genügen, um mich zu verbergen?« fragte er sich, nicht ohne Unruhe. »Wenn sie mich entdecken, werden sie mich zweifellos umbringen. Zwar bin ich gut bewaffnet und werde mich verteidigen.«

Seit einer Viertelstunde war er dort versteckt, als er etwa dreißig Männer eintreten sah, die von vier anderen begleitet wurden, die eiserne Leuchter trugen. Die schwere Bronzetür wurde hinter ihnen geschlossen, dann setzten sich Gaukler und Schlangenbändiger mitten in die Pagode, indem sie einen großen Kreis bildeten. Bhandara warf einen raschen Blick umher.

Der Tempel war gewaltig groß. In der Mitte ritt Siwa auf dem Ochsen Nandi, rundum standen Pfeiler und zahllose Säulen, die von riesigen Elefantenköpfen getragen wurden, die ihre Rüssel übereinander kreuzten.

Da befanden sich auch Statuen Ravanas, Wischnu mit vier Armen, Löwen und ungeheuerliche Sphinxe.

Der Tempel lief in eine riesig hohe Kuppel aus, die reich mit Skulpturen verziert, bemalt und mit Stuck versehen war, der Löwen mit Darma-Radscha, dem gerechten König der Inder, darstellte.

Die Nische, in der sich der mutige Kornak versteckt hielt, wurde, wie schon vermutet, von zwei Elefantenrüsseln gebildet, die sich etwa einen Meter von der Wand entfernt kreuzten und so genügend Raum für einen Menschen ließen.

Da der Marmor schwarz war, konnte Bhandara,

der schon sein Doote ausgezogen hatte, um freier zu sein, mit seiner dunkeln Hautfarbe jeden leicht täuschen.

Die Gaukler und Bändiger hatten sich eben gesetzt, als Bhandara durch einen Gang, der sich am entgegengesetzten Ende der alten Pagode befand, den Riesen Barwani eintreten sah, der eine Fackel in der Hand hielt.

Hinter ihm schritt ein anderer Inder, der ein gelbseidenes Doote trug, den der Kornak aber nicht sofort erkennen konnte.

Als er ihn aber mitten in jenem Fackelkreise sah, hatte er Mühe, einen Schrei zu unterdrücken.

»Der Fakir!« murmelte er.

Sitama, er war es wirklich, setzte sich in die Mitte der Gaukler und Bändiger, schaute sie nacheinander scharf an und fragte dann:

»Seid ihr alle da?«

»Alle«, antworteten wie aus einem Munde die Anwesenden.

»Und die, die euch begleiteten?«

»Die haben wir mit Bang trunken gemacht, sie schlafen fest«, sagte ein Schlangenbändiger. »Vor morgen werden sie nicht wieder erwachen.«

»Also sind keine Verräter hier?«

»Nein, keine.«

»Dann können wir von unsern Interessen sprechen. Wer ist dem weißen Jäger und seinen Gefährten gefolgt?«

»Ich«, antwortete ein junger Inder, indem er aufstand.

»Haben sie den Menschenfresser getötet?« fragte Sitama.

»Ja, den ersten.«

»Wieso den ersten?«

»Weil es zwei waren. Ich habe ihrer Jagd beigewohnt, indem ich mich zwischen den Ästen einer Tamarinde versteckte, und habe mich überzeugen können, daß es zwei Bâg waren.«

»Haben sie auch die zweite erlegt?«

»Nein, aber sie nahmen sich vor, sie zu jagen.«

»War der Kornak bei ihnen?«

»Ich habe ihn nicht gesehen.«

Der Fakir machte eine zornige Gebärde.

»Man sagte mir, jener Mensch sei die rechte Hand des Exfavoriten des Guicowar, und sein geheimnisvolles Verschwinden beunruhigt mich. Sie müssen ihn auf meine Spuren gesetzt haben.«

»Darüber kann man Gewißheit erlangen«, sagte der Riese Barwani.

»Ich weiß, man muß aber erst die Rückkehr der Jäger abwarten.«

»Gedulden wir uns bis dahin, Sitama«, antwortete Barwani.

»Keiner von euch hat ihn gesehen?«

»Niemand«, antworteten alle.

»Dieser Mensch kann unsere Geschäfte verderben, so daß wir den Lichtberg verlieren.«

Als Bhandara von dem berühmten Diamanten reden hörte, war er überrascht und zugleich erschrokken. Wie hatten jene Gauner den wahren Grund von Indris Reise erfahren können? Wer konnte seinen Herrn verraten haben? Wenn das Geheimnis bekannt war bei Leuten dieses Schlages, waren Indri, Toby und Dhundia einer schweren Gefahr ausgesetzt, denn wenn der Radscha auch im entferntesten Verdacht geschöpft hätte, würde er sicher niemanden verschont haben.

Bei diesem Gedanken schauderte es Bhandara.

Indri, sein edler Herr, war in Gefahr. Um jeden Preis mußte er gerettet werden.

Seit jenem Momente hatte er nur einen Gedanken: so schnell als möglich fort.

Niemand achtete auf ihn. Alle lauschten andächtig dem Fakir.

»Bis ihr euch auf meine Verfolgung vorbereitet, handle ich«, murmelte Bhandara. »Wenn es euch gelingt, sollt ihr mich später wiederfinden.«

Er verließ sein Versteck, hielt sich dicht an der Mauer, schlich sich lautlos zu dem Gange, aus dem er Sitama und auch den Riesen Barwani hatte kommen sehen.

Revolver und Dolch hatte er gezogen. Da er gewandt wie eine Schlange und gleichzeitig kräftig war, hoffte er, sich lange verteidigen zu können, falls jene geheimnisvollen Wesen sich auf ihn stürzen und ihm den Ausgang versperren sollten.

Langsam drang er vorwärts und hatte fast die Galerie erreicht, als ein Schatten auf eine weiße Marmorwand fiel.

Vom Lichte der Fackeln ungeheuerlich in die Länge gezogen, wurde er sofort von einem jener Menschen bemerkt, die den Kreis mitten in der Pagode bildeten.

Bhandara, der seinen Schatten auf jener weißen Wand zu spät bemerkte, hatte sich zu Boden geworfen, aber im Tempel ertönte schon eine Stimme:

»Da! . . . Da! . . . Ein Mensch!« schrie der Mann, der seinen Schatten entdeckt hatte.

Gaukler und Bändiger waren wie ein Mann aufgesprungen.

»Schaut! ... Ein Mann flieht!« wiederholte dieselbe Stimme.

Als sich Bhandara entdeckt sah, war er zu dem Gang gestürzt, stieß aber mit dem Kopfe gegen eine Bronzetür, die er vordem nicht bemerkt hatte, infolge des Halbdunkels, das in jenem Teile der Pagode herrschte.

Er versuchte mit äußerster Kraftanstrengung die Tür aufzudrücken, aber sie wich nicht.

»Ich bin gefangen!« rief er. »Mein armer Herr!«

Gaukler und Bändiger stürzten sich wie eine Meute wütender Hunde auf ihn. In ihren Fäusten blitzten Messer und Dolche.

Bhandara lehnte sich an die Mauer, um nicht im Rücken angegriffen zu werden, und erhob entschlossen den Revolver, indem er schrie:

»Wer mich anrührt, ist des Todes!«

Mit einem Zeichen hielt der riesige Barwani seine Leute zurück.

»Wer bist du?« fragte er.

»Ein Mann, der hinaus möchte«, antwortete Bhandara.

»Wie kamst du in diesen Tempel?«

»Ich weiß nicht; ich folgte der Prozession, die Holica zu feiern kam, dann trank ich den Bang und wachte hier drinnen wieder auf.«

»Warum bist du bewaffnet? Um das Fest der Dämonin zu feiern, sind weder Revolver noch Dolche gebräuchlich.«

»Ich habe die Gewohnheit, stets Waffen bei mir zu führen.«

»Bist du ein Brahmane?«

»Du siehst es an den Kleidern, die ich trage«, antwortete Bhandara.

»Was hast du von unsern Gesprächen gehört?« fragte Barwani drohend.

»Nichts, denn ich schlief und wachte jetzt erst auf.«

Barwani wandte sich an den Fakir, der eben hinzukam und Bhandara scharf beobachtete.

»Was sollen wir mit jenem Menschen tun, Sitama?« fragte er ihn.

Der Fakir antwortete nicht; er schaute immer nach Bhandara, der sich entdeckt sah und einen Teil des Gesichts mit dem Arm zu verdecken suchte, in dem er den Revolver hielt.

Plötzlich stieß Sitama einen Triumphschrei aus.

»Der Kornak der Jäger! Er ist in die Falle gegangen wie ein junger Tiger! ... Freunde, packt jenen Menschen, oder alles ist verloren!«

Ein Schuß krachte im Tempel und rief alle Echos wach.

Doch fiel nicht der Fakir, sondern ein Gaukler, der sich blitzartig vor seinen Häuptling geworfen hatte und seinen eigenen Körper als Schild bot.

»Geht ihm zu Leibe!« schrie Barwani, indem er einen eisernen Leuchter ergriff.

Alle warfen sich mit gezückten Messern auf ihn.

»Ich muß den Mann lebend haben!« rief Sitama.

Dieser Befehl kam zur rechten Zeit, denn die wütenden Sâpwallah und Gaukler wollten den mutigen Kornak eben in Stücke reißen.

Bhandara feuerte fortwährend in die Menge, bis er die letzte Kugel verschossen und fünf andere Männer zu Boden gestreckt hatte.

Dann schleuderte er die Waffe einem Gegner ins Gesicht und zerschmetterte ihm die Stirn, zog das Messer und warf sich auf seine Gegner.

In dem Augenblicke stürzte sich Barwani auf ihn, packte ihn bei den Schultern und schleuderte ihn zu Boden. Sofort banden zehn Hände den Gefangenen, so daß er sich nicht mehr bewegen konnte.

»Du bist gefangen«, sagte der Fakir, indem er näher trat.

»Dann töte mich«, antwortete Bhandara kalt.

»So dumm bin ich nicht; du kannst mir von großem Nutzen sein, mein Lieber. Du wirst mir vieles erzählen, was ich noch nicht weiß und erfahren muß, um ein gewisses Unternehmen durchzuführen.«

»Betreffs des Lichtberges, nicht wahr, Fakir?« fragte Bhandara ironisch.

Bei diesen Worten hatte Sitama einem Gaukler den Dolch entrissen und gegen den Kornak erhoben.

»Ah! . . . Du weißt das?« stieß er rauh hervor. »Dann hast du selbst dein Todesurteil ausgesprochen.«

»Vollziehe es also!«

»Der Hunger wird dich richten und unsere Gefährten rächen.«

Der riesige Barwani packte den unglücklichen Kornak, hob ihn wie ein Kind auf, öffnete die Bronzetür mittels eines Druckknopfes, der in der Mauer versteckt angebracht war, und verschwand im dunkeln Gange.

## 16. Kapitel
## Der kleine Sadras

Sadras hatte, treu dem gegebenen Worte, das Gebüsch, das ihm als Versteck diente, nicht verlassen.

Von dort aus hatte er dem nächtlichen Feste zuschauen und Bhandara sich unter jene schreiende und trunkene Menge mischen sehen können.

Dann hatte er, nicht ohne Besorgnis, bemerkt, wie sein Herr in dem Augenblick in die Pagode ging, als die Leuchtfeuer erloschen.

»Er wird sich verirren«, murmelte der brave Knabe.

Auch als die Gaukler und Sâpwallah eintraten und die Tempeltüren schlossen, verließ Sadras, der sich nicht mehr halten konnte, sein Versteck und schlich sich an die Stufen.

Eine unwiderstehliche Neugierde trieb ihn zur Pagode. Er wollte sehen, was im Innern vorging.

Als er all jene Trunkenen bemerkte, die laut schnarchten und auf den Stufen und um die Holica-Statue herumlagen, zog sich Sadras vorsichtig zurück, aus Furcht, jemanden zu wecken und entdeckt zu werden.

Er schlich um die gewaltige Pagode, in der Hoffnung, irgendeine Öffnung zu finden, die ihm Eintritt gestattete.

Unter einem Fenster, das sich sieben Meter über dem Erdboden befand, blieb er stehen.

Fackellicht schien durch die bunten Fensterscheiben, so daß sie hell glitzerten.

»Wenn ich dahinauf könnte«, murmelte er.

Der Aufstieg war nicht schwierig, denn auch an

den Außenwänden befanden sich Säulen, Statuen, Reliefbildwerke, Löwenköpfe und Elefanten, die wunderlich ihre Rüssel übereinander kreuzten.

Sadras war gewandt und für sein Alter sehr kräftig.

Er klammerte sich an einen Elefantenrüssel, der auf einem Kapitäl eine Statue Ramas trug, und schwang sich hinauf.

Leicht kam er auch über die Statue, klammerte sich am Rande eines Kapitäls an, zog sich mit der Kraft seiner Arme hinauf und erreichte endlich das Fenster, dem einige Scheiben fehlten.

Gerade in diesem Augenblicke feuerte Bhandara seine erste Kugel ab.

Mit unsagbarer Besorgnis wohnte er dem verzweifelten Kampfe bei und hörte genau die letzten Worte des Fakirs.

Bestürzt, schweißgebadet, verließ der Knabe das Fensterbrett, glitt an der Statue herunter, rutschte am Rüssel hinab und kam auf den Boden.

Er hatte nur einen Gedanken: die Jäger suchen und sie von dem Vorgefallenen in Kenntnis setzen.

Eiligst sprang er durch den Wald, dann über das Diamantengebiet, zu einer Faktorei, die sich in der Nähe der Stadt befand. Dort war er bekannt, da er einige Monate, während der Baumwollernte, bei dem Besitzer in Diensten war.

Obwohl es kaum zwei Uhr morgens sein konnte, zögerte Sadras nicht, das Gong zu schlagen, das an der Tür angebracht war.

»Ich brauche ein Pferd für meinen neuen Herrn«, sagte er zum Diener. »Ich gebe dir zehn Rupien, wenn du mir eins für vierundzwanzig Stunden vermietest.«

Die Summe war hoch, und der Diener weigerte sich nicht einen Augenblick.

»Der Besitzer wird mir sicher keine Vorwürfe machen, wenn ich ihm eine Handvoll Rupien gebe«, sagte er. »Warte einige Minuten, kleiner Sadras.«

Bald öffnete sich ein Stall der Faktorei, und der Diener brachte eins jener Pferdchen inländischer Rasse, die man Pony nennt und die von den Engländern auch in Indien eingeführt sind. Ohne sich der Steigbügel zu bedienen, sprang Sadras in den Sattel, ergriff die Zügel und galoppierte ab.

Er durchkreuzte wieder die Diamantenfelder und bog nach Norden, wo sich undeutlich eine Hügelkette erhob. Es waren die großen Minen, die der furchtbare Menschenfresser heimsuchte, so daß die Bergleute gezwungen waren, ihre Arbeit aufzugeben.

Sadras kannte das Lager nicht, er war aber sicher, die Jäger irgendwo zu finden.

Die Hügel und die zweite Diamantenzone hatte er schon überschritten, als er am Waldsaume zwei Leuchtfeuer durch die Dunkelheit schimmern sah.

»Ob es das Lager der Jäger ist«, fragte er, langsamer reitend, um sein Pferd verschnaufen zu lassen.

Als er schärfer hinschaute, entdeckte er neben den Feuern einen großen Wagen und menschliche Schatten.

»Das müssen die Jäger sein«, murmelte er.

Er feuerte sein Pferd wieder an und ritt über die steinigen Hügel, die sich vor dem Walde ausdehnten.

Etwa hundert Schritt war er noch entfernt, als er vor einem der Leuchtfeuer einen Mann bemerkte, der rief:

»Wer da?«

»Ein Freund des weißen Jägers«, antwortete der Knabe, indem er gewandt zur Erde sprang.

Der wachhabende Schikari kam mit angelegtem Karabiner zu ihm.

Als er den Knaben sah, war er erstaunt.

»Wer sendet dich, Junge?« fragte er.

»Ein Freund des großen Jägers«, antwortete Sadras.

»Hast du denn keine Furcht, nachts unbewaffnet hierherzukommen? Das ist das Gebiet des Menschenfressers.«

»Ich habe keine Furcht. Wo ist der weiße Jäger? Ich habe eine eilige Botschaft für ihn.«

»Er ist noch nicht zurück.«

»Ich muß ihn aber sofort sprechen.«

Der Schikari ging zu seinen Gefährten und setzte sie von dem Wunsche des Knaben in Kenntnis.

»Auch der zweite Tiger wird jetzt erledigt sein«, sagte der Oberste der Buschjäger. »Habt ihr die Flintenschüsse nicht gehört?«

»Ja«, antworteten alle.

»Dann können wir den Jägern entgegengehen.«

»Oder Signale geben«, sagte ein anderer.

»Gebt sofort Zeichen«, sagte Sadras. »Der weiße Jäger wird euch dankbar sein.«

Die Schikari schossen ihre Karabiner in die Luft und wiederholten nach einer Minute die Schüsse.

Bald darauf kamen aus dem Walde drei Schüsse hintereinander.

»Wenn sie uns antworten, müssen sie uns verstanden haben«, sagte einer der Schikari. »Vielleicht sind sie schon auf dem Marsche.«

»Wiederholen wir die Signale!«

Auf die vier Schüsse antworteten auch die Karabiner der Jäger, und diesmal bedeutend näher.

»Sie kommen«, sagte der Oberste.

Kaum zwanzig Minuten waren nach dem letzten Schusse vergangen, als sie Toby, Indri und Dhundia, die den zweiten Tiger trugen, aus dem Walde kommen sahen.

Der Oberste der Schikari beeilte sich, ihnen entgegenzulaufen.

»Sahib«, sagte er, indem er sich an Toby wandte, »eben ist ein Knabe aus Pannah mit einer eiligen Botschaft für Euch gekommen.«

»Von seiten des Radscha?« fragte Toby.

»Ich weiß nicht; hier ist der Knabe.«

Sadras war den Jägern entgegengelaufen und grüßte sie mit einer tiefen Verbeugung.

»Wer sendet dich?« fragte Toby, indem er ihn aufmerksam betrachtete.

»Ein Mann, der mich gestern in seine Dienste nahm und angab, ein Freund des weißen Jägers zu sein.«

»Wie heißt er?«

»Das weiß ich nicht, wenn du aber dieses Schreiben liest, das er mir übergab, wirst du es jedenfalls erfahren, Sahib.«

»Gib es mir!«

Sadras griff in den Gürtel, der seine Hüften umschloß, und zog ein vierfach gebrochenes Stück Papier hervor.

»Laß mich allein lesen«, sagte Toby zu Indri. »Ich kann mir schon denken, um was es sich handelt.«

Er begab sich eiligst zum Lager, setzte sich neben das Feuer und las besorgt das Schreiben.

Es enthielt nur wenige Zeilen.

»Sahib«, hatte der Kornak geschrieben, »irgend jemand hat uns verraten, und der Grund unseres Unternehmens ist dem Fakir bekannt. Feinde wachen über Euch und belauschen jede Eurer Bewegungen.

Das Versteck des Fakirs habe ich entdeckt, heute abend spüre ich ihm nach. Wenn sie mich töten, rächt mich!

Bhandara.«

Als Toby jene Zeilen las, war er zweimal mit der Rechten über die Stirn gefahren, um den Schweiß abzuwischen, der sie bedeckte.

»Wir sind verraten worden!« murmelte er knirschend, »und man überwacht uns! Dann ist Indri verloren. Ich hatte es mir gedacht. Wer aber wird dieser Verräter sein? Parvati, der infame Minister des Guicowar? Oder jener Dhundia, der mir jedesmal, wenn ich ihn ansehe, den Eindruck einer Schlange macht? Ich tat recht daran, so zu handeln, und werde nicht zu bereuen haben, vorsichtig und mißtrauisch gewesen zu sein.«

Er schaute umher.

Indri beschäftigte sich mit dem Tiger. Dhundia dagegen saß auf einem Steinhaufen und beobachtete den Jäger, als wenn er aus seinem Gesicht die verschiedenen Gedanken lesen wollte.

»Er scheint mich zu beobachten«, murmelte Toby.

Er faltete das Schreiben zusammen, steckte es in die Tasche, näherte sich Indri und sagte:

»Einer meiner Freunde sendet mir ein Schreiben. Er ladet mich zu einer Jagdpartie ein. Es ist vier Meilen von hier, jenseits der Minen von Kamarga. Da er wußte, daß ich mich hier befand, wünschte er mich zu sehen, damit ich ihm ein Rhinozeros erlegen helfe, das seine Pflanzungen verwüstet.«

»Und du wirst hingehen?«

»Du kommst auch mit, Indri.«

»Wer soll dann die Tigerfelle dem Radscha überbringen?«

»Das wird Dhundia besorgen«, antwortete Toby.

»Wünscht Ihr meine Begleitung nicht?« fragte dieser, ein wenig gereizt.

»Eure Gegenwart ist in Pannah nützlicher als in den Minen«, antwortete Toby. »Ihr werdet bis zu unserer Rückkehr den weißen Jäger beim Radscha vertreten.«

»Bleibt Ihr lange fort?«

»Einige Tage.«

Da fühlte sich Toby an den Schultern berührt.

Es war Sadras.

»Was willst du noch, Junge?« fragte der Jäger fast barsch.

»Ich muß dich sprechen, Sahib.«

»Ich weiß, was du mir sagen willst«, antwortete Toby. »Du willst mit mir kommen?«

»Ich stehe zu deiner Verfügung, Sahib.«

»Wann brecht Ihr auf?« fragte Dhundia, der schlechter Laune war.

»Sofort«, sagte Toby. »Wenn Euch der Radscha empfangen sollte, so sagt ihm, daß er auch mich bald sehen wird.«

»Ohne Euch auszuruhen, wollt Ihr gehen?«

»Ich bin ans Wachen gewöhnt und glaube, daß auch Indri einverstanden ist.«

»Wir werden später im Bengalow deines Freundes schlafen«, antwortete der Exfavorit des Guicowar, der schon begriff, daß Toby einen wichtigen Grund haben mußte, um so eilig aufzubrechen.

»Gehen wir also«, sagte der Jäger. »Es dämmert, und wir werden einen prächtigen Spaziergang machen.«

Auf Sadras Pferdchen ließ er Lebensmittel und Munition laden, warf den Karabiner über die Schulter und lud Indri ein, ihm zu folgen.

Inzwischen spannten die Schikari die Ochsen an die Wagen, um nach Pannah zurückzufahren.

Als Sadras Toby nach dem Walde anstatt auf die Diamantenfelder zuschreiten sah, näherte er sich ihm und sagte:

»Sahib, dort befindet sich die Pagode nicht.«

»Folge mir nur«, antwortete der Jäger.

»Was meint er für eine Pagode?« fragte Indri, der nichts von alledem verstand. »Wohnt denn dein Freund in einem Tempel?«

»Still, Indri«, antwortete Toby. »Bald sollst du alles erfahren.«

Ohne zu reden, lief er bis zum Waldsaum, spähte scharf nach den Bäumen und warf sich ins Gebüsch.

»Schau nach, ob der Ruth abgefahren ist«, sagte er dann zu Indri.

»Er hat das Lager schon verlassen und durchquert eben das Diamantengebiet.«

Der Jäger suchte einen vor Sonnenstrahlen wohlgeschützten Platz, setzte sich und gab Indri Bhandaras Brief.

»Lies!«

Kaum hatte der Exfavorit des Guicowar einen Blick über jene Zeilen geworfen, als ihm ein Schrei entschlüpfte.

»Verraten!« rief er mit halberstickter Stimme. »Ich bin verloren!«

»Noch nicht«, sagte Toby energisch. »Wo ließest du den Mann, der dir diesen Brief übergab?«

»In der Pagode, Sahib. Von einem Fenster aus wohnte ich dem Kampfe bei und verließ es nicht eher, bis ich ihn, von der Menge überwältigt, stürzen sah.«

»Bhandara gefangen!« riefen Indri und Toby wie aus einem Munde.

»Ist dies vielleicht der Name meines Herrn?« fragte Sadras.

»Ja, erzähle alles, denn wir wissen noch nicht, was deinem Herrn zugestoßen ist«, sagte Indri.

Als Toby und der Exfavorit Bhandaras Unglück hörten, entfuhren beiden dieselben Worte: »Wir müssen ihn retten!«

»Ich bin bereit, euch zur Pagode zu führen«, sagte Sadras.

»Wie können wir aber mit so vielen Feinden kämpfen, die zu allem entschlossen sind?« fragte Indri. »Und Dhundia hast du auch zurückgeschickt! Das war wenigstens ein Mann mehr.«

»Ich entfernte ihn, weil ich ihn im Verdacht habe«, sagte Toby ernst. »Ich fühle instinktmäßig, daß uns ein Verräter umschwärmt.«

»Welchen Zweck sollte Dhundia haben, mich zu verraten?«

»Das weiß ich nicht, aber ich mißtraue ihm. Wenn jener Mensch nun mit Parvati im Einvernehmen stünde?«

»Toby, du öffnest mir die Augen.«

»Wir haben noch keinen Beweis, der unseren Verdacht bestätigen könnte. Trotzdem ist es mir lieber, wenn Dhundia möglichst weit weg von uns ist. Deswegen erfand ich auch das Geschichtchen mit meinem Jagdfreunde.«

»Danke, Toby, du bist mutig und klug, der rechte Mann, den ich für mein gefährliches Unternehmen nötig habe. Und was tun wir jetzt? Wenn meine Feinde nun den Radscha von meinem Plane schon in Kenntnis gesetzt haben?«

»Dann hätte er uns verhaften lassen«, sagte Toby. »Wir sind noch frei, also hat noch niemand gewagt, ihn zu benachrichtigen.«

»Ich möchte den Grund wissen, warum der Fakir mir entgegenarbeitet.«

»Vielleicht weiß ihn Bhandara, und deswegen müssen wir unser Möglichstes tun, ihn aus seiner Gruft zu reißen.«

»Wenn wir Bhandara befreit haben, schlagen wir alle die, die unser Geheimnis kennen, und machen sie unschädlich.«

»Ein schwieriges Unternehmen, Toby«, sagte Indri traurig.

»Bevor wir sie nicht alle vernichtet haben, werden wir nicht in den Besitz des Lichtbergs kommen, denn die kleinste Anzeige würde mir das Leben kosten.«

Er wandte sich an Sadras, der ihnen schweigsam zugehört hatte.

»Wie heißt du?« fragte ihn Toby.

»Sadras, Sahib.«

»Hast du deinen neuen Herrn liebgewonnen?«

»Ja, denn er war gut und freigebig.«

»Kennst du die Männer, die ihn gefangengenommen haben?«

»Zwei würde ich auch unter Tausenden wiedererkennen.«

»Wer sind sie?«

»Einer ist ein Schlangenbändiger von riesiger Gestalt, der auch meinen Herrn zu Boden warf und in den Keller trug. Ich weiß, daß er Barwani heißt.«

»Und der andere?« fragte Indri.

»Ist ein Gaukler.«

»Hast du auch den Fakir gesehen?«

»Ja, aber ich weiß nicht, ob ich ihn wiedererkennen würde.«

»Dieser Knabe wird uns noch vorzügliche Dienste leisten«, sagte Toby. »Gehen wir nach Pannah, Indri, verkleiden wir uns, daß wir unerkenntlich sind, dann handeln wir. Ah! Ich vergaß meine beiden Diener. Sie müssen noch im Bengalow des Radscha sein. Es sind zwei mutige Männer, auf die wir uns verlassen können.«

»Aber Dhundia ist im Bengalow«, sagte Indri.

»Dieser Knabe wird sie benachrichtigen, daß ich sie brauche, ohne daß Dhundia etwas merkt.«

Sie ließen Sadras aufs Pferd steigen, damit er sich nicht zu sehr ermüden sollte, und schritten rüstig durch das Diamantengebiet. Sie folgten jedoch nicht dem Ruth, denn sie wollten die Stadt am andern Ende erreichen und sich weder von den Schikari noch von den Gefährten des Fakirs sehen lassen.

Mittags, als die sengende Sonne die Leute von den Straßen verjagt hatte, betraten die beiden Jäger und Sadras die Stadt, indem sie durch eine halbeingestürzte Festung schritten.

»Kennst du irgendeinen Kleiderverkäufer?« fragte Toby den Knaben.

»Ja, Sahib«, antwortete dieser.

»Dann suchen wir vor allen Dingen eine Herberge, die nicht allzu luxuriös ist.«

Sadras, von ihren Absichten in Kenntnis gesetzt, führte sie in einen Vorort, wo verschiedene Bambushütten standen.

Toby ließ den Besitzer rufen und mietete eine, die vereinzelt in einem mit Indigo bepflanzten Garten stand.

»Ich brauche sie, um meine Waffen und Munition abzulegen«, hatte er zum Besitzer gesagt. »Sie zu Hause behalten ist bei den vielen unachtsamen und neugierigen Dienern zu gefährlich.«

Er zahlte das Doppelte der verlangten Summe und nahm ohne weiteres Besitz davon.

Nach einer halben Stunde kam Sadras, der sein Pferd in die Faktorei zurückgebracht hatte, mit zwei Indern wieder, die mit Kleidern jeder Farbe und jeder Größe beladen waren.

Toby, der sich als Europäer gern großmütig zeigte, kaufte die ganze Auswahl, die, wie er sagte, für seine Schikari sei, dann suchte er das Passende aus.

Es waren gebrauchte Anzüge, aber noch in bestem Zustande. Alles war vertreten: Kleider für Maratt, Scheik, Soldaten, Beisi, Landleute, Sudra und auch für Diener.

Toby wählte einen prächtigen, gelben Turban mit blauen Streifen und einen Pandschagesenanzug, der seinem massigen und kräftigen Körper gut passen mußte, während Indri ein altes Scheikkostüm hervorzog, das früher wahrscheinlich einem Häuptling jener kühnen und kriegslustigen Berghirten angehört hatte.

Sadras war abermals fortgegangen und kehrte bald

mit verschiedenen Dosen und Schachteln zurück, die Tinkturen, verschiedene Pomaden und einige Rasiermesser enthielten.

Toby befestigte einen kleinen Spiegel an der Wand und rasierte sich Schnurr- und Knebelbart weg, während sich Indri den Kopf schor, denn die Inder haben nicht die Gewohnheit, die Haare lang zu tragen.

Hierauf wusch er sich verschiedene Male in einem Waschbecken, worin sich eine bronzefarbene Tinktur befand, die prächtig glänzte.

Als ihm die Haut dunkel genug schien, zog er das gewählte Kostüm an.

»Was meinst du, Indri?« fragte er.

»Ich habe nie einen so hübschen Pandschagesen gesehen«, sagte der Exfavorit. »Dir fehlen nur noch die goldenen Ohrringe.«

»Jener brave Junge hat mir schon welche gebracht. Sie sind nicht von Gold, trotzdem wird die Täuschung vorzüglich sein. Glaubst du, daß mich der Fakir so erkennen kann?«

»Wenn du dich nicht in meiner Gegenwart bemalt und umgekleidet hättest, so würde ich dich selbst nicht wiedererkennen«, antwortete Indri, der sein Gesicht eben schwarz färbte.

»Und du, kleiner Sadras?«

Der Junge fing an zu lachen.

»Mir ist's, als wenn ich dich vorher nicht gesehen hätte, Sahib«, antwortete er.

»Dann werde ich auch jenen Fakir täuschen. Höre, kleiner Sadras, weißt du den Bengalow, wo wir wohnten?«

»Ja, ich war mit Bhandara dort.«

»Dort habe ich zwei Diener, die Thermati und

Poona heißen, zwei Helden, die uns bei unserem schwierigen Unternehmen viel helfen können. Du sollst sie hierherführen, aber Dhundia darf nicht wissen, daß ich es bin, der sie wünscht.«

»Ich werde mich von ihm nicht sehen lassen, Sahib«, antwortete der Knabe.

»Bist du fähig, diesen nicht einfachen Auftrag auszuführen?«

»Verlaß dich auf mich, Sahib! Deine Leute werden hier erscheinen, und niemand wird etwas davon erfahren.«

»Geh, Junge; du bist klüger und gewandter als ein Mann.«

»Und jetzt«, sagte er, indem er sich an Indri wandte, »gehen wir frühstücken und legen unsern Plan zurecht.«

## 17. Kapitel
## Nächtliche Forschungen

Zwei Stunden vor Sonnenuntergang verließen Toby und Indri ihre Hütte, nachdem sie sich mit Revolvern und Dolchen versehen hatten, die sie bei einem Waffenhändler des Basars kauften.

Ihnen folgten der kleine Sadras und die beiden Diener.

Sadras hatte sich ihnen nach langem Auflauern in der Umgebung des Bengalow nähern können, als sie sich zu Bangawady begaben, um ihn zu füttern. Nach Tobys Beschreibung hatte er sie erkannt und sofort zur Hütte geführt.

Der Zuwachs durch die beiden Inder, die dem Fakir völlig unbekannt waren, war sehr wertvoll, zumal beide nicht nur mutig, sondern auch sehr kräftig waren, da sie der kernigen Rasse der Berghirten von Bhutan angehörten.

»Vor allen Dingen besichtigen wir erst die Pagode«, hatte Toby zu Indri gesagt, »dann werden wir sehen, was wir tun müssen, um Bhandara zu retten und jenen gefährlichen Fakir zu fangen.«

Um sich nicht zu sehr zu ermüden und einer nicht unwahrscheinlichen Verfolgung schneller entgehen zu können, hatten sie sich fünf kräftige Pferde gemietet.

Lautlos brach die Schar auf und schritt zur Pagode. Sadras ging voran, die beiden Diener hinterher.

Als sie in der Nähe des Tempels ankamen, war die Sonne schon untergegangen. Der Mond kam hinter den hohen Bäumen der Hochebene hervor und ließ die Kuppeln des Tempels in seinem Lichte glänzen.

»Ich kenne das riesige Gebäude«, sagte Toby. »Ich habe es einmal mit einem Freunde besichtigt, der in Pannah wohnte.«

»Hast du auch die unterirdischen Gewölbe gesehen?« fragte Indri.

»Ja.«

»Du kannst dann ein wertvoller Führer werden, Toby.«

»Ich war vor etwa vier Jahren hier und entsinne mich, daß auch ich eines Führers bedurfte, um die unendlichen Gänge zu durchwandern, die um die Pagode herumführen. Es wird nicht leicht sein, Bhandara zu finden.«

»Ich sah, wo sie ihn hinführten«, sagte Sadras, der keine Silbe von jenem Zwiegespräch verloren hatte.

Gebückt, um sich nicht sehen zu lassen, durchquerten sie schnell den Vorplatz und erreichten die Riesenstatue der Holica, neben der man noch die Überreste der Leuchtfeuer der vergangenen Nacht wahrnehmen konnte.

Auf den Stufen war niemand, und die massige Bronzetür war geschlossen.

»Ein Zutritt von dieser Seite ist unmöglich«, sagte Toby. »Man müßte eine Granate haben, um diese Türe zu zertrümmern.«

»Ob der Fakir mit seinen Banditen ausgezogen ist?« fragte Indri.

»Man hört nichts«, sagte Sadras, der das Ohr an eine Türritze gelegt hatte. »Man sollte meinen, daß die Pagode leer sei.«

»Und doch sagtest du, daß Sitama darin wohnte.«

»Ja, Sahib«, antwortete der Knabe. »Sie trugen ihn hierher, da sie ihn in der Hütte nicht mehr sicher glaubten.«

»Weißt du, wo jene verfallene Hütte steht?«

»Ja, Sahib.«

»Könntest du uns hinführen?«

»Ja, Sahib.«

»Später werden wir sie aufsuchen. Jetzt laufen wir um die Pagode herum und überzeugen uns vor allen Dingen, ob Licht zu entdecken ist.«

Sie stiegen die Stufen hinunter und begaben sich zu den Trümmern der antiken Mauer, über Geröll, Säulen, Kapitäle und gewaltige Steinblöcke hinweg.

»Schöne Plätze für einen Hinterhalt«, sagte Toby, der vorsichtshalber den Revolver gezogen hatte. »Die Pagode scheint verlassen zu sein. Kein Fenster ist erleuchtet.«

»Ihr täuscht Euch, Herr«, sagte Thermati, einer der beiden Diener. »Schaut dahinauf zur dritten Kuppel. Seht Ihr nicht das erleuchtete Fenster?«

»Tatsächlich!« rief Toby. »Dort oben brennt eine Lampe!«

»Ob es das Zimmer des Fakirs ist?« fragte sich Indri.

»Es befindet sich aber so hoch, daß man fünf Leitern haben müßte, um bis an jenes Fenster zu gelangen«, bemerkte Thermati.

»Wenn wir in der Pagode sind, nehmen wir auch jenen Burschen aus seinem Nest«, sagte Toby. »Welches Glück, wenn es der Fakir wäre!«

»Sahib«, sagte Sadras in jenem Augenblick. »Hier bin ich aufgestiegen. An diesen beiden Elefantenköpfen und der Säule bin ich bis zu jenem Fensterbrett emporgeklettert.«

»Bist du fähig, es nochmals zu versuchen und uns dann ein Seil herunterzuwerfen?«

»Ja, Sahib.«

»Hat jenes Fenster Eisenstäbe?«

»Vier, Sahib.«

»Fest?«

»Stark und kräftig.«

»Ans Werk, mein braver Junge.«

Sadras band sich einen Strick um den Leib, klammerte sich an den Elefantenrüsseln an und schwang sich gewandt hinauf.

Die beiden Diener untersuchten inzwischen die Trümmerhaufen, um etwaige unangenehme Überraschungen in den dunkeln Gängen des Gebäudes zu vermeiden.

Sadras gelangte wie am vergangenen Abend glücklich aufs Fensterbrett und klammerte sich an den Eisenstäben des Fensters an.

»Siehst du nichts?« fragte Indri, der, ohne das Seil zu erwarten, schon auf die Elefantenrüssel geklettert war.

»Es ist kein Licht in der Pagode«, antwortete der Knabe.

»Hörst du auch kein Geräusch?«

»Völliges Schweigen, Sahib.«

»Binde das Seil an und wirf es herunter!«

Sadras versuchte, an den Stäben zu rütteln, um sich von der Festigkeit der Mauer zu überzeugen, aber sie wankten nicht.

»Sie halten auch das Gewicht des weißen Jägers aus«, sagte er.

Er band das Seil fest und warf das andere Ende seinen Gefährten zu.

Indri, ebenfalls sehr gewandt, war der erste auf dem Fenstersims, dann stiegen Toby und die beiden Diener hinauf.

Kaum hatten sie das Seil heraufgezogen, als sie einen langen Schatten über die Trümmer kommen sahen, die die Pagode umgaben.

»Daß sich niemand bewegt?« befahl Toby. »Lehnt euch unbeweglich gegen die Wand!«

Neben den Statuen einiger antiker Götter konnten sie sich gut verstecken.

Der Schatten rückte vorsichtig näher und blieb von Zeit zu Zeit stehen, um Umschau zu halten.

Toby hatte sich zu Sadras gebeugt, indem er ihm ins Ohr murmelte:

»Kennst du ihn?«

»Ja, Sahib.«

»Wer ist's?«

»Barwani, der Mann, der Bhandara zu Boden warf und in den Keller trug.«

»Ein wahrer Riese.«

»Und stark wie ein Stier, Sahib.«

»Lassen wir ihn jetzt in Ruhe.«

Der Inder schritt, immer vorsichtig, über die Trümmer und verschwand hinter einer Ecke des Tempels.

»Ob uns jemand um den Tempel hat gehen sehen?« sagte Toby..

»Ich vermute es«, sagte Indri. »Der Mann suchte uns.«

»Woher wird er gekommen sein? Durch die Bronzetür sicher nicht.«

»Es wird ein andrer Eingang dasein, Toby.«

»Uns genügt dieses Fenster. Thermati, Poona, entfernt die Eisenstäbe bis auf den, den wir fürs Seil brauchen!«

Die beiden Inder ließen sich das nicht zweimal sagen. Ohne die Beile anzuwenden, um Barwanis Aufmerksamkeit nicht auf sich zu ziehen, der jeden Augenblick zurückkehren konnte, packten sie mit kräftiger Faust die Eisenstäbe und bogen sie krumm, so daß sie aus ihren Höhlungen sprangen.

Toby steckte den Kopf in die Öffnung und lauschte lange, indem er den Atem anhielt.

»Es scheint niemand im Tempel zu sein«, sagte er dann. »Tiefe Finsternis und völlige Ruhe.«

»Dann ist jener Barwani auf einem andern Wege wieder eingetreten«, sagte Indri.

»Das kann sein«, antwortete Toby.

Er ließ das Seil in den Tempel fallen, untersuchte

nochmals die Haltbarkeit der Eisenstange, dann erhob er sich.

Thermati hielt ihn zurück.

»Nein, Herr«, sagte der Berghirt. »Laß mich zuerst hinunter! Ich bin gewandter als Ihr, und niemand wird mich absteigen sehen.«

»Du willst die Ehre haben, der ersten Gefahr Trotz zu bieten?«

»Ja, wenn Ihr es erlaubt, Sahib. Wenn ich jemandem begegne, soll ich ihn töten?«

»Nein, mein braver Hirt. Du gibst dem Seile einen Ruck, um uns zu benachrichtigen, und erwartest uns. Wir müssen alle zusammen handeln.«

»Ja, Herr.«

Der Berghirt schlüpfte durch die Öffnung, nahm den Dolch zwischen die Zähne, klammerte sich am Seile an und verschwand in der Finsternis.

Toby und seine Gefährten warteten gespannt am Seile, aber es bewegte sich kaum.

»Thermati hat niemanden getroffen«, sagte Toby nach einigen Minuten. »Der Weg ist frei.«

»Jetzt kommen wir an die Reihe«, sagte Indri.

Er klammerte sich ans Seil und stieg hinab. Von Zeit zu Zeit stießen seine Füße an Hindernisse, vielleicht Statuen oder Säulen, mit denen die Innenwand der Pagode geschmückt war, aber er verstand, sie geschickt zu meiden, obwohl es so stockfinster war, daß man nichts unterscheiden konnte.

Als er den Boden berührte, fühlte er sich von zwei kräftigen Armen gepackt, während eine Stimme fragte: »Seid Ihr es, Sahib?«

»Ja, Thermati«, antwortete Indri. »Hast du kein Geräusch vernommen?«

»Nein, Sahib.«

»Erwarten wir die anderen.«

Bald waren alle fünf am Ende des Seiles vereint.

»Habt ihr Lampen?« fragte Toby.

»Ja«, antworteten sie alle.

»Zünden wir eine an; ohne Licht kommen wir keinen Schritt vorwärts.«

»Ich stecke meine an«, sagte Sadras.

Aus einem kleinen Paket hatte er eine Lampe genommen, die jenen ähnlich sah, die die Bergleute benutzen. Er machte Feuer und ging einige Schritte vor, indem er das Licht nach allen Richtungen scheinen ließ.

»Da unten ist die Tür«, sagte er. »Durch diese ging Barwani, als er Bhandara forttrug.«

»Gehen wir rings um die Pagode«, riet Toby. »Erst möchte ich mich überzeugen, ob wir keine Spione im Rücken haben. Überraschungen haben mir nie behagen können.«

»Überlaßt uns diesen Auftrag, Herr«, sagte Thermati, indem er noch eine Lampe anzündete.

Während sich die beiden Berghirten entfernten, gingen Indri und Toby, vom kleinen Sadras geführt, zu jener Tür.

»Schaut«, sagte plötzlich der Knabe, indem er sich zur Erde beugte. »Hier sind noch Blutflecke auf dem Boden.«

»Blut von meinem Kornak?« fragte Indri besorgt.

»Nein, Sahib«, antwortete Sadras. »Bhandara hat getötet, ohne eine Wunde zu erhalten.«

Sie näherten sich der Tür und versuchten sie aufzudrücken.

»Sie ist verschlossen«, sagte Toby.

»Ich sah, wie Barwani mit den Fingern diese Skulpturen betastete«, sagte Sadras. »Es muß ein Druckknopf dasein.«

Längs der Türpfosten waren Verzierungen, Schnörkel und fein ausgehauene Blumengruppen, aber nirgends ein Knopf.

Indri und Toby berührten jedes Relief, aber ohne Resultat, denn die Tür blieb hartnäckig geschlossen.

»So werden wir nichts erreichen«, sagte Toby ärgerlich.

»Und Bhandara ist vielleicht nicht weit«, versetzte Indri.

»Was tun?«

»Schlagen wir sie mit dem Beile ein!«

»Dann wird Barwani herbeieilen, und wahrscheinlich nicht allein. Ich möchte lieber ohne Kampf eindringen. Wir wissen nicht, wie viele Gaukler und Sâpwallah es sind.«

Während sie berieten, was zu tun sei, versuchte Sadras, die Tür zu öffnen.

Plötzlich sah er zu seinem Erstaunen, wie sich die Tür unter dem leichten Drucke seiner Hände öffnete.

»Sahib!« rief er. »Die Tür ist offen!«

»Das ist unmöglich!« antwortete Toby, nicht wenig überrascht. »Ich versuchte es mit meiner ganzen Kraft, und sie wich nicht!«

»Und doch ist sie offen!« rief Indri.

»Du hast irgendeinen Druckknopf berührt?« fragte Toby.

»Nein, Sahib.«

»Hier steckt ein Geheimnis dahinter, das schlecht

für dich ablaufen kann. Irgend jemand muß sie geöffnet haben und wartet vielleicht im Gange, um sich auf uns zu stürzen.«

Thermati und sein Gefährte, die ihre Untersuchungen beendet hatten, waren zurückgekehrt.

»Haltet die Waffen bereit«, befahl Toby.

Dann gab er der Tür einen mächtigen Tritt und erhob den Revolver.

Die gewaltige Metallplatte sprang ganz auf und zeigte einen dunklen Gang, der abwärts in die Tiefe zu führen schien.

Toby nahm Sadras Lampe und drang entschlossen vor, immer mit erhobener Waffe.

»Vorwärts!«

## 18. Kapitel
## Die Geheimnisse der Pagode

Der Gang, der zu den Zimmern führen mußte, die die Priester der Pagode bewohnten, war halbkreisförmig. An den Wänden befanden sich Skulpturen und Säulen aus schwarzem Mamor.

Wischnu, der erhaltende Gott der Inder, dem die Pagode geweiht war, sah man überall, zusammen mit Bumidevi, der Erdgöttin, und Latschimi, der Göttin der Schönheit, mit ihren beiden Gatten und Moyen, dem Sohne, der sich später in ein wunderschönes Weib verwandelte, um den Riesen zu bezaubern und den Amurdon zu rauben, den kostbaren Likör, der Unsterblichkeit verlieh.

Tiefes Schweigen herrschte in jenem Gewölbe,

kaum unterbrochen von den schürfenden Schritten der fünf Menschen.

Toby war sofort einige Schritte rasch vorgesprungen, da er den Mann zu finden glaubte, der die Tür geöffnet hatte; aber er sah niemanden.

Jener Gang schien völlig verlassen zu sein.

»Dieses Schweigen beunruhigt mich«, sagte er zu Indri, der mit Sadras und den beiden Berghirten zu ihm gestoßen war. »Es wäre mir lieber gewesen, wenn ich Widerstand gefunden hätte.«

»Vielleicht haben sie nicht gewagt, uns entgegenzutreten«, antwortete der Exfavorit des Guicowar. »Trauen wir ihnen trotzdem nicht, wer weiß, welche Überraschungen sie uns vorbereiten.«

»Wohin wird dieser Gang führen?«

»Am Ende scheint eine Treppe zu sein«, sagte Thermati, der einige Schritt voran war.

»Dann führt er auch nicht in die unterirdischen Gänge der Pagode«, bemerkte Toby. »Wo werden sie Bhandara eingeschlossen haben?«

»Sind Türen hier?« fragte Indri.

»Ich sehe keine.«

»Vorwärts, Toby!«

Sie folgten dem Wege, immer vorsichtig, mit erhobenen Waffen, und erreichten eine halbverfallene Treppe, die sich gewunden emporschlängelte.

»Was tun wir?« fragte Indri.

»Steigen wir hinauf«, antwortete Toby. »Wir werden nachsehen, wo sie aufhört.«

»Auch hier sieht man keine Türen.«

»Nein, Indri.«

Sie erklommen vierzig Stufen und gelangten in einen weiten, viereckigen Saal, dessen Decke in eine

Kuppel endete. Die Wände waren mit Skulpturen und teilweise mit alten Teppichen bedeckt.

Hier herrschte ein feuchter Modergeruch, obwohl an den Wänden kein Tropfen Wasser zu sehen war.

»Das ist ein Zimmer, das seit Jahrhunderten nicht bewohnt ist«, sagte Toby.

Er wollte eben ringsum gehen, als ein fernes Stöhnen an seine Ohren drang.

Da er glaubte, sich getäuscht zu haben, achtete er nicht darauf, aber nach wenigen Minuten hörte er es wieder, und zwar deutlicher. Lebhaft erregt, ging er zu seinen Gefährten zurück.

»Habt ihr's gehört?« fragte er.

»Ja«, antworteten Indri und die Berghirten.

»Ob jenes Stöhnen von Bhandara herrührt? Der Unglückliche leidet seit vierzig Stunden Hunger.«

»Woher kam es?« fragte Indri, tief erschüttert.

»Ich weiß nicht.«

Sie verteilten sich im Saale und horchten.

Das Stöhnen wiederholte sich deutlich und schien aus der dunkelsten Ecke zu kommen.

»Dort«, sagte Toby.

Alle eilten nach jener Richtung, indem sie die Lampen hochhielten, und befanden sich plötzlich vor einer gewaltigen Statue, die in die Wand eingehauen war, so daß sie nicht fortgeschafft werden konnte.

»Ob sich jemand in dieser Statue versteckt hat?« fragte sich Toby.

Abermals war ein Stöhnen laut geworden, und diesmal hinter der Wand, die den Gott stützte.

»Wer seid Ihr?« fragte Indri. »Wo seid Ihr verborgen? Wer Ihr auch sein mögt, in uns werdet Ihr Beschützer finden.«

»Sahib, ich sterbe!«

»Bhandara!« riefen sie alle.

»Ich bin es ... Sahib. Eingeschlossen in eine kleine Zelle, sterbe ich vor Durst.«

»Wir sehen dich nicht.«

»Ich bemerke aber einen Lichtstrahl in meinem Gefängnis.«

»Ist ein Loch da?«

»Ja, Herr, so groß wie eine Rupie.«

»Gibt es hier eine Geheimtür?«

»Rückt die Statue weg, Herr!«

»Auf welche Weise? Zwanzig Männer brächten diese Masse nicht vom Fleck.«

»Ich sah, wie Barwani einen Druckknopf berührte.«

»Wo befindet er sich? Sprich, Bhandara!«

»Ich weiß nicht, ob er die Mauer oder die Statue berührte.«

»Freunde, sucht ihn!« sagte Indri. »Bhandara, kannst du es noch einige Stunden aushalten?«

»Ja ..., obwohl mir der Gaumen verdorrt ... Man gab mir zu trinken, ich weiß nicht, welche höllische Flüssigkeit, um meine Leiden zu verdoppeln ... Herr, rettet mich ..., ich habe Geheimnisse für Euch.«

»Hast du den Fakir wiedergesehen?«

»Niemand trat wieder in diese furchtbare Zelle.«

Die beiden Berghirten, Sadras und Toby suchten inzwischen fieberhaft nach jenem geheimen Druckknopf, der die Gottheit beiseite rücken sollte.

Nachdem sie alle Wandvorsprünge betastet, den riesigen Gott genau untersucht und sogar den Boden in jeder denkbaren Weise abgeklopft hatten, mußten sie sich für besiegt erklären.

»Nichts, absolut nichts!« rief Toby verzweifelt. »Entweder ist der Druckknopf von jenen Elenden zertrümmert worden, so daß er versagt, oder er ist so versteckt, daß man ihn nicht finden kann. Uns bleibt nur übrig, die Wand einzuschlagen.«

»Ein schwieriges und langes Unternehmen«, sagte Indri. »Außerdem würden auch die kleinen Äxte deiner Leute an diesen Mauern zersplittern. Dazu braucht man Spitzhacken.«

»Bhandara!«

»Herr.«

»Gibt es keinen andern Eingang?«

»Ich kenne keinen andern.«

»Sahib«, sagte Sadras. »Zwei Kilometer von hier ist die Mine, dort werden wir genug Spitzhacken finden.«

»Und wenn die Gaukler unterdessen kommen und Bhandara ermorden?« sagte Toby. »Vielleicht hat jener Barwani unsere Gegenwart schon bemerkt.«

»Ich gehe mit Euern Leuten, und Ihr bleibt hier. In einer Stunde sind wir wieder zurück.«

»Wir können nichts anderes tun, Toby«, sagte Indri.

»Und wenn sie inzwischen das Seil abschneiden?«

»Poona wird als Seilwächter am Fenster bleiben.«

»Sei es«, sagte Toby. »Wenn wir die Wand nicht einschlagen, wird Bhandara nie herauskommen. Geht, und wenn ihr den Weg von jenen Banditen versperrt findet, so kehrt ohne Kampf zurück!«

»Verlaßt Euch auf uns, Herr«, sagte Thermati. »Ich gehe mit Sadras zur Mine, und Poona bleibt auf dem Fensterbrett.«

Sie nahmen eine Lampe, griffen zu den Revolvern und verschwanden lautlos hinter der Treppe.

Toby und Indri hatten sich neben die Statue gesetzt.

»Bhandara?« fragte Indri.

»Herr ..., ich bin erschöpft vom Wachen und Fasten.«

»Du kannst ruhen, solange wir wachen. In einer Stunde wirst du frei sein, wenn alles gut geht, dann spüren wir jenem verwünschten Fakir nach. Hast du während deiner Gefangenschaft kein Geräusch gehört?«

»Nein, Sahib.«

»Dann haben die Banditen diese Pagode verlassen.«

»Ich weiß es nicht.«

Da sie vom Tempel her keinerlei Geräusche vernahmen, waren sie überzeugt, daß der Knabe und die beiden Berghirten schon durch das Fenster hindurch waren, ohne Barwani oder seinen Gaunern begegnet zu sein.

## 19. Kapitel
## Der Schlangenansturm

Nach einer Zeit, die ihnen eine Ewigkeit zu sein schien, hob Indri lauschend den Kopf.

»Ruhe, Toby.«

»Kommt jemand?«

»Ja, es scheinen unsere Gefährten zu sein.«

Toby schlich zur Treppe vor und sah Thermati

und Poona, die Spitzhacken trugen. Vor ihnen schritt Sadras mit der Lampe.

»An die Arbeit«, sagte Toby, indem er eine schwere Spitzhacke packte. Indri und Thermati ergriffen zwei andere Spitzhacken.

»Lassen wir die Statue, und bearbeiten wir lieber die Wand«, sagte Toby.

Zu beiden Seiten der Gottheit waren zwei schwarze Marmorplatten. Toby, der Kräftigste von allen, schlug zuerst zu, daß unzählige Splitter umherspritzten.

»Hinter diesem Stein ist eine Höhlung«, sagte er. »Gutes Zeichen.«

Beim zweiten Schlage platzte die Platte in ihrer ganzen Länge.

Indri und Thermati steckten die Spitzen ihrer Hakken in den Spalt und stemmten sich mit ihrem ganzen Körpergewicht gegen den Griff, während der Jäger immer kräftiger einhieb.

Plötzlich sprang ein Stück heraus und fiel dumpf auf den Boden. So entstand eine genügend große Öffnung, um einen Menschen hindurchzulassen.

»Bhandara«, sagte Indri, indem er mit der Lampe näher kam.

»Hier bin ich, Herr«, antwortete der Kornak.

»Kannst du heraus?«

»Ja, Herr.«

Indri zog die Lampe zurück, und der Kornak erschien.

Dem Unglücklichen hingen die Kleider in Fetzen herunter, sein Gesicht war verzerrt und mit Blut besudelt. Er war so schwach, daß er sich sofort an die Statue anlehnen mußte.

»Danke, Herr«, murmelte er. »Ich glaubte Euch nie wiederzusehen.«

Toby zog aus einer seiner zahllosen Taschen eine Flasche und hielt sie ihm an die Lippen.

»Trinke einen Schluck«, sagte er. »Er wird dir Kraft geben.«

»Wasser wäre mir lieber gewesen, Sahib; ich sterbe vor Durst.«

»Vor der Pagode sah ich einen Weiher, da kannst du deinen Durst nach Belieben stillen.«

»Ich habe Euch vieles zu erzählen.«

»Später; jetzt denken wir an den Aufbruch«, sagte Indri.

Bhandara war aufgestanden, um zu gehorchen, als von der Treppe her eilige Schritte kamen.

»Unsere Gefährten kehren zurück!« rief Toby.

Poona und Sadras stürzten in den Saal.

»Was habt ihr?« fragte Toby besorgt.

»Sahib«, sagte der Berghirt mit gebrochener Stimme. »Wir hörten, wie sich die Bronzetür schloß.«

»Tausend Tiger!...« rief der Jäger. »Ob sie uns eingeschlossen haben?«

»Glücklicherweise haben wir unsere Spitzhacken noch«, sagte Indri. »Wenn es nötig ist, werden wir auch diese Tür einschlagen.«

Da ertönten im Gange einige Laute von einer jener Flöten, die bei den Sâpwallah gebräuchlich sind.

Toby war blaß geworden.

»Ein spielender Sâpwallah, nicht wahr, Indri?« fragte er.

»Ja«, sagten Bhandara und der Exfavorit schaudernd.

»Ob es in dieser verwünschten Pagode auch

Schlangen gibt? Freunde, ich glaube es erraten zu haben.«

Die Musik spielte immer weiter, sanft und einschmeichelnd, aber sie schien nicht näher zu kommen.

»Schauen wir nach«, sagte Indri, indem er Sadras die Lampe entriß. »Ihr nehmt die Spitzhacken; sie können uns noch von Nutzen sein.«

Sie schlichen zur Treppe vor; kaum waren sie aber einige Stufen abgestiegen, als sie sich ansahen.

In der Galerie hörte man ein Zischen, das immer näher kam.

»Schlangen!« rief Toby mit halberstickter Stimme. »Jene Elenden hetzen uns eine Legion Schlangen auf den Hals.«

»Und wir haben keinen andern Ausgang«, sagte Indri. »Wenn uns die Schlangen den Weg versperren, wohin sollen wir uns retten?«

»Ah! Herr!« rief Bhandara. »Um mich zu retten, habt Ihr Euch ins Verderben gestürzt!«

»Wir haben noch Revolver«, sagte Toby, »und werden uns verteidigen.«

Mit der Lampe stieg er noch einige Stufen hinab und lauschte. Ein Schreckensschrei entfloh ihm.

Die Galerie war voller Schlangen, Gulabis, Riesenschlangen, Tigerschlangen, Kobras, Boas.

Von der Musik gereizt, die immer lebhafter wurde, schlängelten sich die ekelerregenden und gefährlichen Reptilien zischend und pfeifend immer näher.

»Wir sind verloren!« rief Toby zurückweichend. »Wenn diese Musik nicht verstummt, steigen diese Reptilien bis zu uns herauf und kommen auch in den Saal. Wo hält sich der Spieler verborgen?«

»Sicher hinter der Bronzetür.«

»Könnte ich ihn töten!«

»Töten wir inzwischen die Schlangen, Toby!«

Sie stellten sich auf die letzte Stufe und feuerten einige Schüsse ab. Drei oder vier Schlangen wurden getroffen.

Die Musik spielte immer schneller, und die Schlangen, unaufhörlich gereizt und rasend vor Zorn, kamen näher, ohne einen Augenblick zu zögern.

Toby und seine Gefährten feuerten noch einige Schüsse ab, aber mit wenig Erfolg. Die Schlangen waren in so großer Zahl und bewegten sich so rasch, daß man unmöglich zielen konnte, zumal mit so kurzen Waffen. Nur Toby und Indri fehlten selten.

»Heben wir die Kugeln für später auf«, sagte Toby. »Sie werden zu kostbar.«

Da der Versuch, die Schlangen in ihrem Ansturme aufzuhalten, fehlgegangen war, stiegen die fünf Männer und Sadras schleunigst wieder die Treppe hinauf und flüchteten in den Saal.

»Wenn man diese Türe verbarrikadieren könnte!« sagte Toby. »Man könnte, wenn auch nicht aufhalten, so doch das Vordringen der Schlangen verlangsamen.«

»Sahib«, sagte Sadras. »Wir können es machen.«

»Auf welche Weise?«

»Die Mauer einreißen und die Trümmer vor die Tür häufen.«

»Sie werden darüber hinwegkommen«, bemerkte Indri.

»Aber wir werden sie leicht mit dem Messer erlegen«, sagte Bhandara.

»Schnell, helft mir!« rief Toby.

Sie packten die Spitzhacken und schlugen wuchtig gegen die Mauer, die schon angerissen war, um Bhandara zu befreien.

Thermati und Sadras hoben die Steintrümmer auf und trugen sie schnell zur Tür.

So gut es ging, half auch der Kornak mit, obwohl er noch sehr schwach war.

Die Steinplatten zersplitterten unter den kräftigen Schlägen Tobys, Poonas und Indris, und die Trümmer häuften sich.

Wenn die Männer eifrig arbeiteten, so blieben auch die Schlangen nicht untätig.

Die teuflische Musik spielte immer noch, und jene ekelerregenden Wesen kamen immer näher. Die ersten Stufen hatten sie schon erreicht und begannen zu klettern, um ihnen zuvorzukommen.

Thermati und Sadras, die die Steintrümmer aufhäuften, hörten deutlich ihr Zischen und sahen, wie sie sich im Halbschatten schlängelten.

»Unser Werk ist beendet«, sagte Toby, indem er den Schweiß abwischte, der sein Gesicht bedeckte.

»Und die Barrikade ist kaum einen Meter hoch«, bemerkte Indri. »Die Reptilien werden mühelos darüber hinwegkommen.«

»Man sollte meinen, daß dieser Saal direkt in Felsen gehauen ist«, sagte Poona.

»Was tun?« fragte sich Toby, indem er besorgt nach der Treppe schaute. »Sollten wir hier unser Unternehmen beenden, von Schlangen getötet? Sollte es keinen Ausweg geben, einem so furchtbaren Tode zu entgehen? Sprich, Indri!«

Der Exfavorit des Guicowar antwortete mit einem traurigen Blicke. Auch die andern schwiegen.

»Wohlan«, sagte Toby wütend, »kämpfen wir gegen diese verfluchten Schlangen!«

In jenem Augenblicke zeigte eine gewaltige Riesenschlange, die der Bande vorangeschritten sein mußte, ihren Kopf über der Barrikade, indem sie glühende Blicke auf die Unglücklichen schleuderte.

»Du zuerst!« schrie Toby, indem der mit dem Revolver in der Faust vorsprang. »So!«

Die Schlange fiel mit zerschossenem Schädel zu Boden und wand sich verzweifelt.

»Vorwärts, Freunde!« rief der Jäger mit erhöhter Stimme. »Feuern wir unsere letzten Kugeln ab, dann arbeiten wir mit den Dolchen.«

Eine andere Schlange, eine prächtige, blaugrüne Boa mit unregelmäßigen Ringen, hatte die Barrikade überwunden und schlängelte sich, wütend zischend und züngelnd, Toby entgegen.

Indri sprang vor und feuerte ab.

»Das sind zwei«, rief Toby.

In jenem Momente stürzte die ganze Schar über die Barrikade hinweg in den Saal, während die Musik unerbittlich weiterspielte und jene furchtbaren Schlangen immer mehr reizte.

## 20. Kapitel
## Sie retten oder den Kohinoor verlieren

Während Toby und seine Gefährten Bhandara zu befreien suchten, ruhte Dhundia bequem auf den weißen Kissen des Ruth und fuhr nach Pannah, um dem

Radscha die prächtigen Felle der beiden Menschenfresser zu überreichen.

Der Beschützer des Exfavoriten des Guicowar war jedoch nicht ruhig, im Gegenteil, Tobys unverhoffter Aufbruch, das Erscheinen des Knaben nachts auf dem Diamantenfelde hatten ihn Verdacht schöpfen lassen.

»Sie hatten mich entfernen wollen, um ohne mich zu handeln«, hatte er sich gesagt. »Ob sie gemerkt haben, daß ich mit dem Fakir in Verbindung stehe? Ich möchte wissen, zu welcher Jagdpartie sie gegangen sind. Wenn ich nach Pannah komme, werden wir Licht in die Sache bringen.«

Hierauf machte er sich's auf den Kissen bequem und schloß die Augen. Aber er schlief nicht; er dachte über den plötzlichen Aufbruch Tobys und Indris nach.

Der Ruth schwankte und knarrte unter der Bedekkung der Schikari weiter. Glücklich kam er über die Hügel, fuhr über die steinigen Erdhaufen und Gräben der Diamantenfelder und erreichte eine halbe Stunde nach Sonnenuntergang die Stadt.

Dhundia, der die geräuschvollen Kundgebungen, die ihm zumal in jenem Augenblick ungelegen kamen, nicht liebte, beauftragte die Schikari, die beiden Felle zu verstecken und darüber zu schweigen, und ließ sich direkt zum Bengalow fahren.

Mehr, als den Radscha zu sehen, lag ihm daran, den Haushofmeister zu sprechen, in der Hoffnung, etwas über den Aufbruch seiner Gefährten zu erfahren.

Der Haushofmeister, der von seiner Ankunft sofort benachrichtigt worden war, hatte ihn auf den Stufen des Bengalow empfangen.

»Schon zurück, Sahib?« fragte er.

»Wir haben die Tiger erlegt«, antwortete Dhundia salbungsvoll, »unsere Mission ist beendigt.«

»Und der weiße Jäger?«

Dhundia hieß ihn schweigen und trat in den kleinen Saal, während die Schikari den Ruth in einen Schuppen des Palastes führten.

»Ist nichts während meiner Abwesenheit geschehen?« fragte er den Haushofmeister, als sie allein waren.

»Ich habe Sitama nicht wiedergesehen. Er sandte jedoch einige seiner Leute, um sich nach dir zu erkundigen.«

»Ist Bhandara zurück?«

»Nein, Sahib. Keiner hat ihn wiedergesehen.«

Dhundia legte die Stirn in Falten.

»Ob er auf Sitamas Spuren ist?« fragte er. »Der Kornak ist ein verschlagener Mensch.«

»Ich weiß es nicht. Trotzdem glaube ich aber nicht daran, sonst hätte mich Sitama oder Barwani davon benachrichtigt.«

»Ist kein Engländer gekommen, um nach Toby, dem weißen Jäger, zu fragen?«

»Nein«, antwortete der Haushofmeister verblüfft. »Warum stellst du mir diese Frage, Sahib?«

Statt zu antworten, begann Dhundia erregt im Saale auf und ab zu laufen.

Plötzlich blieb er vor dem Haushofmeister stehen.

»Sag einmal, ist ein Knabe gekommen, um sich nach uns zu erkundigen?«

»Ein Knabe?« rief der Haushofmeister. »Allerdings, zusammen mit einem birdschijarischen Brahmanen.«

»Was für ein Brahmane?« fragte Dhundia.

»Jener, der nachfragte, ob ihr schon von den Minen zurück wäret«, antwortete der Kitmudgar.

»Das hast du mir aber früher nicht gesagt.«

»Du sprachst von einem Engländer, Sahib.«

»Und wer war jener Brahmane?«

»Das weiß ich nicht.«

»Und er kam mit einem Knaben?«

»Ja, ich kann mich genau auf ihn besinnen.«

»Klein, mager, mit zwei tiefschwarzen Augen.«

»Und einem roten Turban und blauem Linguti, Sahib.«

»Das ist derselbe, der uns in den Minen aufsuchte!« rief Dhundia zornig. »Bei Siwa und Wischnu! Toby und Indri haben mich zum Narren gehalten.«

In ohnmächtiger Wut lief er wieder im Saale auf und ab.

»Wer war jener Brahmane?« fragte er sich, indem er sich auf die Lippen biß. »Warum haben sie mich von Toby entfernt? Und jener Knabe? Wo werden sie jetzt sein? Das muß ich wissen. Wenn sie glauben, ohne mich in den Besitz des Lichtbergs zu kommen, so täuschen sie sich.«

Wieder blieb er vor dem Kitmudgar stehen, der ihn verblüfft anschaute, ohne den plötzlichen Zornesausbruch des Mannes zu begreifen, der sonst so ruhig schien.

»Wo werde ich Sitama finden können?« fragte er.

»Ich weiß es nicht, Sahib. Gestern abend hat er seine Hütte verlassen, aber wir können es trotzdem erfahren. Die Sâpwallah und Gaukler haben ihre

Zelte in der Umgebung des heiligen Sees aufgeschlagen.«

»Laß jemanden rufen!«

»Ja, Sahib.«

Er ließ sich das Frühstück auftragen und legte sich dann in sein Zimmer schlafen, um die während der Jagd durchwachten Nächte nachzuholen.

Seit fünf Stunden schlief er, als er gegen Mittag vom Haushofmeister geweckt wurde.

»Sahib«, sagte dieser. »Ein Offizier des Radscha erwartet dich.«

»Hast du vielleicht laut werden lassen, daß wir die Menschenfresser getötet haben?« fragte Dhundia, der sehr schlecht gelaunt schien.

»Die Schikari werden nicht geschwiegen haben, trotz deines Verbotes, und der Radscha muß von dem glücklichen Ausgang eurer Jagd erfahren haben.«

»Das wird wieder meine ganzen Pläne durchkreuzen«, brummte Dhundia. »Ist der Mann zurück, der Sitama suchen sollte?«

»Nein, Herr. Wahrscheinlich haben die Sâpwallah und Gaukler ihre Zelte abgebrochen und müssen erst gesucht werden. Dazu gehört Zeit.«

Dhundia kleidete sich schnell an und stieg in den Saal hinunter, wo ihn der Offizier des Radscha erwartete.

»Du warst mit dem berühmten weißen Jäger auf der Jagd, nicht wahr?« fragte ihn der Gesandte des Radscha.

»Ja«, antwortete Dhundia.

»Wo sind deine Gefährten?«

»Sie befinden sich auf einer Rhinozerosjagd.«

»Mein Herr wünscht sie zu sehen.«

»Ich weiß nicht, wann sie zurückkehren werden.«

»Morgen müssen sie hier sein, denn der Radscha will ihnen zu Ehren ein Fest veranstalten.«

»Und wenn sie nicht zur Zeit kommen können?«

»Jeder Wunsch meines Herrn ist ein Befehl, und alle müssen ihm gehorchen. Mittags werden sie im Krönungssaal empfangen werden.«

»Wo soll ich sie finden?« fragte sich Dhundia, als er allein war. »Gehorchen sie nicht, so ist der Radscha fähig, sie aus seinem Lande auszuweisen, und dann ist der Lichtberg für sie und auch für mich verloren, besonders für mich. Die ganze Geschichte scheint mißlingen zu wollen.«

Eben wollte er wieder in sein Zimmer gehen, als der Kitmudgar mit einem Sâpwallah eintrat.

»Das ist der Mann, den dir Barwani sendet«, sagte der Haushofmeister.

»Ich habe dir sehr Wichtiges mitzuteilen, was dich interessieren wird, Sahib«, sagte der Schlangenbändiger. »Der Kornak Bhandara ist in unsere Hände gefallen.«

»Bhandara!« rief Dhundia.

»Ja, der Mann, der deinen Elefanten führte.«

»Habt ihr ihn getötet?«

»Er lebt«, sagte der Schlangenbändiger mit niederträchtigem Lächeln. »Der Hunger wird ihn schnell umbringen.«

»Wer hat ihn dazu verdammt?«

»Sitama, denn der Kornak hatte unsere Geheimnisse entdeckt.«

Dhundia war blaß geworden.

»Ob er alles herausbekommen hat?«

»Was soll ich Sitama sagen?« fragte der Bändiger. »Er erwartet deine Befehle.«

»Ich werde ihn selbst aufsuchen. Wo wohnt er jetzt?«

»In der alten Wischnu-Pagode, in der Nähe des Diamantenfeldes.«

»Wann werde ich ihn sehen können, ohne daß mich jemand bemerkt?«

»Nach Mitternacht, da ich erst alle Dakoiten des nahen Waldes versammeln muß.«

»Du wirst mich um elf Uhr abholen.«

»Ich werde hier sein, Sahib. Und was sollen wir mit Bhandara tun? Ihn leben lassen oder töten?«

Dhundia schaute einen Augenblick den Schlangenbändiger schweigsam an, dann sagte er kalt:

»Mag er sterben. Der Mensch wird gefährlich.«

»Du hast dieselbe Ansicht wie Sitama«, antwortete der Schlangenbändiger.

»Wenn ihn niemand rettet«, sagte Dhundia mit einem Tone, daß der Schlangenbändiger zusammenzuckte.

»Wer, Sahib?« fragte er. »Niemand hat dem Ringen beigewohnt, und außer Sitama und Barwani weiß niemand, wo der Kornak eingeschlossen ist.«

»Ich weiß nicht; wir werden sehen, was geschieht.«

Er verabschiedete ihn mit einer Gebärde, zog das Doote an und ging mit dem Haushofmeister fort.

Er war überzeugt, daß Toby und Indri nicht auf der Rhinozerosjagd waren, sondern daß er sie in der Stadt finden würde, und dieser Verdacht wurde noch dadurch bestärkt, daß die beiden Diener des Jägers verschwunden und noch nicht wieder zum Bengalow zurückgekehrt waren.

Seine Nachforschungen waren jedoch ohne jeden Erfolg. Als er nach Sonnenuntergang den Bengalow wieder betrat, war er unruhiger als zuvor.

»Wenn sie bis morgen nicht wiederkommen, verderben wir es mit dem Radscha. Wo soll ich sie suchen? Ich werde Sitamas Leute auf ihre Spuren setzen.«

Um elf, pünktlich wie ein Chronometer, erschien der Sâpwallah an der Tür des Bengalow.

»Sahib«, sagte er, »wir werden Sitama zu günstiger Gelegenheit antreffen.«

»Bist du bewaffnet?«

»Ich habe mein Messer.«

»Nimm diesen Revolver; man kann nicht wissen, was geschieht.«

»Danke, Sahib. Wenn es nötig sein wird, werde ich ihn zu gebrauchen wissen.«

Sie stiegen aufs Pferd und sprengten davon, durch die Straßen und Plätze Pannahs, die zu jener vorgerückten Stunde verlassen waren.

Außerhalb der Mauern jagten sie über die Felder und erreichten in weniger als einer halben Stunde den Wald.

»Wird Sitama in der Pagode sein?« fragte Dhundia.

»Meine Gefährten müssen die Stadt schon erreicht haben«, antwortete der Sâpwallah.

»Wird Sitama allein sein?«

»Mit Barwani.«

»Und warum wohnt er jetzt hier?«

»Die Pagode ist verlassen und von den Einwohnern Pannahs wenig bekannt, also ein sicheres Obdach. Dann kennt auch Barwani alle geheimen Eingänge und auch die unterirdischen Gewölbe; so kann er bei Gefahr dem Fakir zur Flucht verhelfen, ohne daß jemand etwas merkt.«

Sie hatten den Wald schon durchquert und umritten eben den See, der sich vor der Pagode ausdehnte, als plötzlich ein ferner Schuß zu ihnen drang.

Der Sâpwallah hatte sein Pferd angehalten.

»Ein Schuß!« rief er.

»Er kam aus der Pagode«, bemerkte Dhundia. »Ob Sitama angegriffen worden ist?«

»Von wem?«

»Ich weiß nicht, aber ich bin unruhig. Da! Wieder ein Schuß! Das ist sicher ein Pistolenschuß.«

»Komm, Sahib«, sagte der Schlangenbändiger erregt. »Vielleicht ist Sitama in Gefahr.«

Er spornte sein Pferd an, ritt um die Pagode und machte vor einer moosigen Mauer halt, die sich pyramidenförmig erhob.

Er band sein Pferd an einen Stein und begab sich rasch in einen dunkeln, klaffenden Felsriß, indem er Dhundia ein Zeichen gab, ihm zu folgen.

Es war kein einfacher Spalt, sondern eine Galerie, die in die Wand gehauen zu sein schien.

Der Sâpwallah nahm aus einer kleinen Vertiefung eine Lampe, zündete sie an und stieg rasch eine Wendeltreppe hinauf. Von Zeit zu Zeit hallte ein Schuß wider. Der Sâpwallah, der fast bis an die Spitze der Pyramide gestiegen war, bog in eine zweite, so enge Galerie, daß höchstens ein Mann hindurch konnte, und öffnete eine Tür, indem er auf einen Druckknopf drückte.

Beide befanden sich in einem großen, von zwei eisernen Fackeln erleuchteten Zimmer, wo einige Betten, Musikinstrumente und Körbe standen, wie sie die Sâpwallah haben, um ihre Schlangen und verschiedene Waffen einzuschließen.

Der Schlangenjäger bemerkte sofort, daß es leer war.

»Wenn Sitama und Barwani nicht hier sind, müssen ernste Sachen in der Pagode vorgehen.«

»Ist das ihr Zimmer?« fragte Dhundia.

»Ja, und was hat denn das zu bedeuten? Alle Körbe sind leer! Ob alle unsere Schlangen geflohen sind!«

»Was für Schlangen?« fragte Dhundia erstaunt.

»Die wir zu den Schauspielen während der Feste von Pannah brauchten. Es waren wenigstens zweihundert und von allen Arten!«

»Wer kann sie freigelassen haben?«

»Ich weiß nicht, Sahib«, sagte der Schlangenjäger betroffen.

»Ob sie sich irgendwo versteckt haben?« fragte Dhundia ängstlich. »Ich habe absolut kein Verlangen, mich von ihnen beißen zu lassen.«

»Ich kann sie beruhigen, Sahib«, antwortete der Inder, indem er eine Flöte von der Wand nahm. »Komm, steigen wir zur Pagode hinab!«

Er nahm die Lampe und stieg eine Treppe hinab, die ebenfalls in Windungen ging.

»Hörst du?« fragte er plötzlich.

»Ja«, antwortete Dhundia. »Jemand spielt in der Pagode Flöte.«

»Ob es Sitama ist? Er ist dafür bekannt und kann die Schlangen beruhigen und wütend machen.«

Vorsichtig stieg er ab, schritt durch einen Gang und befand sich plötzlich dicht vor der Bronzetür in der Pagode.

Zwei Männer, von denen der eine einer Flöte grelle Töne entlockte, standen vor der Tür.

Der Sâpwallah erkannte sie sofort.

»Sitama und Barwani!« rief er.

Als sie der Riese kommen sah, hatte er schnell eine lange Pistole gezogen und sie gegen sie angelegt.

»Halt, oder ihr seid des Todes!« hatte er gerufen.

»Ich bringe dir Dhundia«, sagte der Schlangenbändiger.

»Dhundia!« riefen Sitama und Barwani wie aus einem Munde.

»Was tut ihr?« fragte Indris Beschützer. »Was bedeuten diese Schüsse?«

Der Fakir nahm die Flöte vom Munde und näherte sich rasch Dhundia.

»Sahib«, sagte er. »Wo sind der weiße Jäger und der Exfavorit des Guicowar?«

»Ich weiß nicht; seit vierundzwanzig Stunden sind sie nicht mehr in Pannah.«

Dem Fakir entschlüpfte ein Schrei der Überraschung.

»Sie sind nicht im Bengalow!« rief er.

»Nein.«

»Ob es ...«

»Sprich, Sitama!«

»Leute sind hier eingedrungen und haben Bhandara befreit.«

»Wer ist es? Vielleicht Toby und Indri?«

»Nein, es ist kein Europäer darunter, oder ...«

»Fahr fort!«

»Oder der Jäger müßte sich als Inder verkleidet haben.«

»Wie viele waren es?«

»Vier Mann und ein Knabe.«

»Ein Knabe!« rief Dhundia. »Hast du ihn genau betrachtet?«

»Ja«, sagte Barwani.

»Er hatte einen roten Turban und einen blauen Linguti, nicht wahr?« fragte Dhundia.

»Ja, Sahib.«

»Das ist er!«

»Wer? Drücke dich deutlicher aus, Sahib«, sagte Sitama.

»Der Junge, der uns auf dem Diamantenfeld aufsuchte, nach der Erlegung der beiden Menschenfresser. Er hat lange mit Toby gesprochen. Wo befinden sich jene Männer?«

»Sie sind in einem Saale belagert, neben Bhandaras Gefängnis.«

»Haben sie den Kornak schon befreit?«

»Es gelang ihnen, die Wand seiner Zelle zu zertrümmern.«

»Glaubst du, Sitama, daß Bhandara alles weiß? Ob er gewußt hat, daß ihr meine Verbündeten seid?«

»Das ist unmöglich, Sahib.«

»Dann, wenn euch am Lichtberg etwas liegt, laßt jene Leute sofort frei! Wenn sie bis Mittag nicht in Pannah sind, ist alles verloren. Kannst du die Schlangen zurückrufen?«

»Ja, Sahib«, antwortete der Fakir. »Erst werde ich sie beruhigen, denn sie werden wütend sein, dann rufe ich sie hierher zurück.«

»Werde ich jene Menschen sehen können, ohne daß ich bemerkt werde?« fragte Dhundia. »Ich möchte mich erst vergewissern, ob es wirklich meine Gefährten sind.«

»Ja, und wenn sie es nicht wären?«

»Dann töte sie, wenn es dir Spaß macht«, antwortete Dhundia. »Es wäre mir lieber, wenn Bhandara nicht wieder zu meinem Herrn käme.«

»Wir heben ihn für später auf«, sagte Barwani mit grausamem Lächeln.

»Führe den Sahib an einen Ort, wo er jene Menschen sehen kann«, sagte der Fakir.

Während Barwani, Dhundia und der Sâpwallah sich entfernten, drückte er auf einen Knopf, der zwischen den Skulpturen des Türpfostens versteckt war, öffnete die Bronzetür und begann zu spielen, indem er dem Instrument sanfte Töne entlockte, die zum Schlafen einzuladen schienen.

## 21. Kapitel
## Die Rückkehr zum Bengalow

Toby und seine Gefährten verteidigten sich ununterbrochen gegen den furchtbaren Ansturm der Schlangen, entschlossen, das Leben teuer zu verkaufen. Nachdem sie die letzten Kugeln verschossen hatten, setzten sie den Kampf mit den von den Spitzhacken losgerissenen Steintrümmern fort.

Die Barrikade hatte nicht genügt, um die schleichende Horde aufzuhalten. Äußerst gereizt von jener verteufelten Musik, glitten sie zischend und züngelnd über die Steine des Saales. Ihre falschglühenden Augen warfen furchtbare Blicke auf die Unglücklichen und versuchten, sie mit den Blicken zu bannen.

Toby, wütend wie jene Reptilien, packte gewaltige Steinblöcke und schleuderte sie gegen die Schlangenmasse, hier eine Riesenschlange, dort eine Kobra, eine Gulabi zerschmetternd.

»Verliert den Mut nicht, Freunde!« schrie er. »An Wurfgeschossen fehlt es nicht, und sie taugen mehr als unsere Revolverkugeln.«

Kam ihm eine Boa zu nahe, so sprangen Indri oder Thermati, die mit Tarwar, kurzen, krummen Säbeln, bewaffnet waren, mit der Wut, die die Verzweiflung eingibt, hervor und enthaupteten sie mit einem gutgezielten Schlage.

Jener wilde, schauerliche Kampf konnte aber nicht mehr lange dauern, denn die Gulabis und Minutenschlangen, die kleinsten dieser Familie, begannen, die Wände entlangzuklettern, und drohten, die Verteidiger im Rücken anzugreifen.

Toby hatte schon mehr als eine zertreten, die versucht hatte, ihn in die Beine zu beißen.

Plötzlich war jedoch zu ihrem Erstaunen die Musik unverhofft verstummt, und die Schlangen ließen von ihrem Angriff ab.

Von jenen gellenden Tönen nicht mehr gereizt, waren sie stehengeblieben und hoben und senkten in langen Bewegungen ihre Köpfe.

Indri, Toby und ihre Gefährten hatten jenen Augenblick der Ruhe sofort benutzt, um nach dem entgegengesetzten Ende des Saales zu eilen.

»Ob der Spieler uns jetzt für tot hält?« fragte Toby.

»Ich weiß es nicht, aber die Schlangen bewegen sich nicht mehr«, sagte Indri. »Sie scheinen zu lauschen und über die Unterbrechung überrascht zu sein.«

»Ob noch viele im Gange sind? Wir haben schon manche getötet.«

»Er war voll«, sagte Thermati. »Die Nachhut muß noch zahlreich sein.«

»Wie können sie hier soviel Schlangen zusammengebracht haben?« fragte Toby. »Wir sind doch nicht im Dschungel.«

»Die Erklärung ist sehr einfach«, antwortete Bhandara. »Der Fakir hat eine Schar Sâpwallah unter sich.«

»Und sie hätten diese Pagode zu ihrem Schlangenlager gemacht?«

»Es muß so sein, Sahib«, sagte der Kornak.

»Schweig«, versetzte Indri. »Die Musik setzt wieder ein.«

»Ja, aber in anderer Tonart«, antwortete Toby, der gespannt lauschte. »Sie ist sanfter geworden.«

»Und die Schlangen ziehen sich langsam zurück«, sagte Thermati. »Seht!«

Nachdem die Schlangen einige Minuten an ein und demselben Fleck unbeweglich liegengeblieben waren, setzten sie sich wieder in Bewegung, aber diesmal schlängelten sie sich nicht mehr gegen die Belagerten.

Angezogen von jener geheimnisvollen Musik, die sie ganz zu beherrschen schien, glitten sie zur Barrikade und drängten sich über die Steinmassen.

Die Gulabis und Minutenschlangen, gewandter als die anderen, waren schon darüber hinweg und verschwanden hinter der Treppe.

»Was geht da vor?« fragte Toby.

»Eine sehr einfache Sache«, antwortete Indri. »Der Spieler ruft sie zurück.«

»Dann hält er uns für tot.«

»Sahib«, sagte Thermati, der sich mit der Lampe zur Treppe vorgeschlichen hatte. »Die Schlangen haben auch den Gang geräumt.«

»Und der Spieler entfernt sich«, bemerkte Bhandara.

»Gehen wir davon«, sagte Toby. »Nehmt die Spitzhacken, das sind Waffen, die besser als die Messer arbeiten.«

Er ergriff eine, schwang sich über die Barrikade, auf der sich noch einige Riesenschlangen und Gulabis in den letzten Todeszuckungen wanden, und stieg vorsichtig, mit erhobener Laterne, die Treppe hinab.

Die immer sanfter werdenden Töne der Flöte entfernten sich und wurden immer schwächer.

Da Toby und seine Gefährten niemanden im Gange sahen, durchschritten sie ihn und erreichten die Bronzetür, die offenstand.

»Macht euch gefechtsbereit«, sagte der Jäger, »hier können Leute im Hinterhalte liegen.«

Er erhob die Spitzhacke und sprang mit einem Satze aus dem Gange heraus, entschlossen, den Kampf aufzunehmen.

Zu seiner lebhaften Überraschung sah er aber niemanden. Spieler und Schlangen waren verschwunden, tiefes Schweigen herrschte in der Pagode.

»Verstehst du das, Indri?« fragte er.

»Nein, Toby«, antwortete der Exfavorit des Guicowar, nicht weniger erstaunt als der Jäger.

»Warum lassen sie uns frei, während uns der Fakir leicht, ohne jede Gefahr auf die Seite hätte bringen können? Das ist etwas, was wir vielleicht nie erfahren werden.«

»Überlaß es anderen, dieses schwierige Geheimnis zu enträtseln! Ich bin froh, daß ich noch lebe und wieder frei bin.«

Eiligst entfernten sie sich aus der Pagode, überglücklich, den Himmel wieder zu sehen, wo sie sich schon dazu verdammt glaubten, unter Schlangenbissen sterben zu müssen, und suchten schleunigst die Pferde auf.

»Jetzt fühle ich mich sicher«, sagte Toby, als er im Sattel saß. »Mir ist's, als wenn ich einen schlechten Traum gehabt hätte.«

Sie feuerten die Pferde an und sprengten durch den Wald.

Sechs Uhr morgens, als es in Pannah lebendig wurde, klopften sie an die Tür des Bengalow.

»Wo ist Dhundia, unser Gefährte?« fragte Toby den Diener, der auf das Tamtamschlagen herbeigeeilt war.

»Er brach gestern abend auf, um euch zu suchen, Sahib«, antwortete er. »Er war über deine Abwesenheit beunruhigt.«

»Ganz gut so«, brummte der Jäger. »Dann können wir frei reden.«

»Sahib«, sagte Bhandara, »der Fakir weiß von unserem Vorhaben. Er weiß, daß wir hierherkamen, um uns des Lichtbergs zu bemächtigen.«

»Donnerwetter!« rief Toby, indem er aufsprang, während Indri erbleichte. »Der Fakir weiß das!«

»Dann ist alles verloren«, sagte der Exfavorit des Guicowar.

»Drück dich deutlicher aus, Bhandara«, sagte Toby. »Erzähle alles, was du erfahren hast!«

Als der Jäger und Indri vernahmen, was der

Kornak in der Nacht im Tempel gehört hatte, schauten sie einander mit sichtbarem Schrecken an.

»Was beabsichtigen diese Menschen?« fragte Toby endlich. »Und wer kann sie von unseren Plänen in Kenntnis gesetzt haben?«

»Da steckt Parvati dahinter«, sagte Indri. »Der Elende muß den Fakir und seine Bande in Sold genommen haben, damit sie mir in die Quere laufen und mein Unternehmen unmöglich machen.«

»In diesem Falle hätten sie den Radscha schon benachrichtigt, sie haben es aber nicht getan. Was meinst du, Bhandara?«

»Auch ich vermute, daß Parvati mit im Spiele ist und daß er sie von unseren Absichten in Kenntnis gesetzt hat.«

»Und der Grund?«

»Den kenne ich allerdings auch nicht, Sahib.«

»Indri«, sagte Toby entschlossen. »Verliren wir keine Zeit mehr; bemächtigen wir uns des Diamanten, und fliehen wir sofort nach Baroda!«

»Und wie werden wir in dessen Besitz gelangen?«

»Es genügt, wenn ich weiß, wo er sich befindet«, sagte Bhandara. »Ich übernehme es, ihn zu rauben.«

»Das versuchen wir zu erfahren. Ich werde den Radscha bitten, ihn mir zu zeigen, und ich hoffe, daß er mir dies nicht abschlagen wird.«

»Wir verzichten auf die Prämie, wenn es nötig ist«, sagte Indri.

»Heute bieten wir dem Radscha die Felle der beiden Menschenfresser an.«

»Ja, Toby; bevor man neue Ränke schmiedet, handeln wir.«

»Bhandara, hast du die Betäubungsmittel noch bei dir?«

»Ja, Herr. Sie sind in der Hauda Bangawadys versteckt.«

»Nach dem Frühstück gehst du sie holen!«

»Von welchen Betäubungsmitteln sprichst du?« fragte Toby.

»Das sollst du später erfahren«, antwortete Indri.

Im Begriffe aufzubrechen, wurden sie vom Haushofmeister benachrichtigt, daß der Radscha sie mittags erwarte, um den glücklichen Erfolg ihres gefährlichen Unternehmens festlich zu begehen und ihnen die verdiente Prämie zu überreichen.

Wenige Minuten später schon erschien ein Offizier des Radscha, um sie zu seinem Herrn zu führen.

»Sahib«, sagte der Offizier, indem er sich vor Toby verbeugte. »Mein Herr wünscht dich und deine Gefährten zu sehen, um dir dafür zu danken, daß du die Minen von den beiden Menschenfressern befreit hast.«

»Wir folgen dir«, antwortete Toby. »Hat dein Herr die Felle erhalten?«

»Ja, Sahib, sie dienen ihm schon als Teppiche.«

»Gehen wir, Indri! Einen so mächtigen Fürsten darf man nicht warten lassen.«

Vom Offizier geführt, verließen sie den Bengalow. Sie wurden eine prächtige, schneeweiße Steintreppe hinaufgeführt und dann in einen geräumigen Saal gebracht, mit prächtiger Mosaikdecke und roten, mit Arabesken und Lasurstein ausgelegten Marmorwänden. Ringsum standen rotseidene, mit Silber durchwirkte Diwans und am äußersten Ende ein prunkvoller Thronhimmel aus gelber Seide mit Goldtroddeln.

Der Radscha hatte schon auf dem Diwan Platz genommen, der sich unter dem Thronhimmel befand; seine Füße, die mit weißgestickten Hausschuhen bekleidet waren, ruhten auf einem prächtigen Tigerfell, das Toby und Indri als jenes des ersten Menschenfressers wiedererkannten.

Der Radscha von Pannah war zu der Zeit etwa vierzig Jahre und galt als einer der besten indischen Fürsten und auch treuesten Verbündeten der Engländer. Es war ein korpulenter, liebenswürdiger, stark gebräunter Mann, der nichts von jener, bei den asiatischen Fürsten üblichen Eitelkeit hatte.

Wie die Reformatoren Neuindiens war er einfach gekleidet, mit Jacke und weißen, wenig verzierten Stoffhosen und einem roten Käpsel. An den Handgelenken trug er jedoch breite, goldene Armbänder und um den Hals eine in Gold gefaßte Diamantenkette, Erträge seiner Minen.

Als Toby sich ihm mit einer tiefen Verbeugung genähert hatte, streckte ihm der Sohn des Kischor Sing, Gründer der Dynastie, herzlich die Hand entgegen, indem er die des Jägers kräftig drückte.

»Ich bin ein aufrichtiger Freund der Engländer«, sagte er lächelnd, »und freue mich, den tüchtigsten Jäger Zentralindiens begrüßen zu dürfen, der meine Minen von den beiden schrecklichen Menschenfressern befreit hat.«

»Und ich, Hoheit, bin glücklich, den hochherzigsten und edelsten indischen Fürsten zu sehen«, antwortete Toby mit Würde.

»Ihr sollt die Prämie haben, die ich dem versprochen hatte, der soviel Kühnheit besitzt, jene beiden blutdürstigen Raubtiere zu erlegen.«

»Hoheit«, beeilte sich Toby zu sagen, »mich und meine Gefährten trieb nur die Jägerleidenschaft her, nicht aber, um zehntausend Rupien zu verdienen.«

»Zwanzigtausend«, verbesserte der Radscha, »denn es waren zwei Menschenfresser, nicht einer.«

»Sei es«, antwortete Toby, »aber ich verzichte auf die Prämie.«

Der Radscha schaute ihn erstaunt an.

»Wie soll ich Euch dann belohnen?« fragte er. »Ihr habt dem Tode ins Angesicht geschaut.«

»Ich würde nur eins wünschen, als Gegendienst für den Euch erwiesenen Gefallen.«

»Sprecht!«

»Den Lichtberg sehen«, antwortete Toby kühn.

»Ein Wunsch, der gar nichts kostet«, sagte der Radscha lächelnd. »Nein, das ist zuwenig, mein braver Jäger. Bedenkt den gewaltigen Dienst, den ihr mir erwiesen habt, indem ihr die Minen befreitet! In vier Wochen habe ich wenigstens hunderttausend Rupien an Diamanten verloren, und wer weiß, wieviel mehr ich ohne euren bewundernswerten Mut unter der Erde hätte lassen müssen.«

»Eure Hoheit möge das tun, was Ihr beliebt, nur möchte ich den berühmten Diamanten sehen.«

»Man spricht also auch unter euch vom Kohinoor?«

»Man hält ihn für ein Weltwunder.«

»Vielleicht haben sie nicht unrecht«, sagte der Radscha. »Der Kohinoor ist einer der wunderbarsten Diamanten, die man kennt, und ich glaube, daß sich in ganz Asien kein schönerer findet.

Heute abend sollt Ihr ihn sehen. Seid Ihr zufrieden, Meister Toby Randal?«

»Danke, Hoheit.«

Der Radscha heftete seine Augen auf Indri und Bhandara.

»Wer sind jene?« fragte er.

»Zwei Fürsten von Baroda, meine Freunde und tüchtige Jäger«, antwortete Toby.

»Ihr werdet sie heute abend mitbringen, damit ich auch sie belohne.«

Der Radscha erhob sich, indem er Toby und seine Gefährten mit der Rechten freundschaftlich grüßte, und ging, von seinen Ministern, Favoriten und Leibwachen gefolgt, zum Palast zurück.

»Gehen wir auch«, sagte Toby. »Heute abend kommt also der Hauptstreich; entweder gelingt er uns, oder wir lassen das Leben dabei.«

»Hast du keine Furcht, Freund?« fragte Indri, indem er ihn liebevoll anschaute.

»Nein, Indri«, antwortete Toby.

»Wird es uns gelingen?«

»Ich bin überzeugt davon.«

»Wie hoch schätzt man den Diamanten?«

»Auf zwei Millionen Franken, sagte man mir.«

»Ich werde einen Scheck auf drei Millionen ausstellen, zahlbar in Baroda bei meinem Bankier, dem Perser Zeyd-Omara, und werde ihn an Stelle des Lichtbergs legen, denn wir sind keine Diebe. Der Radscha kann sich damit zufriedengeben.«

»Du ruinierst dich, Indri.«

»Ich bin reicher, als du glaubst, Toby; außerdem gilt mir meine Ehre mehr als meine Millionen.«

»Das glaube ich dir, Freund. Hast du deinen Plan fertig?«

»Ja, Bhandara wird den Streich ausführen, während wir uns mit dem Radscha beschäftigen.«

»Keine Gewalt, Indri.«

»Bhandara wird nur die Wächter des Kohinoor einschläfern, wenn welche vorhanden sind.«

»Sobald wir im Besitze des Diamanten sind, machen wir uns schleunigst davon.«

»Bangawady wird bereit stehen und sich von den Reitern des Radscha nicht einholen lassen. Außerhalb des Staates haben wir nichts mehr zu fürchten, und in vierundzwanzig Stunden können wir die Grenze überschritten haben.«

Als sie den Bengalow erreichten, fanden sie Dhundia, der sie voller Unruhe erwartete. Er hatte erfahren, daß der Radscha sie hatte rufen lassen, und war sehr erbost darüber, durch einen bloßen Zufall diese Audienz versäumt zu haben.

»Nun, wann beginnt die Jagd auf den Lichtberg?« rief er ihnen höhnisch entgegen.

»Heute abend«, sagte Indri. »Wir sind beim Radscha eingeladen und werden das Fest dazu benützen, ihm den Diamanten zu entwenden.«

»Oh!« sagte Dhundia, indem er zusammenfuhr.

»Kommst du mit uns, oder willst du unsere Flucht vorbereiten?«

»Es wird besser sein, wenn ich mich mit Bangawady beschäftige«, versetzte der Verräter nach einigem Nachdenken.

Dann sagte er zu sich:

»So bleibt mir Zeit, Sitama zu benachrichtigen.«

## 22. Kapitel
## Der Lichtberg

Abends leuchtete der Palast des Radscha, und die Säle strahlten im Glanze von unzähligen, buntfarbigen Lampen und vergoldeten Altären, auf denen die bei den Indern so beliebten, kostbaren Wohlgerüche brannten. Eine ungeheure Menge Gäste waren erschienen.

Minister, Favoriten und große Persönlichkeiten liefen goldschimmernd, mit Perlen und Diamanten besät, auf und ab, während Pagen, ebenfalls prunkvoll gekleidet, Eis, Süßigkeiten, Bananen und Ananas, auf blendend weißem Schnee serviert, den man von den höchsten Spitzen der Ghât hatte kommen lassen, und Arak herumreichten.

Im großen Empfangssaale, der reich vergoldet und mit Teppichen ausgelegt war, dessen Kolonnaden von Lasur- und Onyxsteinen strotzten, erwarteten Bajaderen, mit kostbaren Edelsteinen und schimmerndem Golde behangen, das Erscheinen des Radscha, um mit ihren Tänzen zu beginnen.

Toby, Indri und Bhandara, die bequem auf elastischen Kissen lagen und ihre Füße auf den prächtigen Fellen der beiden Menschenfresser hielten, schwatzten ruhig miteinander oder begrüßten die höchsten Würdenträger des Staates, die sich um sie drängten und sie beglückwünschten, sie von den beiden furchtbaren Raubtieren befreit zu haben.

Ihre Ruhe war jedoch nur äußerlich, keineswegs echt. Vielleicht war nur Bhandara wirklich ruhig, da er auf seine außerordentliche Gewandtheit vertraute.

Von Zeit zu Zeit wechselten Toby und Indri

Blicke, und ihre Augen verrieten sofort die innere Besorgnis und die Erregung, die sie beherrschten.

Als der Radscha erschien, hatten sich die Bajaderen schnell mitten im Saale versammelt und bildeten eine so malerische Gruppe, daß die Gäste in Rufe der Bewunderung ausbrachen.

Verschiedene Spieler, unter Palmen versteckt, die in den Ecken standen, begannen die Saiten der Bin zu schlagen, Instrumente, die aus zwei verschieden großen, trockenen, ausgehöhlten Kürbissen bestehen, die mit einer langen Röhre verbunden sind, auf der Baumwoll- und Stahlsaiten angebracht sind. Es war eine seltsame, weiche, sanfte Musik, unter der die gewandten und geschmeidigen Körper der Tänzerinnen zitterten, bereit, sich in den Wirbel des Tanzes zu stürzen.

Auf ein Zeichen des Radscha, der vertraulich zwischen Toby und Indri saß, traten drei Mädchen aus der Gruppe der Bajaderen hervor und tanzten auf einem prächtigen persischen Teppich, der mitten im Saale ausgebreitet war, funkelnd von Gold und Silber. Sie trugen wundervolle Kleider aus kostbaren, golddurchwirkten und mit gelb-, rot- und violettblitzenden Diamanten übersäten Stoffen, weite Röcke, die sich unter den schwindelerregenden, schnellen Drehungen aufbauschten und eine völlig runde Form bildeten; weißseidene Beinkleider, die bis zu den Fußgelenken herabgingen, an den Fingern silberne Glöckchen, die bei jeder Bewegung läuteten, über der Brust einen Panzer aus dünnem Holz, mit einer Goldplatte überzogen und mit kostbaren Steinen bedeckt. Die langen, schwarzen Haare, die mit Blumensträußen und buntfarbigen Bändern verflochten waren, fielen in malerischer Unordnung über ihre halbnackten Schultern.

Während die Spieler schneller spielten, hatten die Bajaderen ihre Wirbel begonnen und ließen lange, blauseidene Schleier in der Luft wehen und die Armbänder mit ihren Glöckchen läuten, mit denen sie jeden Schritt markierten. Verlangsamte sich jedoch die Musik, so schienen sie zu träumen und ließen sich von den weichen, sanften Tönen in den Schlaf wiegen.

Langsam drehten sie sich um sich selbst, leichtes Zittern ging durch ihre Körper, die tiefschwarzen Augen waren geschlossen, der Kopf zurückgebogen, als wenn sie der Schlaf überrascht hätte. Plötzlich aber schwangen sie sich in rasendem Wirbel, so daß sie fast unter den sich aufbauschenden Röcken verschwanden, während Schleier über ihren Köpfen flatterten und leuchtende Wolken bildeten.

Die Zuschauer klatschten unaufhörlich, und selbst der Radscha spendete Beifall, vergnügt, dem weißen Jäger und seinen beiden fürstlichen Freunden die unvergleichliche Gewandtheit seiner Tänzerinnen zeigen zu können. Als der Tanz beendet war, stand er auf und wandte sich an Toby.

»Habt Ihr vergessen, um was Ihr mich heute morgen fragtet, Meister Toby Randal? Wenn es Euch genehm ist, so folgt mir!«

»Darf ich meine Freunde mitnehmen?«

»Sie mögen ruhig mitkommen, wenn sie den Lichtberg zu sehen wünschen. Sie sollen von mir sogar ein Andenken an ihren Aufenthalt in Pannah erhalten.«

Während niemand auf sie achtgab, hatte der Radscha einen kostbaren Vorhang beiseite geschoben und sich in einen von blauen Lampen erleuchteten Gang begeben, dessen weißer Marmorboden all die Flämmchen widerspiegelte.

Während Toby mit dem Radscha sprach, hatte sich Indri Bhandara genähert.

»Hast du alles?« fragte er.

»Ja, Herr«, antwortete der Kornak.

»Auch die Betäubungsmittel?«

»Ich habe eine kleine Flasche in der Hand verborgen.«

»Und das andere, was uns schützen soll?«

»Habe ich im Gürtel.«

»Sei bereit; wenn wir diese Gelegenheit versäumen, bin ich verloren, bedenke das, Bhandara!«

»Es wird gelingen, Herr.«

Der Radscha stieg eben eine rote Marmortreppe hinunter, an deren Ende ein Soldat wachte, der mit einer Art Hellebarde bewaffnet war und vor einer Bronzetür stand.

»Öffne«, sagte er zur Wache, »und zünde eine Fackel an!«

»Wo führt Ihr uns hin, Hoheit?« fragte Toby, der seine Erregung nicht ganz beherrschen konnte.

»Meine Schätze zu besichtigen.«

Der Soldat zündete eine Fackel an, die an einem Eisenring hing, und öffnete die Tür.

Toby und seine Gefährten befanden sich in einem fensterlosen Saal, dessen Boden, Wände und Decke mit blauen Marmorplatten ausgelegt waren, die so stark sein mußten, daß sie auch den festesten Spitzhacken Trotz boten.

Sobald die Fackel an einem eisernen Ständer befestigt war, der mitten im Zimmer stand, umhüllte ein blitzendes Leuchten den Radscha, Toby und seine Gefährten. Ringsum waren mit Glasscheiben verschlossene, vergoldete Bronzeregale, worin sich Diamanten jeder Größe befanden, die blitzend das Licht der Fackel zurückwarfen.

Toby, Indri und Bhandara waren stehengeblieben und betrachteten erstaunt und gierig diese unschätzbaren Reichtümer, die man vielleicht seit Jahrhunderten der Erde entrissen hatte.

Der Radscha hatte sich inzwischen an den Soldaten gewandt, indem er sagte: »Schließ die Tür, und wenn jemand einzutreten versucht, so töte ihn!«

»Ja, Hoheit«, antwortete die Wache, indem sie hinausging.

»Welche Reichtümer!« rief Toby mit unterdrückter Stimme. »Wie viele Millionen sind in diesen Regalen eingeschlossen?«

»Eine ganze Menge, Meister Randal«, antwortete der Radscha lächelnd.

»Alles Diamanten aus Euren Minen, Hoheit?«

»Ja, Meister Toby.«

»Und der Kohinoor?«

»Den werde ich Euch jetzt zeigen.«

Der Radscha zog einen kleinen goldenen Schlüssel aus dem Gürtel und näherte sich einer Bronzeschublade, die auf einem gewaltigen Bronzelöwen in einer Ecke des Saales stand.

»Nehmt die Fackel, Meister Toby«, sagte er, indem er den Schlüssel ins Schloß steckte.

Während der Jäger sich wandte, um die Fackel zu holen, fühlte er, wie man ihm ein feuchtes Taschentuch in die linke Hand drückte, und hörte folgende flüsternde Worte:

»Haltet Euch bereit, Mund und Nase damit zuzuhalten.«

Es war Bhandara, der diese Worte ausgesprochen hatte.

Der Radscha hatte einen Druckknopf berührt, und der Bronzekasten war aufgesprungen.

Plötzlich, während er die Rechte ausstreckte, um den Kohinoor zu holen, verbreitete sich um ihn herum ein so durchdringender Geruch, daß ihm die Kehle davon zusammengeschnürt wurde.

»Was tut Ihr?« fragte er, indem er sich rasch umdrehte und mit der Rechten zu seinem krummen Tarwar griff, das er im Gürtel trug.

Bhandara hatte den Inhalt einer kleinen Flasche auf den Boden geschüttet, die er bisher in der Hand verborgen gehalten hatte, und diese geheimnisvolle Flüssigkeit hatte den scharfen Geruch hervorgebracht, der den Fürsten würgte und betäubte.

Toby und seine Gefährten hatten ihre Gesichter schleunigst mit Taschentüchern bedeckt, die in den Inhalt einer andern Flasche getaucht waren, deren Flüssigkeit die Wirkung der ersteren aufheben sollte.

»Was tut Ihr?« wiederholte der Radscha, indem er erbleichte.

Mehr brachte er nicht hervor. Wie vom Schlage getroffen, war er in Indris Arme gefallen.

Bhandara packte, gewandt wie ein Tiger, den Kohinoor und ließ ihn einen Augenblick im Fackellicht sprühen.

Der Lichtberg war des Namens, den er trug, wirklich würdig; er flammte zwischen den krampfhaft zusammengepreßten Fingern des Kornak in blendendem Glanze.

Es war ein wunderbarer Diamant von zweihundertneunundneunzig Karat und von erstaunlicher Reinheit.

Indri ließ den ohnmächtigen Radscha zu Boden gleiten, legte an die Stelle des Kohinoor einen Scheck auf drei Millionen, zahlbar in Baroda, sprang zur Bronzetür und schlug heftig dagegen.

Keiner hatte ein Wort gesprochen noch das Taschentuch von Mund und Nase entfernt. Alle zogen sie jedoch die Revolver.

Auf das Klopfen hatte die Wache sofort geöffnet.

Als sie ihren Herrn am Boden liegen und jene drei Männer bewaffnet sah, griff sie sofort zur Hellebarde, im Glauben, sie hätten ihren Fürsten ermordet. Aber der durchdringende Geruch, der das ganze Zimmer erfüllte, betäubte sie.

Sie taumelte, ließ die Waffe fallen, griff mit den Händen an die Kehle, dann fiel sie mit dumpfem Schrei zu Boden.

Der Weg war frei. Toby, Indri und Bhandara, bleich, erregt, waren nach der Treppe gestürzt, wo sich der Geruch jener geheimnisvollen Flüssigkeit noch nicht verbreitet hatte.

»Fliehen wir sofort«, sagte Bhandara, indem er den Diamanten in den breiten Gürtel steckte, der seine Hüften umschloß.

»Und der Radscha?« fragte Toby mit gepreßter Stimme. »Wird ihm nichts geschehen, wenn er da drin bleibt?«

»Nein, Sahib. Das Betäubungsmittel, das ich angewandt habe, bewirkt nur eine Ohnmacht, die nicht länger als zwei bis drei Stunden dauert.«

»Ich wage nicht, den Saal wieder zu betreten«,

sagte Indri. »Sie könnten unsere Erregung bemerken und Verdacht schöpfen.«

»Oder sich darüber wundern, daß der Radscha nicht mit uns zusammen zurückkommt«, bemerkte Toby, »und uns danach fragen.«

»Steigen wir in die Gärten hinab, Sahib«, sagte Bhandara. »Sie grenzen an unseren Bengalow und an Bangawadys Stall.«

»Wie kommen wir aber hier hinaus?« fragte Toby besorgt. »Schnell, Bhandara; die längere Abwesenheit des Radscha kann sämtliche Höflinge in Bewegung setzen.«

»Ich habe eine Tür gesehen, Sahib.«

»Führe uns!«

Der Kornak stieg schnell die Treppe wieder hinab und sah am Ende des Ganges eine Glastür.

Er sprang darauf zu, stemmte sich dagegen, und die Tür war offen.

Dort waren die prächtigen Gärten des fürstlichen Palastes mit Gartenlauben aus weißem Stein und Springbrunnen, die angenehme Kühle verbreiteten. Blumenbeete mit Rosen aus Kaschmir, die wunderbar dufteten, Magnolienbäume, Bananen, Betel und prächtige Lorbeeren.

»Kommt«, sagte Bhandara. »Der Bengalow ist nicht weit.«

Eilends liefen sie zur Mauer, die die Gärten umgab und sie von den Stallungen trennte, die für die Elefanten und die Pferde des Radscha bestimmt waren.

Eben langten sie dort an, als ein Inder, der als Mauerwache dort stand, ihnen den Weg versperrte, indem er den Spieß senkte, den er in der Hand hielt.

»Platz!« sagte Bhandara, indem er den Revolver erhob.

»Kein Feuer geben!« schrie Indri.

Toby, dem ebenfalls daran lag, daß kein Schuß im Palast Alarm schlagen sollte, warf sich blitzartig auf die Wache und versetzte ihr einen so kräftigen Hieb auf den Schädel, daß sie auf den Boden stürzte, ohne Zeit zu haben, einen Laut hervorzubringen.

»Zur Mauer«, sagte er.

Die Ringmauer war nur noch wenige Schritt entfernt und nicht höher als zwei Meter.

Bhandara als Gewandtester sprang zuerst darüber. Auf der anderen Seite versicherte er sich mit einem raschen Blicke, ob keine Stallwächter da waren, und raste weiter. Von fern hörte er schon Bangawady trompeten.

Toby und Indri, in wachsender Aufregung, waren ihm gefolgt, indem sie die Revolver in der Faust hielten. Sie waren auf alles gefaßt, selbst sich den Weg mit den Waffen zu öffnen.

Nachdem sie auch die zweite Mauer hinter sich hatten, befanden sie sich am Bengalow.

Bangawady stand vor der Treppe. Thermati, Poona, die beiden Diener des Jägers, und Sadras saßen schon darauf, während Dhundia auf einem kleinen feurigen Pferde ritt und die Umgebung durchforschte.

Als er Toby und seine Gefährten sah, beeilte er sich, sie einzuholen.

»Flieht ihr?« fragte er.

»Ja«, antwortete Indri.

»Und der Lichtberg?«

»Ist in unsrer Hand.«

»Unmöglich!« rief Dhundia.

»Ruhe, sofort davon«, sagte Toby. »Vielleicht haben sie den Radscha jetzt gefunden und die Entwendung gemerkt.«

»Habt ihr den Fürsten getötet?« fragte Dhundia erregt.

»Fort mit dem Geschwätz! Erklärungen auf später! Bhandara, auf deinen Platz und treibe Bangawady an!«

»Wohin geht es?« fragte der Kornak.

»Vorläufig nach Süden. Steigen wir die Hochebene hinab, und suchen wir einen Schlupfwinkel in Gondwana.«

»Ja, Sahib«, antwortete der treue Kornak.

Er übergab den Diamanten an Indri, klammerte sich am Rüssel Bangawadys an und nahm seinen Platz ein.

»Sind Waffen und Lebensmittel in der Hauda?« fragte Indri Dhundia.

»Es fehlt nichts.«

»Warum steigst du nicht mit uns hinauf?«

»Ich reite euch voran, um den Weg auszukundschaften; ich komme später hinauf, sobald wir aus der Stadt sind.«

Toby und Indri stiegen eiligst in die Hauda, und Bangawady schritt rasend vorwärts, indem er sich nach den südlichen Bollwerken wandte.

»Wenn wir die Grenze überschreiten können, bevor Alarm geschlagen wird, bist du gerettet, und Parvati wird seine Schandtat büßen«, sagte Toby zu Indri.

Dieser antwortete nicht, aber er drückte ihm lebhaft die Rechte.

Die Erregung erstickte seine Stimme.

## 23. Kapitel
## Der Hinterhalt

Während Toby, Indri und Bhandara sich zum nächtlichen Feste des Radscha begaben, um den Entscheidungsschlag zu versuchen, hatte Dhundia, der nun allein geblieben war, mit einem Gongschlage sofort den Haushofmeister herbeigerufen.

»Sahib«, hatte der Kitmudgar gerufen, indem er in den Saal stürzte. »Was wünscht Ihr?«

»Wenn du deinen Anteil am Lichtberg nicht verlieren willst, ist es unbedingt nötig, daß Sitama und Barwani in einer halben Stunde hier sind und alle Sâpwallah und Gaukler vereint werden.«

»Was ist geschehen, Sahib?«

»Heute abend werden sich der weiße Jäger und Indri des Kohinoor bemächtigen. Ich weiß, daß Bhandara Betäubungsmittel bei sich hat. Wie er sie anwenden will, weiß ich nicht und will es gar nicht wissen. Mir liegt nur daran, daß uns der Diamant nicht entgeht. Parvati wird triumphieren, und wir werden Millionen verdienen. Nimm das beste Pferd und benachrichtige sofort Sitama! Ich lasse inzwischen von Sadras und Tobys Dienern Bangawady reisefertig machen.«

»In einer Stunde werde ich hier sein, Sahib«, antwortete der Haushofmeister, indem er hinausging.

Zwei Minuten danach hörte Dhundia ein Pferd vorbeigaloppieren; der Kitmudgar war fortgeritten.

Dhundia rief die beiden Diener und befahl ihnen, Bangawady zurechtzumachen.

»Reisen wir diese Nacht ab?« fragte Thermati.

»Ja, wir kehren zum Bengalow eures Herrn zurück«, antwortete Dhundia. »Unsere Mission ist beendet, wir haben in Pannah nichts mehr zu tun. Ich verschaffe mir inzwischen ein Pferd, damit der Elefant nicht zu sehr überladen wird.«

»Wir haben ja welche, Herr.«

»Die sind nicht widerstandsfähig genug und können einem eilenden Elefanten nicht lange folgen. Mir wurde heute eins angeboten, das wie der Wind laufen soll.«

Er hüllte sich ins Doote und ging fort, in der Richtung auf den Basar. Mehrmals schaute er sich um, um zu sehen, ob ihm jemand folge, und blieb dann an der Ecke eines Gäßchens stehen, wo eine kleine Säulenhalle dichten Schatten warf.

Kaum war eine Stunde vergangen, als er in der Ferne einige Pferde herangaloppieren hörte. Er verließ die Halle und begab sich mitten auf die Straße. Drei Reiter kamen dahergesprengt. Indem Dhundia sich einer Laterne näherte, die an einem Hause hing, erkannte er im ersten den Kitmudgar.

»Halt«, sagte er, den Reitern den Weg versperrend.

»Seid Ihr es, Sahib?« fragte der Haushofmeister, indem er sofort sein Roß zum Stehen brachte.

»Steigt ab!«

Der Fakir und der Riese Barwani waren mit einer blitzartigen Bewegung zur Erde gesprungen.

»Der Kohinoor?« fragte Sitama, rasch näher tretend.

»Ist jetzt vielleicht in Indris Händen«, antwortete Dhundia.

»Und wir?«

»Müssen ihn unsrerseits rauben, wenn dir an den Rupien gelegen ist.«

»Sprich, Sahib; was sollen wir tun? Alle meine Leute sind bereit.«

»Wieviel sind es?«

»Etwa dreißig.«

»Wo befinden sie sich?«

»Am heiligen Weiher.«

»Du wirst sie alle zum südlichen Bollwerk führen und in der Hochebene in Hinterhalt legen. Im günstigen Moment springt ihr hervor und bemächtigt euch des Kohinoor.«

»Man müßte den Elefanten zu Falle bringen, um den Jäger an der Verfolgung zu hindern.«

»Wir werden ihm die Beine brechen«, sagte Barwani. »Das werde ich besorgen.«

»Trotzdem würden Toby und Indri uns nicht in Ruhe lassen«, sagte Dhundia. »Wir müssen sie unschädlich machen, damit wir Zeit haben, die Grenzen von Pannah zu überschreiten.«

»Auf welche Weise?« fragte Sitama.

»Oh! Nichts leichter als das«, antwortete Dhundia mit tierischem Lächeln. »Man setzt den Radscha in Kenntnis und läßt sie festnehmen.«

»Dann werden sie das Leben verlieren«, bemerkte Sitama.

»Was mache ich mir daraus? Ob Indri ein Paria wird oder nicht, das interessiert mich nicht im geringsten. Ich bin zufrieden, wenn ich den Kohinoor habe.«

»Und Parvati?« fragte Sitama.

»Wird von seinem Rivalen befreit sein. Habt ihr Pferde? Ihr müßt alle beritten sein, um sofort die Grenze zu gewinnen.«

»Wir haben etwa vierzig Stück, alle reinrassig«, antwortete Sitama.

»Und Waffen?«

»Ich habe dreißig Karabiner kaufen lassen.«

»Es wird sicher zum Kampfe kommen.«

»Wir werden ihn ruhig annehmen«, sagte Barwani.

»Wer wird es übernehmen, den Fürsten in Kenntnis zu setzen und Toby, Indri und Bhandara des Diebstahls anzuschuldigen?«

»Einer meiner Leute.«

»Zuverlässig?«

»Vollständig«, antwortete Sitama. »Kaum haben die Flüchtlinge Pannah verlassen, hetze ich die Wächter des Fürsten auf ihre Spuren.«

»Aber erst nach dem Streiche«, sagte Dhundia. »Kommen die Wächter eher, verlieren wir den Kohinoor.«

»Ich werde einige Sâpwallah außerhalb der Stadt und auf die Hochebene schicken, die meinem Manne ein Zeichen geben sollen, wenn er den Radscha benachrichtigen kann.«

»Ich verlasse mich auf dich, Sitama.«

»Habt keine Sorge, Sahib; der Lichtberg wird unser sein.«

»Sobald der Anschlag verübt ist, fliehe ich mit euch, und wir verstecken uns im Gebirge von Gondwana, um dann nach Jabalpur zu eilen. Dort verkaufen wir den Diamanten, und jeder bekommt seinen Teil. Reitet weiter! ... Die Zeit drängt.«

Sitama und Barwani stürmten in gestrecktem Galopp durch die dunkeln Straßen der Stadt.

Dhundia hieß den Kitmudgar absteigen und prüfte sorgfältig das Pferd.

»Ein guter Läufer, nicht?« fragte er.

»Er hat arabisches Blut in den Adern, Sahib.«

»Wem gehört er?«

»Dem Radscha.«

»Den mache ich mir zu eigen; der Fürst hat gerade genug und braucht nicht noch dieses. Du nimmst ein anderes und reitest später zu Sitama. Ich gehe dem Elefanten voran und benachrichtige den Fakir von eurer Abreise, damit alle im Hinterhalt bereitliegen.«

Sie begaben sich zum Bengalow, wo Bangawady reisefertig vor der Treppe stand. Thermati und Poona waren auf ihre Pferde gestiegen, mit Karabinern in der Faust, während der kleine Sadras in der Hauda Platz genommen hatte.

Keine fünf Minuten waren vergangen, als Bhandara, Toby und Indri von der Mauer sprangen.

Das übrige wissen wir.

Bangawady, vom Kornak angefeuert, hatte sich eiligst in Marsch gesetzt, während Thermati, Poona und Dhundia, der sich ebenfalls mit einem Karabiner bewaffnet hatte, ihnen folgten, um den Rückzug zu verteidigen.

In rasender Eile ging es den südlichen Bollwerken der Stadt zu.

Toby und Indri, noch lebhaft erregt, hatten kein Wort wieder miteinander gewechselt. Aber sie lauschten und glaubten immer vom Palaste des Radscha her das Gong Alarm schlagen zu hören.

Bisher jedoch war kein Geräusch an ihre Ohren gedrungen.

»Sie haben noch nichts gemerkt«, sagte Toby endlich, während Bangawady schnaubend und keuchend seinen Schritt beschleunigte. »Wenn sie einige Stunden zögern, sind wir gerettet.«

»Gerettet! Nein, Toby«, sagte Indri mit gebrochener Stimme. »Sie werden uns verfolgen, und wie! Und wer weiß, ob es uns gelingen wird, die Grenze zu überschreiten und die großen Wälder Gondwanas zu erreichen. Eins wird uns außerdem verraten und nicht unbemerkt bleiben.«

»Was?« fragte Toby erstaunt.

»Deine weiße Haut.«

»Diese Gefahr sah ich voraus, Indri«, sagte der Jäger, »und habe in unsre Kiste, zusammen mit den Vorräten, Fürstenkleider und auch Tinkturen packen lassen, damit wir uns unkenntlich machen können. Wir werden zwei Fürsten von Holkar sein, die sich auf der Reise nach Jabalpur befinden, um ein religiöses Gelübde zu tun.«

»Das hast du getan, Toby?« rief Indri freudig. »Dann vollziehe sofort deine Verwandlung, wenn es nicht schon zu spät ist!«

»Alarm ist noch nicht geschlagen worden, und wir sind schon außerhalb Pannahs.«

»Ans Werk, ohne einen Augenblick zu verlieren, Toby.«

»Das ist schnell geschehen. Sadras, hilf mir!«

Er entfernte die Seidenkissen und öffnete die Kiste, die einen Sitz der Hauda bildete, und zog zwei prächtige, mit Gold und Silber durchwirkte Kostüme und verschiedene Tinkturfläschchen hervor.

»Es sind auch Bärte dabei«, sagte Toby. »Das wird unsre Verwandlung vervollständigen.«

»Und Bhandara?« fragte Indri.

»Auch an ihn habe ich gedacht. Die andern brauchen ihre Haut nicht zu wechseln, da sie weder den Soldaten noch dem Radscha bekannt sind.«

»Schnell, Toby! Vielleicht verfolgen sie uns schon.«

Der Jäger wusch sich, von Sadras unterstützt, Gesicht, Hals und Hände in einer Tinktur, die man in ein silbernes Waschbecken geschüttet hatte, wartete, bis er vom warmen Nachtwind abgetrocknet war, klebte sich dann einen prächtigen Bart an, der ihm den Ausdruck eines imposanten Radschaputen verlieh, und zog endlich das Kostüm an.

Indri hatte desgleichen getan, indem er seine leichtgebräunte Haut dunkler färbte.

Ihre und Bhandaras Kleidungsstücke schnürten sie zusammen und warfen sie mitten in ein dichtes Gebüsch.

Kaum waren sie mit ihrer Verwandlung fertig, als sie von fern, von der Stadt her, Kanonenschüsse und Trompeten hörten.

Indri war blaß geworden. Er schaute nach Süden und sah leuchtende Punkte in der Finsternis, die hochstiegen und dann plötzlich verloschen. Auch im Osten und Westen hoben sich grüne, rote und blaue Funken vom Himmel ab.

»Weißt du, mit wem die Soldaten des Radscha diese Zeichen wechseln?« fragte Indri.

»Mit den Hudi*, die längs der Grenze zerstreut liegen«, antwortete Toby, dessen Stirn sich umwölkt hatte. »Diese Signale bedeuten, sämtliche Pässe, die zum Hochlande führen, zu sperren und die Leute anzuhalten, die versuchen, die Staaten des Radscha zu verlassen oder zu betreten.«

»Wohin führt der Weg, den wir einhalten?« fragte Toby nach einigen Augenblicken des Schweigens.

»In das Senartal.«

* Kleine, mit Zinnen gekrönte Festungen, die dazu bestimmt sind, die zur Hochebene führenden Straßen zu versperren.

»Wird es von Hudi bewacht?«

»Es sind zwei da.«

»Was tun?« fragte sich Toby unschlüssig. »Obwohl wir unkenntlich sind, möchte ich von den Soldaten des Radscha nicht angehalten werden.«

»Suchen wir ein Versteck mitten im dichten Walde, und warten wir ab, bis die Bewachung der Grenzen nicht mehr so scharf ist. Finden sie uns nicht, so wird der Radscha annehmen, daß es uns gelungen ist, seine Staaten zu verlassen.«

»Dein Rat ist gut, Indri. Gehen wir zu meinem Bengalow, den nur wenige kennen. Dort warten wir, bis sich die Soldaten zurückziehen, die man auf unsre Spuren gesetzt hat. Um meinen Besitz herum gibt es dichte Wälder, und wir werden sichere Schlupfwinkel genug finden. Meine Leute wachen inzwischen auf den Bergen und melden uns jede Gefahr. Später versuchen wir, über die Grenze zu kommen, und steigen nach Gondwana hinab.«

Bhandara erhielt den Auftrag, den Elefanten zum Bengalow zu lenken, indem sie die dichten Wälder der östlichen Hochebene durchquerten, um einer Verfolgung leichter entgehen zu können, die schon von allen Seiten begonnen haben mußte.

Bangawady lief nicht langsamer, im Gegenteil, er versuchte, immer schneller vorwärts zu kommen, so daß es Dhundia, Thermati und Poona schwer wurde, mit ihren Pferden zu folgen.

Das kluge Tier schien die schwere Gefahr zu begreifen, in der sich seine Herren befanden, und stürmte vorwärts, indem es sich gewaltsam den Weg durch das Gebüsch bahnte.

Ungestüm beseitigte es mit der gewaltigen Brust jedes Hindernis und schmetterte Bäume und Sträucher nieder.

Die Reiter benutzten den vom Koloß geöffneten Durchgang und folgten ihm, indem sie sich dicht hintereinander hielten.

Pannah war jetzt verschwunden, doch hörte man noch einen dumpfen Kanonendonner, und gewaltig tönte er von den Bergen wider, um dann langsam in den Tälern und tiefen Schluchten der Hochebene zu verhallen.

»Sämtliche Reiter des Radscha müssen auf unsrer Spur sein«, sagte Indri, der vergebens versuchte, mit den Blicken durch das Gebüsch zu dringen.

»Ja; wir haben aber einen ansehnlichen Vorsprung«, antwortete Toby. »Außerdem ist dieser Boden von so vielen Elefanten, Pferden und wilden Tieren zerstampft, daß sie unsere Spuren nicht so leicht finden werden, zumal bei dieser Dunkelheit. Auch gibt es hier genug Wildbäche, die wir überschreiten können, um unsere Verfolger leichter irrezuleiten.«

»Ob der Radscha auch seine Elefanten hinter uns hergeschickt hat?«

»Er muß mehrere haben und hat sie sicher nicht im Stalle ruhen lassen.«

»Wieviel Meilen glaubst du, daß wir zurückgelegt haben?«

»Wenigstens zwölf.«

»Und wann werden wir deinen Bengalow erreichen?«

»Nicht vor neun, wenn Bangawady diesen verteufelten Lauf innehält.«

»Herr«, sagte Bhandara in jenem Moment. »Hörst du nichts?«

»Die Kanone, die noch donnert?« fragte Indri.

»Die Kanone meine ich nicht. Lausche, Herr!«

»Halt den Elefanten an! Bei diesem Geräusch kann man nichts hören.«

Bhandara streichelte den Koloß und pfiff dann leise.

Bangawady lief langsamer, dann blieb er schnaufend mitten in dichtem Gebüsch stehen. Auch die drei Reiter waren stehengeblieben, wohl zufrieden mit jenem kurzen Aufenthalt, der ihre Pferde wieder zu Atem kommen ließ.

Jenseits des Waldes hörte man ein dumpfes Geräusch, das von Pferden herzurühren schien, die durch die Hochebene rasten.

»Die Soldaten des Radscha!« rief Indri, indem er rasch zum Karabiner griff.

»Ach was, das ist unmöglich!« sagte Toby. »Zwölf oder dreizehn Meilen können sie nicht in zwanzig Minuten zurückgelegt haben. Dazu müßten sie Flügel haben.«

»Und doch sind es galoppierende Tiere, Toby.«

»Es können auch Büffel oder Samber* sein. In diesen Wäldern gibt es welche.«

»Dhundia«, sagte Toby, indem er sich von der Hauda herunterbeugte. »Hast du gehört?«

»Ja«, antwortete der Gefragte.

»Was meinst du dazu?«

»Es sind wilde Tiere, die fliehen«, sagte Dhundia ruhig.

»Das Geräusch entfernt sich nach Osten«, sagte Toby. »Hörst du, Indri?«

»Nach unsrer Richtung?«

* Große Hirsche.

»Lassen wir sie laufen. Vorwärts, Bhandara, treib den Elefanten an, solange er es aushält.«

Bangawady atmete geräuschvoll die Luft ein und stürmte weiter, indem er mit furchtbarem Geräusch Sträucher niederstampfte und mit dem Rüssel die Äste zersplitterte, die dem Kornak und den Insassen der Hauda lästig sein konnten.

Jenseits des Waldes hörte man nichts mehr. Auch war in Pannah der Kanonendonner verstummt.

Der Elefant hatte sich in einen engen, von dichten Gebüschen bewachsenen Hohlweg geworfen, durch den sich niemand ohne einen kräftigen Dickhäuter einen Weg hätte bahnen können.

Bhandara hatte viel zu tun, den Elefanten zu lenken, der von Zeit zu Zeit unentschlossen stehenblieb, als wenn er Gefahr witterte.

Die drei Reiter folgten immer dicht hinterher, indem sie den Durchgang benutzten, den jener massige Körper öffnete und der sich hinter ihnen sofort wieder schloß.

Tiefes Schweigen herrschte in jenem Hohlweg, trotzdem gab Bangawady fortgesetzt Zeichen von Unruhe.

Vielleicht war kurz zuvor ein Tiger oder Panther vorübergekommen, und der Elefant roch den Raubtiergeruch, den jene Bestien zurückließen.

Immer vom Kornak angefeuert, hatte Bangawady den Ausgang des Hohlweges erreicht und wollte eben über eine Lichtung stürmen, als er plötzlich dröhnend zusammenbrach und furchtbar trompetete.

Toby, Indri und Sadras wurden von jenem plötzlichen Sturze links und rechts mitten in die Gebüsche geschleudert, während Bhandara nach zwei Purzelbäumen in einen sumpfigen Bach gefallen war, bis an die Schultern verschwindend. Fast in demselben Augenblick sprang eine Schar bewaffneter Männer aus dem Gebüsch hervor und gab eine Gewehrsalve auf Thermati und Poona ab.

Die beiden unglücklichen Diener waren, von mehreren Kugeln durchbohrt, ohne einen Schrei zu Boden gesunken.

Während einige jener Banditen die Hauda durchwühlten, hatten sich die andern auf Toby und Indri gestürzt, die, ohne ein Lebenszeichen von sich zu geben, in den Gebüschen lagen.

Im Nu durchsuchten sie ihre Kleider. Ein Triumphschrei verkündete, daß das, was sie suchten, gefunden war.

»Der Kohinoor! ... Zum Rückzug! ...«

Dann verschwanden alle im Hohlwege, voran Dhundia, der wütend sein Pferd anspornte.

## 24. Kapitel
## Die Soldaten des Radscha

Bhandara hatte der Plünderung der Banditen und dem Verrate Dhundias zugeschaut, ohne etwas verhindern oder den Verräter bestrafen zu können. Er hatte Sitama, den verwünschten Fakir, wiedererkannt.

Indem er verzweifelt um sich schlug und sich an den Pflanzen anklammerte, die am Wildbach wuchsen, gelang es ihm endlich nach langen Anstrengungen, sich aus dem Wildbach herauszuziehen. Es war jedoch zu spät, an eine Verfolgung der Banditen zu denken, die zerstreut in der Finsternis verschwunden waren.

Ohne sich um Bangawady zu kümmern, der schauerliche Trompetenstöße ausstieß, war er ins Gebüsch gesprungen, um Indri und Toby zu Hilfe zu eilen. Er fand sie fast nackend, dicht nebeneinander in einer Lage, daß sie Bhandara für tot hielt.

»Ob sie sie gemordet haben?« fragte er sich erbleichend. »Elender Dhundia! . . . Wehe dir und wehe dem Fakir! . . .«

Er sah jedoch sofort, daß auf ihren Körpern keine Wunde war, außer einigen nichtssagenden Schrammen, die sie während des Sturzes erhalten hatten.

Er legte das Ohr auf Indris, dann auf Tobys Brust.

»Ihre Herzen schlagen«, sagte er. »Sie sind nur ohnmächtig.«

Er nahm den Turban ab, lief zum Bach, dessen Wasser von den hohen Spitzen der Ghâts kam und eisig kalt war, schöpfte und goß den Inhalt über Indri aus.

Als dieser die eisige Dusche fühlte, zuckte er zusammen und fing an zu niesen.

»Herr! Herr!« rief Bhandara, indem er ihn schüttelte.

Ein Fluch erscholl hinter ihm. Toby war zu sich gekommen, ohne die Dusche nötig zu haben, und erhob sich eben.

»Donnerwetter!« rief er. »Was ist hier geschehen?«

Als er Bhandara über Indri gebeugt sah, betrachtete er ihn erstaunt.

»Was tust du?« fragte er.

Plötzlich sammelten sich seine Gedanken wieder.

»Sind wir gestürzt, Bhandara?«

»Und auch beraubt, Sahib«, antwortete der Kornak laut.

»Beraubt!« rief Toby, indem er die Augen aufriß.

»Der Kohinoor ist verloren!«

»Zum Teufel! Was sagst du?...«

»Der Kohinoor! Der Kohinoor!« rief eine halberstickte Stimme.

Indri war zu sich gekommen und hatte Bhandaras letzte Worte gehört.

»Wie geht's Euch, Sahib?« fragte der brave Kornak. »Ich hielt Euch schon für tot.«

Indri schien ihn nicht einmal gehört zu haben.

»Der Kohinoor!« wiederholte er verzweifelt. »Wer hat ihn mir geraubt?«

»Dhundia und Sitama.«

»Dhundia!« riefen Toby und Indri wie aus einem Munde.

»Er steckt mit dem Fakir unter einer Decke und hat uns in dieser Schlucht einen Hinterhalt gelegt.«

Indri hatte einen Schrei der Wut und Verzweiflung ausgestoßen. Erst jetzt merkte er, daß ihm der Gürtel fehlte, in dem er den Diamanten verborgen hielt.

Er sprang auf und warf einen verwirrten Blick umher.

»Man hat ihn mir geraubt!« schrie er. »Ah!... Aber Indri stirbt nicht als Paria!«

Er stürzte auf seine Kleider, die die Diebe ins Gebüsch geworfen hatten, und griff zum Revolver, der noch am Hosengürtel hing. Mit einem Ruck riß er ihn heraus und setzte ihn an die Schläfe.

Toby, schnell wie der Blitz, entwand ihm die Waffe.

»Indri, mein Freund, was tust du?« rief er mit bewegter Stimme. »Welche Narrheit willst du begehen? . . .«

»Laß mich, Toby! Für mich ist alles vorüber! . . .«

»Vorüber! Wir haben ja kaum angefangen, Freund. Sie haben uns den Diamanten genommen? Nun gut; dann holen wir ihn uns wieder. Alle Grenzen sind bewacht, so leicht werden die Diebe nicht aus den Staaten des Radscha entkommen. Wir werden sie verfolgen, ohne ihnen einen Augenblick Ruhe zu lassen, durch ganz Indien, wenn es sein muß. Eines Tages werden wir sie erwischen, und Dhundia, der Verräter, und der Fakir sollen büßen.«

»Dhundia! Aber glaubst du wirklich, daß er uns verraten hat?«

»Ja, Herr«, antwortete Bhandara. »Er floh zusammen mit den Sâpwallah, nachdem er dem Fakir und Barwani die Hand gedrückt hatte.«

»Was ist denn nur eigentlich geschehen?« rief Toby. »Nach Bangawadys Sturz ist mir nichts mehr erinnerlich.«

»Die Banditen hatten sich im Gebüsch in den Hinterhalt gelegt. Sie haben sich auf uns gestürzt, Thermati und Poona getötet, den Diamanten geraubt und sind geflohen.«

»Meine Diener sind getötet worden!« rief Toby schmerzlich. »Vielleicht sind sie nur verwundet. Suchen wir sie, Bhandara!«

»Ihr braucht sie nicht zu suchen, Herr. Dort liegen sie leblos hinter dem Elefanten. Man hat sie aus nächster Nähe erschossen.«

»Und Sadras?« fragte Indri.

»Sadras!« rief Bhandara, erstaunt, daß er nicht früher an den Knaben gedacht hatte. »Ich sah ihn nicht wieder.«

»Ob er beim Sturz von der Hauda das Genick gebrochen hat?« fragte Toby. »Suchen wir ihn, dann steigen wir wieder auf Bangawady und eilen zu meinem Bengalow.«

»Rechnet nicht mehr auf meinen Elefanten«, antwortete Bhandara traurig. »Diese furchtbaren Trompetenstöße zeigen sein nahes Ende an.«

»Haben sie ihn verwundet?«

»Er muß die Vorderbeine gebrochen haben.«

»Verdammt! Alles ist gegen uns!« schrie Toby. »Komm, Indri, schauen wir, ob wir ihn retten können, und suchen dann Sadras!«

Sie gingen zum Elefanten, der stöhnend trompetete.

Kaum hatten sie einige Schritte getan, als Bhandara, der vorausging, zu Boden stürzte.

»Diese Elenden!« rief der Kornak, indem er rasch wieder aufsprang. »Hier haben wir's, wodurch sich Bangawady die Beine gebrochen hat.«

»Was ist's!« fragten Toby und Indri.

»Der Fakir hat quer über den Hohlweg ein Metallseil spannen lassen.«

Toby bückte sich, bog das Gebüsch und das hohe Gras auseinander, das den Boden der Schlucht bedeckte, und bemerkte ein starkes Kabeltau aus verflochtenen Eisendrähten, wie man sie auf Schiffen und in Minenschächten hat. Einen Meter über den Boden war es angebracht und an zwei starken Tamarindenstämmen, die an den Seiten der Schlucht standen, angebunden.

Der Elefant war während seines raschen Laufes dagegengestoßen, ohne es bemerken zu können, war gestürzt und hatte sich dann auf dem steinigen Boden die Vorderbeine gebrochen.

Damit hatten sich die Banditen jedoch nicht zufriedengegeben. Der arme Elefant trug außerdem eine klaffende Wunde in einem Vorderbein, die von einem Axthieb oder Schwertstreich herzurühren schien, der ihm die Flechse durchschnitten hatte, eine schwere Verwundung, die in Kürze seinen Tod herbeiführen mußte.

Der Dickhäuter, der furchtbar aus dem verstümmelten Beine blutete, streckte den Rüssel nach Bhandara aus, als wenn er ihn um Hilfe bitten wollte. Er trompetete dumpf, und dicke Tränen rollten ihm aus den Augen, während die gewaltige Masse fieberhaft zuckte.

»Armes Tier!« rief der Kornak bewegt. »Mit dir ist's vorbei.«

»Kürzen wir ihm den Todeskampf ab«, sagte Toby, indem er einen Karabiner aufhob, der aus der Hauda gefallen war. »Es tut mir leid, dieses brave Tier leiden zu sehen.«

»Mir auch, Toby«, antwortete Indri.

Der Jäger hielt das Gewehr in ein Ohr des Dickhäuters, ohne es zu berühren, und drückte ab.

Bangawady erhob sich mit letzter Kraft auf die zerschmetterten Vorderbeine, trompetete schauerlich, hob den Rüssel hoch und stürzte dann, wie ein ferner Donner krachend, auf die Seite. Noch einige Minuten ging ein krampfhaftes Zittern durch seinen Körper, dann senkte sich sein Rüssel ins Gras, Blutströme brachen hervor, ein rauhes Stöhnen drang aus der Kehle des Kolosses, dann war's vorbei, Bangawady war tot.

»Armer Freund«, sagte Bhandara, indem er mit der Hand über den Kopf des Dickhäuters fuhr.

»Jetzt zu Sadras«, sagte Toby, fast mit Abscheu den Karabiner von sich werfend. »Eines Tages werden wir Bangawady rächen.«

Er lief um den Elefanten herum und blieb vor seinen beiden Dienern stehen, indem er einen Seufzer unterdrückte. Thermati und Poona lagen drei Schritt voneinander, neben einem ihrer Pferde, das von derselben Gewehrsalve getötet worden war. Beide waren mit Wunden übersät, aber ihre Karabiner hielten sie noch krampfhaft in den Fingern.

»Da sind noch mehr zu rächen«, sagte Toby dumpf. »Wenn –«

Ein Ausruf Bhandaras unterbrach ihn.

»Was hast du?« fragte Toby.

»Ich vermisse das andere Pferd.«

»Das werden die Schurken mitgenommen haben.«

»Nein, Sahib. Als sie flohen, war nur Dhundia beritten; alle andern zu Fuß.«

»Bist du dessen sicher?« fragte Indri.

»Ja, Herr. Sie kamen dicht vor mir vorbei, und wenn es zwei Reiter gewesen wären, hätte ich sie unbedingt gesehen.«

»Und was willst du daraus schließen?« fragte Toby.

»Augenblicklich nichts; suchen wir erst den kleinen Sadras!«

Sie durchstöberten die Gebüsche rings um den Elefanten herum, indem sie bis zu den Ufern des Baches vorgingen, ohne jedoch die Leiche des Knaben zu finden.

»Dieses Verschwinden ist wirklich seltsam«, sagte Toby. »Ob Sadras zu den Sâpwallah hielt?«

»Das glaube ich nie, Sahib«, antwortete Bhandara. »Ich habe zu viele Beweise seiner Treue gehabt.«

»Ob sie ihn geraubt haben?«

»Zu welchem Zwecke?« fragte Indri.

»Ich weiß nicht.«

»Thermatis Pferd hast du nicht vorbeikommen sehen?«

»Solange die Sâpwallah flohen, nicht, vielleicht später . . ., ich war beschäftigt, mich aus dem Sumpfe herauszuziehen, und gab nicht mehr Obacht, was hier geschah.«

»Ob der brave Bursche den Schlangenbändigern gefolgt ist, um uns später beim Suchen nützlich zu sein?« fragte Toby. »Er hat sich immer mutig und verschlagen wie ein Mann gezeigt.«

»Wenn er das getan hat, werden wir ihn eines Tages sicher wiedersehen. Wußte er, daß wir zu meinem Bengalow gehen?«

»Ja«, antwortete Indri. »Er war bei uns, als wir davon sprachen.«

»Er wird uns leicht finden. Freunde, verlassen wir diesen Ort, und kommt mit in mein Haus! Es kann nicht mehr weit sein. Auch ich habe einen guten Elefanten, und wir begeben uns auf die Jagd. Dhundia und der Fakir werden nicht aus diesem Lande entkommen. Ich vertraue noch auf unsern guten Stern.«

»Sei es«, antwortete der Exfavorit des Guicowar. »Der Kampf hat begonnen, ich will ihn zu Ende führen.«

Sie warfen die Karabiner über die Schulter, schauten ein letztes Mal nach Thermati, Poona und dem armen Bangawady und verließen die Schlucht, in der auch sie beinahe ihr Leben eingebüßt hätten.

Kein menschliches Wesen war zu sehen. Die Sâpwallah hatten sich nach dem Überfall zerstreut, um den Übergang über die Grenze zu versuchen. Dies war wegen der zahlreichen Hudi, die überall die Engpässe versperrten, sehr schwierig.

Gegen elf Uhr morgens erreichten sie nach einem Marsche von vierzehn Meilen durch Schluchten, Wälder und Weiden den Bengalow.

Alle waren so entkräftet, daß sie sich kaum noch halten konnten. Sogar Toby, der an lange Waldmärsche gewöhnt war, fiel vor Müdigkeit um.

Sie aßen einen Bissen und warfen sich dann in die Hängematten, die an den Ästen einer riesigen Tamarinde ausgespannt waren, die einen Teil des Gartens beschattete. Nach den vielen Erregungen hatten es alle drei nötig, etwas auszuruhen, bevor sie die Verfolgung Sitamas begannen.

Einige Stunden schliefen sie schon, während ihre Leute Vorbereitungen zum Aufbruch trafen, als sie von einem betäubenden Lärme geweckt wurden. Man hörte Schreie, Wiehern, Pferdestampfen und Trompetentöne.

Toby, der überrascht und sehr unruhig war, sprang schnell aus der Hängematte und rief seine Leute, die lebhaft miteinander schwatzten.

»Was geschieht, Toby?« fragte Indri, der ebenfalls erwacht war.

»Es scheinen Reiter angekommen zu sein«, antwortete der Jäger.

»Vielleicht die Sâpwallah?«

»Die werden nicht so dumm sein, hierherzukommen. Ah! ... Potztausend! Die Soldaten des Radscha!« rief der Jäger mit halberstickter Stimme.

Zehn berittene Radschaputen, von einem Offizier geführt und mit langen Karabinern bewaffnet, hatten trotz Gegenrede der Diener den Hof betreten und schritten in den Garten vor.

»Legt die Waffen an«, kommandierte der Offizier.

Toby, aufs lebhafteste erregt, war mit Indri und Bhandara dem Offizier entgegengegangen.

»Was wünscht Ihr?« fragte der Jäger, indem er versuchte, ruhig zu bleiben.

»Ich habe Befehl erhalten, Euch und Eure Gefährten an jedem beliebigen Orte innerhalb des Reiches meines Herrn festzunehmen.

»Mich, den Tigerjäger!«

»Euch, Toby Randal.«

»Das muß ein Irrtum sein.«

»Nein, Sahib«, sagte der Offizier bestimmt.

»Wessen beschuldigt man mich?«

»Ihr habt den Kohinoor gestohlen.«

»Gestohlen nicht, denn ich habe eine Million mehr bezahlt, als er wert ist.«

»Davon darf ich nichts wissen, Sahib. Ich habe Befehl erhalten, Euch festzunehmen und den Kohinoor wiederzubringen.«

»Wenn Ihr uns gefangennehmen wollt, so tut es nur, denn wir leisten keinen Widerstand; wenn Ihr aber den Lichtberg wiederhaben wollt, dann dürft Ihr keinen Augenblick hier verweilen.«

»Was sagt Ihr, Sahib?«

»Daß der Kohinoor nicht mehr in unserm Besitz ist, denn er ist uns vergangene Nacht von einer Bande Sâpwallah und Dakoiten geraubt worden, die von einem Fakir namens Sitama geführt wurden.«

»Wollt Ihr mich täuschen, Sahib?«

»Nein; was ich Euch gesagt habe, ist Wahrheit. Schaut: ich hatte die Elefanten reisefertig machen lassen, um die Diebe zu verfolgen. Meine Diener können die Wahrheit bestätigen?«

»Und wohin sind diese Dakoiten geflohen?«

»Zur nächsten Grenze«, antwortete Toby.

»Wenn sie hoffen, darüber hinwegzukommen, so täuschen sie sich«, sagte der Offizier. »Die Besatzungen sämtlicher Hudi sind benachrichtigt worden, die Pässe zu versperren, und keiner wird die Staaten des Radscha verlassen ohne besondere Erlaubnis. Ich sende zwei meiner Leute nach Pannah, um den Radscha von dem Geschehenen in Kenntnis zu setzen.«

»Tut es ohne Aufschub, auch uns liegt daran, daß man den Lichtberg wiederfindet, der uns drei Millionen kostet.«

Der Offizier wandte sich an seine Leute und wechselte einige Worte mit ihnen.

Bald darauf sprengten zwei Reiter aus dem Garten, indem sie ihre Rosse wütend anspornten.

»In vier Stunden werden sie in Pannah sein«, sagte der Offizier zu Toby. »Ich muß jedoch dem erhaltenen Befehl Folge leisten und Euch festnehmen. Ich meine damit nicht, daß ich Euch wie gemeine Verbrecher binden oder in ein Zimmer schließen will. Solange meine beiden Leute nicht mit neuen Befehlen zurückgekehrt sind, werde ich mich darauf beschränken, Wachen um den Bengalow herum aufzustellen.«

»Wer sagte Euch, daß wir hier sind?« fragte Toby.

»Ein Inder, den wir vor einer Stunde, drei Meilen von Eurem Bengalow entfernt, trafen. Als er uns vorüberkommen sah, rief er mich und sagte: ›Sucht Ihr die Diebe des Kohinoor? Wenn Ihr sie fangen wollt, so begebt Euch in den Bengalow des Tigerjägers.‹ «

Dann entfernte er sich rasch, indem er seinem Pferde die Sporen gab.

»Das war ein Dakoit des Fakirs«, sagte Toby. »Die Elenden sind uns von ferne gefolgt, um die Soldaten des Radscha auf uns zu hetzen. Wie schlau diese Schufte das alles angestellt haben!«

## 25. Kapitel
## Die Hochherzigkeit des Fürsten

Sieben Stunden waren seit dem Wegritt der beiden Radschaputen verflossen, sieben Stunden fortwährender Unruhe für Toby und Indri, die zur Untätigkeit gezwungen waren, während Dhundia und der Fakir vielleicht die Grenze überschritten, als man eine Stunde nach Sonnenuntergang in der Ferne Trompetengeschmetter hörte.

Immer vom Offizier gefolgt, hatten sie sich beeilt, auf die Veranda zu steigen, von wo man ein großes Stück der weiten Hochebene überschauen konnte.

Im Norden erschienen zahlreiche leuchtende Punkte zwischen den hohen Gräsern und Büschen der Ebene, und man konnte unbestimmt eine dunkle Masse erkennen, die zusehends größer wurde.

»Was ist das?« fragte Toby. »Einfache Soldaten sicher nicht, denn sie reisen nie mit Fackeln.«

»Es muß irgendeine hohe Persönlichkeit sein«, antwortete der Offizier. »Ob der Radscha seinen Minister hersendet?«

»Wir werden ihm einen seiner hohen Stellung würdigen Empfang bereiten«, sagte Toby etwas ironisch.

Der Offizier rief zwei Reiter, die unter der Veranda wachten, und befahl ihnen, auszukundschaften, wer jener Trupp sei, der eben eine tiefe Schlucht durchquerte. Nach wenigen Minuten schon kehrten sie, laut schreiend, in gestrecktem Galopp zurück.

»Sahib«, sagte einer von beiden, indem er sein schäumendes Roß anhielt, »bereitet Euch vor, den Radscha zu empfangen.«

Toby und Indri waren zusammengefahren.

»Der Radscha! . . .« rief der Jäger, indem er bleich wurde. »Nun wohl! Empfangen wir Seine Hoheit, und erweisen wir ihm die Ehren des Hauses!«

Er stieg in den Saal im Erdgeschoß und ließ zwei silberne Armleuchter anzünden, die nur für große Festlichkeiten bestimmt waren, und seine Diener, mit Fackeln in der Hand, an der Treppe aufstellen.

Der Radscha betrat im selben Moment mit seiner Bedeckung, die aus prächtigen, wahrhaft riesigen Radschaputen bestand, den Hof. Toby stand aufrecht auf der ersten Stufe und erwartete ihn, mit dem Hute in der Hand, zwanglos, bescheiden und ruhig wie ein Mann, der seiner Sache sicher ist. Der Radscha stieg vom Pferd und warf einen Blick umher. Als er Toby sah, ging er ihm entgegen und sagte etwas spöttisch: »Es freut mich wirklich, Euch wiederzusehen, Meister Toby Randal. Vielleicht habt Ihr mich nicht erwartet, wie?«

»Ich glaubte nicht, die Ehre zu haben, Seine Hoheit den Radscha von Pannah hier empfangen zu dürfen.«

»Den Exbesitzer des Lichtbergs, den Ihr mir so schlau entwendet habt«, sagte der Fürst lächelnd.

»Erlaubt Ihr, Hoheit, daß Euer Gefangener Euch Gastfreundschaft in seinem bescheidenen Hause anbietet?«

»Ein Anerbieten, das ich nicht abschlage, Meister Randal, besonders nach einem so langen Ritt.«

»Dann wird mir Seine Hoheit erlauben voranzuschreiten.«

»Meister Toby, ich bewundre Euren Geist«, sagte der Radscha, immer in liebenswürdigem Tone. »Ah! ... Diese Europäer!«

Er folgte dem Jäger in den Saal im Erdgeschoß und setzte sich bequem auf einen Polsterstuhl, der ihm geboten wurde. Toby war aufrecht vor ihm stehengeblieben, während sich Indri und Bhandara in den Ecken des Zimmers hielten.

»Setzt Euch, Meister Randal«, sagte der Radscha, »und antwortet mir vor allem auf eine Frage!«

»Ich stehe zu Eurer Verfügung, Hoheit.«

»Seid Ihr sehr reich?«

»Ich! ... Nein, Hoheit!« antwortete der frühere Unteroffizier, verblüfft über jene unerwartete Frage.

»Und doch habt Ihr mir einen Scheck auf drei Millionen zurückgelassen, während der Lichtberg nur auf zwei geschätzt wird.«

»Ich habe den Scheck nicht unterzeichnet, Hoheit.«

»Ich sah auch einen andern Namen darunter: Indri Sagar.«

»Exminister und Exfavorit des Guicowar von Baroda«, sagte Toby, indem er Indri vorstellte, der sich vor dem Radscha verbeugte.

Dieser war aufgestanden, indem er ihn verwundert und gleichzeitig neugierig anschaute.

»Dann also habt Ihr mir den Diamanten genommen oder vielmehr abgekauft, im Auftrag des Guicowar.«

»Nein, Hoheit, aus eigenem Antriebe«, antwortete Indri. »Ich brauchte ihn, um die Ehre zu wahren.«

»Drückt Euch deutlicher aus!«

»Das ist eine sehr lange Geschichte, Hoheit.«

»Ich habe absolut keine Eile, nach Pannah zurückzukehren. Erst möchte ich wissen, ob Euch der Kohinoor wirklich geraubt worden ist.«

»Jawohl, Hoheit«, sagten Toby und Indri wie aus einem Munde.

»Laßt die Diebe vorläufig laufen! Ich habe derartige Vorkehrungen getroffen, daß sie die Grenzen meines Staates nicht übertreten werden können, ohne entdeckt zu werden.«

»Sie sind gewandt und kühn, Hoheit«, sagte Toby.

»Ich möchte sehen, wie sie Gondwana oder Holkar erreichen wollen. Auch die nördlichen Grenzen sind von zahlreichen Reitertrupps bewacht.«

Während die Diener Bier, Wein, Pfeifen und Zigarren brachten, begann Indri sein Unglück zu erzählen, ohne etwas wegzulassen. Der Radscha interessierte sich derart dafür, daß er, um keine Silbe zu verlieren, öfter sogar die Manilla ausgehen ließ, die ihm Toby angeboten hatte.

Als Indri mit seinem Bericht zu Ende war, verharrte der Fürst einige Sekunden schweigsam, dann streckte er dem Exfavoriten des Guicowar plötzlich die Hand entgegen und sagte:

»Ich verzeihe Euch den schlechten Streich, den Ihr

mir gespielt habt, um Euch des Kohinoor zu bemächtigen. Ich kam in der Absicht hierher, mich zu rächen, aber jetzt ist mein Zorn verraucht. Mit den Mutigen, die meine Minen von den beiden Menschenfressern befreit haben, die meine Untertanen verschlangen und derentwegen sich meine Diamantenrente verringerte; mit Euch, die Ihr mir mehr für den Kohinoor gezahlt habt, als er wert ist, während Ihr meine Schätze noch hättet plündern können, muß man großmütig sein. Der Kohinoor ist Euer, und ich werde Euch helfen, ihn wiederzuerlangen.«

»Ah! Danke, Hoheit!« rief Indri, indem er dem Fürsten zu Füßen fiel. »Ihr gebt mir das Mittel, meine Feinde zu besiegen und meine Ehre zu retten, die mir kostbarer als mein Leben ist. Jetzt werde ich kein elender Paria mehr werden.«

Der Radscha klatschte in die Hände.

»Wieviel Leute hast du?« fragte er den Offizier, der die Radschaputen kommandierte, die vor dem Bengalow Wache standen.

»Dreißig, Hoheit.«

»Werden die Euch zur Verfolgung der Diebe genügen?« fragte er, indem er sich an Toby und Indri wandte.

»Ja, Hoheit«, antworteten sie.

»Ich stelle mich zu Eurer Verfügung und wünsche Euch recht viel Glück, den Kohinoor wiederzuerlangen.«

Mit diesen Worten drückte er Toby und Indri die Hand, schritt in den Hof und bestieg sein Pferd. Er grüßte mit der Hand und ritt mit seiner ganzen Bedeckung ab.

»Nun, Indri?« fragte der Jäger lachend.

»Ich hatte nicht geglaubt, soviel Glück zu haben!« rief der Exfavorit des Guicowar, indem er sich dem früheren Unteroffizier in die Arme warf. »Und das verdanke ich dir, nur dir, mein treuer Freund.«

»Auf zur Jagd, Indri. Dem elenden Dhundia, der uns so betrogen hat, ziehen wir das Fell über die Ohren, ebenso diesem hündischen Fakir. Dann soll auch Parvati Blut schwitzen.«

»Ja, alle werden den Verrat büßen«, sagte Indri mit zitternder Stimme. »Der Guicowar wird mir Gerechtigkeit widerfahren lassen.«

Zehn Minuten danach galoppierten sie durch die dunkle Ebene, hinter ihnen der Offizier mit seinen dreißig Radschaputen.

## 26. Kapitel
## Die Flucht der Diebe

Dhundia, der Fakir und die Sâpwallah waren, nachdem sie sich des Kohinoor bemächtigt und den Elefanten schwer verwundet hatten, um Toby und Indri an der Verfolgung zu hindern, schleunigst durch den Hohlweg nach Süden geflohen.

Sie hatten sich auf die Pferde geschwungen, die während des Überfalls unter der Aufsicht einiger Männer im Walde versteckt standen, und hofften, die Grenze zu erreichen, bevor die Pässe von der Besatzung der Hudi geschlossen wurden.

Sie waren nur etwa zwanzig Meilen vom Senartale entfernt, dem von Barwani und dem Fakir ausgewählten Ort, um nach Gondwana hinüberzukommen, eine

Entfernung, die ihre Pferde noch vor Sonnenaufgang zurücklegen konnten.

Der berühmte Diamant war sofort in Dhundias Hände übergegangen, der jetzt das Haupt der Bande geworden war und sie auf Rechnung Parvatis besoldete, des größten Feindes des Favoriten des Guicowar.

Nach einem rasenden Ritte von zehn Meilen hatten die Dakoiten in einem tiefen Walde haltgemacht, um ihren Pferden etwas Ruhe zu gönnen und sich zu beraten, wie die Wachsamkeit der Hudi-Besatzung zu täuschen wäre, falls sie schon Befehl erhalten hätte, Leuten den Durchgang zu verweigern, die aus dem Innern des Staates kamen.

Während sich die Sâpwallah mit den Pferden beschäftigten, hatten sich Dhundia, Sitama und Barwani unter einer gewaltigen Tamarinde niedergelassen, um Rat zu halten.

Eben wollten sie Befehl zum Aufbruch geben, als sie Pferdegetrampel hörten, das rasch näher kam.

»Es muß einer der Leute sein, die ich zurückgelassen habe, um den Jäger und Indri zu überwachen«, sagte Barwani.

Bald darauf tauchte ein Reiter aus einem hohen Gebüsch auf und stieß auf die Bande.

»Bist du Shung?« fragte der Riese, indem er das Gewehr auf ihn anlegte.

»Ja, Sahib«, antwortete der Angekommene, indem er das Pferd rasch herumriß.

»Was bringst du uns für Neuigkeiten?«

»Ich komme vom Hohlwege.«

»Leben sie alle noch?«

»Der weiße Jäger, Indri und der Kornak sind nach ihrem Bengalow aufgebrochen; die andern sind tot.«

»Und der Elefant?«

»Den haben sie getötet, um ihm den Todeskampf abzukürzen.«

»Mit dem Axthieb, den ich ihm auf das Bein gab, hätte er sich nicht wieder aufrichten können«, sagte Barwani lachend.

»Hast du keinen Soldatentrupp gesehen?«

»Nein, aber die Reiter des Radscha können nicht weit sein. Ich habe zwei Männer nach Pannah gesandt, die sie auf die Spuren des weißen Jägers hetzen sollen.«

»Du bist ein kluger Mensch und sollst hundert Rupien mehr als die andern haben.«

»Sahib, reiten wir ab.«

»Ich bin bereit«, antwortete Dhundia.

Mit verhängten Zügeln stürmte die ganze Bande in geschlossener Gruppe vorwärts, dem Senartale zu, das nicht weiter als sieben bis acht Meilen war.

Die Hochebene begann sanft abzufallen, zuweilen unterbrochen von tiefen Schluchten, in denen Gebirgsbäche donnerten, und Senkungen, die mit kleinen Teakbäumen dicht bestanden waren.

Einige Meilen weiter begann der Abstieg von der Hochebene so plötzlich, daß die Reiter den Galopp ihrer feurigen Pferde verlangsamen mußten.

Sie waren in der Nähe des Senartales, das nichts anderes war als eine gewaltige Felsspalte, gebildet von jahrhundertealten Wasserquellen, die sich dort, am äußersten Ende der Hochebene, einen Durchgang geöffnet hatten.

Ein einziger Weg führt vom Fürstentum Pannah nach Gondwana, eng, gewunden, beschwerlich läuft er dem Flusse entlang. Das ist der einzige Durchgang, den es auf dieser Seite gibt, denn rechts und links jenes Wasserlaufes gibt es nur gähnende, fast unersteigbare Abgründe.

Am äußersten Ende der Hochebene angekommen, waren die Reiter stehengeblieben. Bevor sie jenen Durchgang wagten, wollten sie sich vergewissern, ob die Mannschaften der Festungen den Weg und die Flußufer schon besetzt hatten, um nicht Gefahr zu laufen, abgefangen zu werden. Barwani, Sitama und Dhundia befahlen ihren Leuten, sich in einem Platanenwäldchen zu verstecken, und rückten allein vor.

Kaum hatten sie hundert Schritte hinter sich, als ein Fluch von Barwanis Lippen kam.

»Zu spät!« rief er. »Der Weg ist versperrt.«

»Von den Soldaten des Radscha?« fragte Dhundia wütend.

»Ja, schau, Sahib!«

Aus dem Tale leuchteten zwei riesige Leuchtfeuer über die Flußufer. Verschiedene Männer mit großen Turbanen und langen Flinten, die im Feuer blinkten, schritten auf und ab.

»Die Radschaputen«, sagte Sitama. »Verdammt!... Sie sind schon benachrichtigt worden!...«

»So kommen wir zu spät, der Durchgang ist gesperrt«, sagte Dhundia. »Könnte man dieses Tal nicht umgehen?«

»Das ist unmöglich, Sahib«, antwortete Barwani. »Die Hochebene fällt an allen anderen Stellen eintausendfünfhundert Meter steil ab, kein Pferd, nicht einmal ein Mensch, könnte einen derartigen Abstieg unternehmen.«

»Man könnte nachts den Durchgang versuchen«, sagte Sitama.

»Und einen ganzen Tag verlieren? Glaubst du, daß Toby und Indri untätig geblieben sind? Ich hätte Furcht, wenn sie uns angreifen würden.«

»Beunruhige dich nicht ihretwegen, Sahib«, sagte Barwani. »Wahrscheinlich sind sie schon festgenommen. Ich habe Leute zurückgelassen mit dem Auftrag, den Reitern des Radscha den Weg zu zeigen, wo sie die Diebe des Kohinoor finden.«

»Da hast du eine großartige Idee gehabt«, sagte Dhundia. »Inzwischen fliehen wir nach Gondwana. Diese Gegenden kenne ich genau, und ich werde euch leicht nach Jabalpur führen, wo wir den Lichtberg verkaufen können.«

»Woher kennst du dieses Land, Sahib?«

»Ich bin dort geboren, und sollten wir auch bis in jene Berge verfolgt werden, so wüßte ich unauffindbare Verstecke und auch Männer, die uns verteidigen würden. Meine Landsleute können den alten Brahmanen nicht vergessen haben, der Meriahs opferte, um ihre Erde fruchtbar zu machen.«

»Wenn wir also Leute nötig hätten, um gegen den Jäger und die Soldaten des Radscha Front zu machen . . .«

»Dann würde ich unter jenen wilden Berghirten welche finden«, antwortete Dhundia.

»Ich glaubte, du wärest von Baroda, Sahib«, sagte Barwani.

»Nein, ich bin ein Gondwaneser. Genug mit dem Geschwätz! Laßt uns zuvörderst ein Versteck suchen, das uns Sicherheit bietet. Weißt du, wo eins ist?«

»Ganz in der Nähe befindet sich eine Grabstätte, eine Art Pagode, errichtet zum Andenken an eine indische Prinzessin«, sagte Sitama.

»Ich war mehrmals dort«, sagte Barwani.

»Suchen wir sie auf! Die Reiter des Radscha können bis hierher vordringen und uns verfolgen.«

»Folge mir, Sahib! Das Obdach, das ich dir anbiete, ist nicht gerade lustig, aber sicher.«

Sie ritten nach Osten, den Abgrund entlang, wo der Fluß rauschte, der sich gegen die Felsen brach. Die Hochebene schien verlassen, die Reiter des Radscha waren also noch nicht bis hierher vorgedrungen. Wahrscheinlich verfolgten sie Toby und seine Gefährten in einer andern Richtung.

Der Morgen dämmerte, als der Trupp auf ein prächtiges, mit weißen Marmorkuppeln geschmücktes Gebäude stieß, das eine massige, noch sehr gut erhaltene Mauer umschloß.

»Das ist die Grabstätte der Rani von Bansi«, sagte Barwani.

Sie traten durch eine gewaltige Tür ein, indem sie den verrosteten Riegel wegschoben, stiegen ab und banden ihre Pferde an die Bäume, die das Grabmal umgaben. Breite Terrassen liefen ringsum, zahlreiche Bogenfenster, reich vergoldete Skulpturen und an den Ecken elegante, kannelierte Türmchen aus rötlichem Marmor. Das Innere des Mausoleums war vollständig rund, mit einer hohen Kuppel überdacht, die mit Gemälden bemalt und mit Mosaik ausgelegt war. In der Mitte stand ein Sarkophag aus schwarzem Marmor, gestützt auf vier Säulen, der zweifellos die Leiche der Rani enthielt.

»Hier werden wir sicher sein«, sagte Barwani.

»Diese Grabstätte wird nur einmal jährlich besucht, also werden wir nicht gestört werden.«

»Und sie kann uns als Festung dienen, falls wir angegriffen werden«, bemerkte Sitama. »Es würde genügen, die Tür zu verbarrikadieren und in die Spitze zu steigen.«

Da sie die Vorräte von der Hauda Bangawadys mitgebracht hatten, frühstückten sie und suchten dann einen Ort, um auszuruhen. Einige Sâpwallah wurden in die Umgebung geschickt, um von den Reitern des Radscha nicht überrascht zu werden.

Der Tag verging wider Erwarten ruhig, kein Radschapute hatte sich sehen lassen. Gegen Abend kamen zwei Sâpwallah zurück, die mit dem Auftrag, nach Toby und Indri zu spionieren, abgesandt worden waren. Sie brachten die Nachricht von der Festnahme des Jägers und seiner Gefährten.

»Da können wir für jetzt ruhig leben«, sagte Dhundia. »Toby und Indri werden zu tun haben, den begangenen Diebstahl von sich abzuwälzen, und niemand wird glauben, daß sie ihrerseits wieder beraubt wurden. Der Radscha wird überzeugt sein, die Diebe erwischt zu haben, und die Pässe freigeben. Wir werden ruhig als Handelsleute nach Jabalpur oder Damoh ziehen.«

Die Banditen legten sich unter die Säulenhallen des Mausoleums, um einige Stunden zu schlafen. Außerhalb der Ringmauer hatten sie vorsichtshalber einige Wachen aufgestellt. Die Nacht war fast vergangen, als gegen vier Uhr Dhundia, Sitama und Barwani von einigen Flintenschüssen aus dem Schlafe gerissen wurden.

Einen Augenblick danach stürzten die Wachen herein und schrien:

»Zu den Waffen! ... Die Radschaputen! ...«

»Die Soldaten des Radscha!« rief Dhundia erbleichend.

»Wie viele sind es?« fragte Barwani, der viel von seiner sonstigen Ruhe verloren hatte.

»Das wissen wir nicht«, antwortete einer der Sâpwallah, »aber sicher sind es viele. Wir sahen zahlreiche Pferde.«

»Sind sie noch weit?« fragte Sitama.

»Kaum eine halbe Meile.«

»Fliehen wir«, sagte Dhundia.

»Fliehen? ... Und wohin?« fragte Barwani. »Hierbleiben ist besser, hier haben wir Schutz vor den Kugeln. Auf freiem Felde könnten wir nicht widerstehen.«

»Versuchen wir, den Paß zu erzwingen.«

»Dann kommen wir zwischen zwei Feuer.«

»Und wenn wir hierbleiben, verlieren wir das Leben und auch den Kohinoor. Ah! Könnte ich nach Gondwana zu meinen Landsleuten! ...«

»Was wolltest du da tun, Sahib?« fragte Sitama.

»Drei- bis vierhundert Berghirten anwerben und hierherkommen.«

»Ein oder zwei Leute könnten meiner Ansicht nach unbemerkt über den Paß kommen, wenn sie etwas durchtrieben sind. Willst du's versuchen, Sahib? Einige Tage werden wir standhalten können.«

»Und der Kohinoor?«

»Den würdest du hierlassen, unter unserer Aufsicht.«

»Um ihn dir entreißen zu lassen?«

»Hab keine Furcht, Sahib, denn wenn es nötig wäre, würde ich mich mitsamt dem Lichtberg begraben lassen. Du weißt, ich bin Fakir.«

»Du bist mißtrauisch«, sagte Dhundia.

»Nein, Sahib, ich bin nur vorsichtig. Du könntest vergessen, mit deinen Berghirten zurückzukehren.«

Dhundia warf einen tückischen Blick auf den Fakir.

»Werde ich noch zur Zeit kommen?« fragte er dann.

»Ich hoffe es.«

»Wenn es mir gelingt, die Grenze zu überschreiten, werde ich in spätestens fünfzehn Stunden mit meinen Berghirten hier sein.«

»Und ich lasse mich lebend begraben, damit uns der Diamant nicht genommen wird.«

»An welchem Ort? Das möchte ich vor meiner Abreise wissen.«

»Vor dem östlichen Turm, unter jener Tamarinde, die du schon gesehen hast.«

»Schwörst du mir, dich nicht fangen zu lassen?«

»Bei Siwa, meinem Beschützer.«

»Gib mir einen vertrauten Mann, der den Weg kennt.«

Sitama suchte unter den Sâpwallah, die eben die Tür mit gewaltigen Steinen verbarrikadierten, und kam bald darauf mit einem der Gaukler zurück.

»Du führst den Sahib über den Paß«, sagte er, indem er auf Dhundia wies. »Du hast unsere Rettung und den Lichtberg in deiner Hand.«

»Ich werde ihn hindurchführen, ohne daß es die Festungswächter merken«, antwortete der Inder.

Dhundia und der Gaukler sprangen auf die besten Pferde der Truppe, spornten sie an und verschwanden.

Man hörte verschiedene Schüsse, dann entfernte

sich der Galopp nach dem Senartal und verstummte bald.

»Zu den Waffen!« rief Barwani, als er nichts mehr hörte. »Die Mauern sind stark, wir können lange standhalten.«

»Und Lebensmittel?« sagte Sitama.

»Wir werden unsere Pferde essen. Da sind schon die Radschaputen und bereiten sich zur Umzingelung vor.«

»Ah! . . . Bei hunderttausend Schlangen! . . .«

»Was hast du, Barwani?«

»Ich möchte schwören, daß sich unter den Radschaputen ein weißer Mann befindet.«

»Du kannst ihn unmöglich erkannt haben.«

»Ich habe auf englisch schreien hören: Feuer!«

»Ob es der weiße Jäger ist?« fragte Sitama mit halberstickter Stimme. »Wenn er's ist, sind wir verloren!«

In jenem Augenblick zerriß eine Gewehrsalve die Finsternis, und einige Kugeln pfiffen über die Mauern, unter denen sich die Sâpwallah und Gaukler verborgen hielten.

Barwani hatte einen Wutschrei ausgestoßen. Im Lichte der aufblitzenden Schüsse hatte er unter den Reitern des Radscha Toby, Indri und Bhandara erkannt. Wie konnten Toby und Indri frei sein, während man sie in den Gefängnissen Pannahs glaubte, um unter dem Schwerte des Henkers des Radscha den Kopf zu verlieren? Das war für die Schurken ein völliges Rätsel.

»Unmöglich kann sie der Radscha begnadigt haben!« hatte Barwani ausgerufen.

»Und doch sind jene Reiter Soldaten des Radscha«, antwortete Sitama. »Ich kenne sie zu gut, um mich zu täuschen.«

»Was wird da im Bengalow geschehen sein?«

»Das werden wir wohl nie erfahren, denn wir kommen nicht lebend von hier. Toby und Indri werden uns nicht verschonen, und die Flucht wird uns nicht mehr möglich sein. Doch den Kohinoor sollen sie nicht bekommen.«

»Kommst du auf deine erste Idee zurück?«

»Ja, Barwani, ich lasse mich lebend begraben und nehme den Diamanten mit. Verschwinde ich, so werden Toby und Indri glauben, daß es mir gelungen ist, mit dem Lichtberg zu fliehen, und werden vielleicht nichts mehr gegen uns unternehmen. Du kannst ihnen dann etwas erzählen, was dir deine Phantasie eingibt.«

»Wie lange wirst du's aushalten?«

»Bis zu vierzig Tagen.«

»Bist du sicher, wieder aufzuerstehen?«

»Zweimal habe ich die Probe schon gemacht, und wie du siehst, lebe ich noch«, antwortete Sitama. »Weißt du, was du zu tun hast?«

»Ich weiß, Sitama«, sagte Barwani. »Ich habe einmal schon einem Fakir geholfen. Vorher gib mir jedoch deine letzten Befehle.«

»Du hältst dem Ansturme der Radschaputen so lange stand, wie du kannst, um auf die von Dhundia versprochenen Hilfstruppen zu warten.«

»Und wenn wir gezwungen wären, vor Ankunft der Berghirten das Feld zu räumen?« fragte Barwani.

»Ich und Dhundia werden später versuchen, dich zu retten. Wenn man Millionen besitzt, ist es nicht schwer, die Gefängniswärter zu bestechen, zumal die unsern.«

»Ich vertraue dir ..., doch, gib acht, Sitama! ... Wenn du und Dhundia uns hintergeht, so werdet ihr nirgends Ruhe haben, denn früher oder später werden uns die Dakoiten rächen.«

»Ich weiß, wie mächtig unsre Verbindung ist, und weiß, wie sie Verräter bestraft.«

Verlieren wir keine Zeit, Barwani; laß das Grab schaufeln, während ich meine Vorbereitungen treffe.«

»Wo sollen wir dich begraben?«

»An dem Orte, den ich Dhundia bezeichnet habe. Laß mich jetzt allein, und daß keiner Geräusch macht!«

Er trat in das vom Monde beleuchtete Mausoleum, riß einen schweren Teppich von der Wand, breitete ihn auf dem Boden aus und legte sich darauf.

»Jetzt reinigen wir uns den Magen und untersuchen die Elastizität der Zunge«, sagte er.

Er schnitt von seinem Turban einen Streifen feiner Leinwand, womit der rote Stoff unterlegt war, begann ihn zu kauen und schluckte ihn dann nicht ohne Anstrengung hinunter, indem er das eine Ende mit den Zähnen festhielt.

Als er glaubte, daß der Streifen bis zum Magen hinunter wäre, zog er ihn rasch zurück, um dasselbe Experiment noch dreimal zu wiederholen.

Hierauf versuchte er, die Zunge in einer Weise zu biegen, daß deren Spitze die Luftröhre verstopfte. Befriedigt mit jenem Ergebnis, entkleidete er sich teilweise, legte sich auf den Rücken und hielt die Augen fest auf die Nasenspitze gerichtet, in Erwartung der magnetischen Katalepsie.

So verharrte er einige Minuten, indem er den Atem zurückhielt, bis er plötzlich hinsank. Seine Augen waren geschlossen, seine Glieder starr. Jeder, der ihn gesehen hätte, würde den Fakir für tot gehalten haben, denn seine Brust hob sich nicht mehr, kein Hauch kam über seine Lippen.

Kaum war er zurückgefallen, als Barwani mit vier Sâpwallah eintrat. Aufmerksam betrachtete er den starr gewordenen Fakir, legte ihm die Hand auf die Lippen, um sich zu versichern, daß er nicht mehr atme, und stopfte ihm dann mit zwei mit Wachs eingefetteten Leinwandkügelchen sorgfältig die Nasenlöcher zu.

»So können wir ihn begraben«, sagte er. »Der Lichtberg ist in seinem Gürtel versteckt.«

Er knüpfte die vier Ecken des Teppichs über Sitamas Körper zusammen und gab dann den Sâpwallah ein Zeichen.

Diese hoben den Fakir vorsichtig empor und trugen ihn zum östlichen Türmchen, wo unter einer großen Tamarinde ein zwei Meter tiefes Loch gegraben worden war.

Der Körper wurde hinabgelassen, mit Stoffen und Ästen bedeckt, damit die Erde nicht zu sehr drücken konnte, und das Loch dann mit Grasschollen gefüllt.

Als der Boden wieder geebnet und alle Spuren sorgfältig verwischt worden waren, nahm Barwani den Karabiner von der Schulter und sagte: »Und jetzt kämpfen wir gegen die Radschaputen.«

## 27. Kapitel
## Der Angriff auf die Grabstätte

Die Fakire Indiens, jene Vertreter des abstoßendsten religiösen Fanatismus, sind sicher die seltsamsten Menschen, die es auf der Erde gibt. Mittels ihrer Geduld und unglaublichen Zähigkeit ist es ihnen gelungen, die wunderlichsten Sachen fertigzubringen, so daß sie nicht nur von ihren Landsleuten, sondern auch von Europäern oftmals für Wundermenschen gehalten werden.

Es ist etwas ganz Gewöhnliches, wenn man in den Städten jener gewaltigen Halbinsel Fakire und besonders Gussian, religiöse Landstreicher, sieht, die jahrelang die Arme hochhalten, ohne sie zu senken, auch nicht, wenn sie schlafen. Diese Übung scheint leicht zu sein, wir könnten sie aber sicher nicht länger als eine halbe Stunde ausführen, wenn wir's überhaupt soweit bringen.

Ebensooft sieht man auch, wie sie die Fäuste so lange geballt halten, bis die Nägel durch die Hand wachsen und auf der andern Seite wieder herauskommen, eine Übung, die monatelange Leiden erfordert und die jene Fanatiker doch mit verblüffender Gelassenheit ertragen. Andre tragen jahrelang Messer in ihren Gliedern oder hungern so lange, bis ihr Körper fast zur Mumie wird.

Aber unter all den wunderlichen Dingen ist das, was die europäischen und amerikanischen Gelehrten am meisten verwundert, das Begräbnis eines lebenden Menschen, der nach mehr oder weniger langer Zeit, obwohl er wochenlang von der Luft abgeschnitten wird, wieder zu sich kommt. Es würde dies niemand glauben, wenn nicht derartige vollständig rätselhafte Experimente von vertrauenswürdigen Leuten, wie Gelehrten, Regierenden und sogar von den englischen Vizekönigen Indiens selbst, streng kontrolliert worden wären.*

Die Fakire müssen ein Geheimnis entdeckt haben, wodurch sie sich in ein Stadium von Katalepsie und Hypnotismus versetzen können, denn andernfalls könnten sie unmöglich eine Beerdigung aushalten, die manchmal sogar vierzig Tage dauert.

Wie es auch sei, gehört dazu eine Geduld, die nur die Inder besitzen, um sich daran zu gewöhnen, den Atem zu unterdrücken; von uns brächte es sicher niemand fertig.

Bevor jedoch der Fakir die Vervollkommnung erlangt, die nötig ist, um die Probe auszuführen, muß er jahrelange Versuche machen.

Erst läßt man ein Grab graben, legt eine Matratze oder einige Matten hinein und beginnt den Versuch der Poanayama, das Unterdrücken des Atmens.

Die ersten Tage schließt man ihn nur eine Minute ein, jedoch so, daß die Luft nicht eindringen kann, dann zwei und immer mehr, bis er sich auf die Weise daran gewöhnt, einen Rosenkranz abzubeten, das heißt, sechstausend Silben in je zwölf Stunden herzusagen.

Bevor man aber jene gefährliche Übung vornimmt, die wegen Atemstockung das Leben kosten kann, zerschneidet man vorsichtshalber nach und nach den Muskel, der die Zunge mit dem Gaumen verbindet.

* Doktor Gibler, gegenwärtiger Direktor des italienischen Hospitals zu New York, und ebenso der Doktor Honisberger, um einige anzuführen, haben einem dieser Experimente zu Lahore beigewohnt.

Jede Woche macht man einen kleinen Einschnitt, was man vierundzwanzigmal wiederholt, dann zwingt man die Zunge mit besondern Mitteln, mit zusammenziehenden Ölen, sich so zurückzubiegen, daß sie den Kehlkopf vollständig verstopft.

Nach diesen Erfolgen, die oft Jahre erfordern, macht er sein Experiment vor dem Publikum, unter der Kontrolle hoher Persönlichkeiten, oft des Radscha selbst, die die Gruft mit ihrem Siegel verschließen müssen, das nicht eher zerbrochen werden darf als im Momente der Auferstehung.

Es gibt Fakire, die vierzig Tage lang in ihrer Gruft verschlossen bleiben! ... Und doch sterben sie nicht.

Wenn sie von jenem langen Begrabensein erlöst werden, sehen sie wie wirkliche Leichen oder, besser, wie Mumien aus. Nur haben sie absolut keinen Geruch.

Ihre Beine und Arme scheinen verdorrt; kein Puls, weder Herz noch Schläfen schlagen mehr; ihr Körper ist kalt, nur der Kopf bewahrt eine gewisse Wärme. Man wäscht sie mit kaltem Wasser, reibt den Körper tüchtig ab und legt einen warmen Mehlumschlag auf ihren Kopf. Dann macht man die Nasenlöcher frei, öffnet gewaltsam den Mund, um die Zunge wieder in ihre normale Lage zu bringen, damit sie die Luftröhre nicht mehr verschließt, was nicht immer leicht ist, da sie sich wieder zurückzubiegen versucht, reibt sie mit Butter ein, um ihr die frühere Geschmeidigkeit wiederzugeben, wäscht dann die Augenlider mit warmem Fett, und sie öffnen die Augen.

Meistens gibt der Fakir nach dem zweiten oder dritten Umschlag ein Lebenszeichen. Seine Glieder verlieren die Steifheit und werden wieder warm, die

Nasenflügel erweitern sich, die Augen nehmen ihren früheren Glanz an, und der Fakir lebt zum allgemeinen Erstaunen nach vier- bis fünfwöchiger Beerdigung wieder auf!

Nachdem Barwani den Fakir begraben hatte, machte er sich kühn ans Werk, den Radschaputen die Stirn zu bieten, denn er war sicher, bald angegriffen zu werden.

Fünfundzwanzig Schurken hatte er unter sich, die mehr als einmal dem Tode ins Angesicht geschaut hatten und ihre Gewehre mit einer gewissen Gewandtheit zu handhaben wußten, obwohl sie sich mit den Radschaputen nicht messen konnten, die durchweg gute Schützen sind.

Als die Tür mit Steinblöcken verbarrikadiert war, stellte er einen Teil seiner Leute hinter die Verschanzung, die andern hinter die Mauer.

Die Radschaputen schienen jedoch mit dem Angriffe keine Eile zu haben. Sie lagen ausgestreckt hinter ihren Pferden und beschränkten sich vorläufig darauf, die Ringmauern zu überwachen, damit keiner der Belagerten entkommen konnte.

»Ob sie Verstärkung erwarten?« fragte sich Barwani unruhig. »Wenn wir die Dunkelheit benutzen, um einen Ausbruch zu versuchen?«

Mit einem Pfiff versammelte er seine Männer und teilte ihnen seinen Plan mit. Alle gingen darauf ein. Besser, einen verzweifelten Kampf wagen, solange die Radschaputen in geringer Anzahl waren, als sich in einen Eisen- und Feuerring einschließen lassen, ohne jede Wahrscheinlichkeit, ihn später durchbrechen zu können.

Sie stellten sich auf, nahmen die breitklingigen, gebogenen Tarwar zwischen die Zähne, luden die Karabiner und ließen sich lautlos jenseits der verbarrikadierten Tür hinabgleiten.

»Sie scheinen nichts gemerkt zu haben«, sagte Barwani zu dem alten Sâpwallah, der neben ihm stand. »Nähern wir uns, so weit wir können, dann geben wir aus nächster Nähe eine Gewehrsalve ab und benutzen die Panik, um durchzubrechen.«

Die Sâpwallah und Gaukler duckten sich ins hohe Gras und schlichen sich an die ersten Reiter, die etwa dreihundert Meter von der Tür entfernt am Boden lagen.

Die halbe Entfernung hatten die Banditen schon hinter sich und bereiteten sich zum Durchbruch vor, als sie Pferdegewieher hörten.

Hatten die Pferde der Radschaputen sie gehört? Wahrscheinlich, denn im Nu waren sämtliche Tiere auf den Füßen, indem sie ihre Reiter im Sattel trugen.

Ein Ruf erscholl:

»Der Feind! . . .«

Die Radschaputen vereinten sich in zwei Kolonnen und sprengten wie der Blitz, mit den Säbeln in der Faust, heran.

Die Sâpwallah waren ebenfalls aufgesprungen.

»Feuer!« schrie Barwani.

Eine Salve zerriß die Finsternis, aber es war die erste und auch die letzte.

Ohne auf die Gefallenen zu achten, stürzten sich die Reiter des Radscha darauf und säbelten ohne Mitleid nieder, was sie erreichen konnten. Die Sâpwallah, ihrerseits überrascht und unfähig, jenem Orkan standzuhalten, flohen trotz der Flüche Barwanis kopfüber zur Grabstätte der Rani, indem sie fünf Gefallene zurückließen.

Erst jenseits der Barrikade machten sie halt und begannen ihr Feuer wieder; aber die Radschaputen, die sich in keinen weiteren Kampf einlassen wollten, waren schon wieder an ihre Posten zurückgekehrt. Nur Tobys und Indris Karabiner donnerten zuweilen, und ihre Kugeln gingen nicht immer fehl, obwohl sich die Gefährten des Fakirs hinter den Steinen und Türpfeilern versteckt hielten.

Als die Sonne aufging, war die Position der Belagerten noch unverändert; die Belagerer hatten sich jedoch auf tausend Meter zurückgezogen, um außer Schußweite der Karabiner zu sein.

»Was mögen sie nur noch erwarten, um uns anzugreifen?« fragte sich Barwani, der immer unruhiger wurde.

Da hörten sie plötzlich vom Senartal herüber Trompetentöne.

»Das sind die Verstärkungen der Radschaputen«, sagte Barwani zähneknirschend. »Die Vagabunden haben die Mannschaften der Hudi kommen lassen. Unser Schicksal ist jetzt besiegelt; hier werden wir alle sterben.«

Er stieg auf einen der Türme und blickte nach dem Tal. Er hatte sich nicht getäuscht.

Ein großer Trupp Radschaputen rückte mit einer Kanone in die Hochebene vor.

»Es sind wenigstens sechzig«, murmelte der Schurke. »Versuchen wir solange wie möglich zu widerstehen.«

Die Radschaputen der Hudi und jene, die Toby und Indri kommandierten, hatten sich vereint, und die Kanone war aufgestellt und nach der Barrikade gerichtet worden.

Ein Soldat, der ein weißes Taschentuch am Karabinerlaufe befestigt hatte, schritt auf die Grabstätte der Rani zu.

Als Barwani ihn bemerkte, lachte er auf.

»Er will uns zur Ergebung auffordern«, sagte er. »Ich weiß, welches Los die Dakoiten trifft, die in die Hände des Radscha fallen; dem Galgen ziehe ich den Tod auf dem Felde vor.«

Er erhob den Karabiner, schlich an die Barrikade und zielte auf den Soldaten, indem er sagte:

»Einer weniger.«

Einen Moment später stürzte der Parlamentär mit zerschmettertem Schädel zu Boden.

Dem Flintenschuß hatte sofort ein Kanonenschuß geantwortet, und eine Granate war über der Barrikade zerplatzt. Splitter spritzten umher, und die Sâpwallah flohen. Ein zweites und drittes Geschoß krachte gegen die Tür, zertrümmerte die Pfeiler und brachte die Barrikade zum Einsturz.

Nachdem das Hindernis entfernt war, gingen vierzig Radschaputen mutig zum Angriff über, indem sie wilde Schreie ausstießen, während ihre Gefährten gegen die Ringmauer eine Gewehrsalve eröffneten, damit die Belagerten sie nicht besetzen konnten.

Die Radschaputen stürmten durch die Tür und riefen:

»Ohne Pardon! Metzelt alle nieder!«

Die Sâpwallah hatten jedoch nicht auf sie gewartet. Eiligst sprangen sie die Stufen hinauf, die ins Mausoleum führten, versteckten sich hinter zwei gewaltigen Löwen aus rotem Granit und eröffneten ein so heftiges Feuer, daß die Angreifer zurück mußten, obwohl sie von Toby und Indri geführt wurden.

Nach zwei Salven flohen aber die Sâpwallah in das Innere des Mausoleums und schlugen krachend die Bronzetür hinter sich zu.

Toby und Indri, die eine Überraschung vermuteten, hatten die Radschaputen sich hinter die Mauer zurückziehen lassen.

»Man müßte die Tür sprengen«, sagte der erste.

»Nichts leichter als das, Sahib«, antwortete der Offizier, der vom Radscha den Auftrag erhalten hatte, ihnen zur Wiedererlangung des Kohinoor behilflich zu sein. »Wir legen einen Sprengmörser an.«

»Habt Ihr welche von der Festung mitbringen lassen?«

»Zwei Stück, Sahib.«

Zwei Radschaputen wurden abgesandt, um den Sprengmörser zu holen.

Während diese zurückkehrten, hatten die Belagerten, als wenn sie die Absichten ihrer Gegner erraten hätten, das Feuer wieder eröffnet und schossen aus zwei Fenstern, die sich zu beiden Seiten der Tür befanden.

Überall regnete es Kugeln, die die Mauer zersplitterten und über die Barrikade pfiffen, hinter der die Radschaputen lagen.

Toby und seine Gefährten hatten sofort energisch geantwortet, aber ohne großen Erfolg, denn die Sâpwallah hüteten sich, sich allzusehr zu zeigen.

Nur die Kugeln des Jägers verfehlten ihre Wirkung nicht, und mancher Kopf zerplatzte, der über der Fensterbrüstung erschien.

»Hundert Rupien dem, der den Sprengmörser anlegt!« rief Indri.

Ein Mann nahm die Bombe und sprang entschlossen in den Hof. Aber er hatte noch keine zehn Schritte gemacht, als er, von Kugeln durchbohrt, zur Erde sank.

Ein andrer versuchte es und stürzte ebenfalls mit zerschmettertem Beine.

»Zum Teufel!« schrie Toby wütend. »Versuchen wir's!«

Eben wollte er vorspringen, als ihn Bhandara zurückhielt.

»Überlaßt das mir, Sahib«, sagte der Kornak.

Neben ihm lag die Leiche eines Sâpwallah, der durch eine der drei Granaten getötet worden war.

Er hob sie auf, umarmte sie fest, so daß sie ihn deckte, und sprang vor.

Er packte die Bombe, eilte die Stufen hinauf, indem er zwei Schüssen entging, und warf sich zwischen die Tatzen einer der beiden riesigen Steinlöwen.

Angefeuert durch jenes Beispiel, hatten sich die Radschaputen in die Ringmauer gestürzt und auf die beiden Fenster ein so heftiges Schnellfeuer gegeben, daß sich die Sâpwallah zurückziehen mußten.

Nachdem Bhandara die Bombe vor die Tür gelegt und den Zündfaden angebrannt hatte, war er längs der Mauer entlanggeglitten, indem er sich hinter einem der Türme versteckte, um sich dem Feuer der Belagerten nicht abermals auszusetzen.

Auch die Radschaputen hatten sich entfernt, um von den Bruchstücken der Tür nicht zerrissen zu werden.

Im Innern des Mausoleums hörte man inzwischen die Sâpwallah wie Verrückte brüllen. Sicher hatten sie die Bombe bemerkt, die ihre letzte Verteidigung zertrümmern mußte.

»Fertig zum Angriff!« kommandierte der Offizier seinen Leuten.

Seine Stimme wurde von einem furchtbaren Krach erstickt.

Die Bronzetür war von der Explosion mit einem betäubenden Getöse ins Innere des Mausoleums gefallen.

»Zum Angriff!« schrien Toby, Indri und der Offizier.

Ohne auf die Schüsse der Sâpwallah zu achten, stürzten die vierzig Radschaputen mit dem Säbel in der Faust vor.

Zu vieren springen sie die Stufen hinauf und brechen mit der Gewalt eines reißenden Stromes in den Saal.

Die ersten säbeln sie nieder und stürzen sich dann auf das Gros, das sich hinter das Grabmal der Rani geflüchtet hat.

Barwani, allen voran, hatte seinen Karabiner am Laufe gepackt und verteidigte sich wie ein Löwe. Mit seiner gewaltigen Kraft schlug er mit jedem Schlage einen Mann zu Boden.

Die Radschaputen mähten jedoch die Sâpwallah schnell nieder, die, von Furcht ergriffen, nur schwachen Widerstand boten.

Trotz der Rufe Tobys, der gern Gefangene gemacht hätte, wurde alles niedergeschlagen.

Nach zwei Minuten stand nur noch Barwani auf den Füßen. Obwohl mit Wunden bedeckt und bluttriefend, setzte er den Kampf fort, indem er über die Leichen sprang, die ihn umgaben.

»Ergib dich!« rief ihm Toby zu, indem er den Karabiner auf ihn anlegte.

»Hier, meine Antwort«, schrie der Riese, indem er sich auf den Jäger stürzte.

Eben wollte er ihm mit dem Flintenlaufe den Schädel zerschmettern, als der Offizier der Radschaputen ihm zwei Pistolenschüsse in die Brust feuerte.

Barwani ließ den Karabiner fallen, griff mit beiden Händen nach seinen Wunden, fiel in die Knie und brüllte wie ein wütender Tiger.

»Wo ist Dhundia?« rief Toby, der den Verräter nicht unter den Kämpfenden gesehen hatte.

»Dhun – dia«, röchelte der Riese, während ein tückisches Feuer in seinen Augen aufleuchtete. »Der – Senar – paß – tötet – ihn –«

Dann unterdrückte ein Blutsturz seine Stimme, und er fiel auf die Leichen, um nicht wieder aufzustehen.

Der Riese war tot.

## 28. Kapitel
## Die Jagd auf den Verräter

Nachdem Toby, Indri und Bhandara zu ihrem Erstaunen festgestellt hatten, daß unter den Verwundeten weder der Fakir noch Dhundia waren, waren sie auf die Türme gestiegen, da sie vermuteten, sie könnten sich dahinauf geflüchtet haben, während der Offizier und die Radschaputen die Sâpwallah untersuchten, in der Hoffnung, bei jemandem den Kohinoor zu finden.

Wie man sich denken kann, wurden weder die beiden Männer noch der berühmte Diamant gefunden. Keiner konnte ahnen, daß der Fakir so nahe unter der riesigen Tamarinde vergraben lag.

»Wohin werden sie geflohen sein?« fragte sich Toby, nachdem er zwanzigmal um das Mausoleum herumgelaufen war und die vier Türme nach allen Richtungen untersucht hatte, um sich zu vergewissern, ob nirgends eine Öffnung vorhanden war. »Ob sie vor unsrer Ankunft geflohen sind? Was meinst du, Indri?«

»Ich glaube, daß diesmal der Kohinoor für mich für immer verloren sein wird«, antwortete der Exfavorit des Guicowar mit einem Seufzer. »Das Verhängnis verfolgt mich.«

»Was hatten die Worte jenes riesigen Barwani zu bedeuten?« fragte der Offizier der Radschaputen. »Das Senartal ...; ob Dhundia den Fluß entlanggeflohen ist?«

»Daran dachte ich auch gerade«, sagte Toby. »Ich bin fast sicher, daß Dhundia und der schuftige Fakir diesen Sâpwallah den Diamanten geraubt haben und dann durchs Senartal geflohen sind.«

»Wir werden ihnen auch nach den Dschungeln und Gebirgen Gondwanas folgen«, versetzte der Offizier. »Wir haben gute Pferde und tapfere Leute.«

»Lassen wir einige Soldaten hier, die die Toten begraben und als Wächter des Mausoleums zurückbleiben, und untersuchen wir das Tal.«

»Wenn dann ...«

Ein Schuß krachte außerhalb der Mauer, darauf ein Ruf: »Halt!« Er schnitt ihm das Wort ab.

»Wer hat Feuer gegeben?« fragte Indri.

»Einer unsrer Wachposten«, antwortete der Offizier.

Alle drei stürzten aus dem Gebäude, während die Radschaputen rasch zu den Waffen griffen.

Eine der Wachen, die an den äußeren Ecken der Mauer aufgestellt waren, hatte gefeuert und ein Pferd getroffen, das verzweifelt mit den Beinen in der Luft strampelte.

»Gegen wen hast du gefeuert?« fragten Toby und Indri.

»Gegen einen Knaben, der nicht stehenbleiben wollte.«

»Ein Knabe!« riefen der Jäger und der Exfavorit des Guicowar, indem sie einander anschauten.

Dann entfloh beiden ein Schrei: »Sadras! . . .«

Sie waren vom Pferde gesprungen und riefen aus vollem Halse: »Sadras! Sadras!«

Die Gräser bogen sich rasch auseinander, und der Knabe kam ihnen entgegen, indem er freudig rief: »Sahib!«

»Woher kommst du?« fragte Toby, indem er ihn umarmte.

»Sahib . . . Dhundia . . . wird bald kommen . . . er hat Männer . . .«

»Dieser Schurke! Was weißt du von ihm?« fragte Indri.

»Ich bin ihm gefolgt . . . schnell . . . versteckt Euch . . .«

Alle begaben sich eiligst hinter die Mauer, während der Offizier die Wachen und Artilleristen, die bei der Kanone geblieben waren, zurückrufen ließ.

»Sprich, Sadras«, sagte Bhandara, der sofort herbeigelaufen war. »Wir hielten dich schon für tot. Warum hast du uns verlassen?«

»Um den Räubern des Diamanten zu folgen«, antwortete der brave Junge. »Als ich sie fliehen sah, habe ich das Pferd des armen Thermati genommen und mich auf ihre Spuren gesetzt, ohne mich um Euch zu kümmern, denn ich war sicher, Euch wiederzufinden. Bis zum Senartal bin ich ihnen nachgeritten, als sie sich dann zurückzogen, habe ich mich hier versteckt. Ich wollte eben Euern Bengalow aufsuchen, als ich Dhundia zusammen mit einem Sâpwallah fliehen sah. Ich bin ihm durch das Tal gefolgt, indem ich der Wachsamkeit der Hudi-Mannschaften entging, und nach Gondwana geritten. Dort hat Dhundia Berghirten geworben, die er jetzt mit sich führt.«

»So muß er geflohen sein, als wir gerade dabei waren, die Grabstätte der Rani zu umzingeln.«

»Ja, Sahib«, sagte Sadras. »In dem Augenblicke, als er sich davonmachen wollte, habe ich Trompeten schmettern hören.«

»Das waren die unsrer Soldaten.«

»Wenn ich das gewußt hätte, würde ich Euch sofort benachrichtigt haben, aber ich fürchtete, es wären Sâpwallah«, sagte Sadras.

»Hast du den Fakir bei Dhundia gesehen?« fragte Indri.

»Nein, Sahib. Ihn begleitete zwar ein Schlangenbändiger, aber es war nicht der Fakir.«

»Wohin wird dieser Hund geflohen sein?«

»Das wird uns Dhundia sagen«, bemerkte Toby. »Sag mir, kleiner Sadras, wieviel Leute hat der Schurke?«

»Etwa vierzig.«

»Alle aufs Pferd«, kommandierte Toby, »halten wir uns bereit, die Verbündeten Dhundias zu umzingeln. Ergeben sie sich nicht, so liefern wir ihnen eine Schlacht.«

»Und versprengen sie mit unserer Kanone«, sagte der Offizier.

Während sich die Radschaputen in den Sattel schwangen, indem sie sich hinter der Mauer verborgen hielten, und die Artilleristen ihre Kanone aufstellten, stiegen Toby und Indri auf einen der Türme, von wo sie eine weite Fläche der Hochebene übersehen konnten.

Kaum waren sie oben, als sie die Schar, von Dhundia geführt, vom Tale kommen sahen. Sie bestand aus etwa vierzig Berghirten aus Gondwana, die auf kleinen Pferden ritten und teils mit alten Flinten, teils mit Lanzen bewaffnet waren.

»Die werden auch nicht eine Generalsalve aushalten«, sagte Toby.

»Und glaubst du, daß Dhundia den Kohinoor bei sich hat?« fragte Indri.

»Ich habe meine Zweifel. Wenn er ihn den Sâpwallah hätte entwenden können, so wäre er sicher nicht hierher zurückgekehrt. Dieser Mensch muß eine derartige Kanaille sein, daß er sogar seine Freunde und Verbündeten hintergeht.«

»Wo soll er aber sein?«

»Hier versteckt, das ist meine Ansicht, Indri.«

»Oder in Sitamas Händen?«

»Ah! Ich vergaß den Fakir! ... Wo wird der Schurke sein? Sein Verschwinden ist wirklich geheimnisvoll, aber Dhundia wird uns das Rätsel lösen.«

Während sie diese Worte wechselten, kamen die Berghirten, geführt vom Verbündeten Sitamas und Barwanis, rasch näher.

Auf fünfhundert Meter verlangsamten sie jedoch

ihren Ritt. Wahrscheinlich traute Dhundia dem Schweigen nicht, das in der Grabstätte der Rani herrschte, während er sie von den Truppen des Radscha belagert glaubte.

»Steigen wir hinab, dieser Schurke ist fähig, uns den Rücken zu kehren und dahin zu fliehen, woher er gekommen ist«, sagte Toby.

Kaum waren sie wieder bei den Radschaputen, die sich gefechtsbereit hielten, als die durchdringenden Töne einer Taré erschollen.

»Daß keiner antwortet«, sagte Toby. »Bereit zum Sturm!...«

Abermals ertönte die Taré auf der Hochebene, diesmal stärker. Dhundia rief die Sâpwallah.

»Zum Angriff!« rief Toby.

In zwei Schwadronen geteilt, stürmten die sechzig Radschaputen mit verhängten Zügeln vor, indem sie wilde Rufe ausstießen und ihre scharf geschliffenen Säbel in der Sonne blinken ließen.

Die Artillerie folgte ihnen und zog in rasender Fahrt die Kanone hinter sich her.

Als die Berghirten die beiden Schwadronen heranstürmen sahen, hatten sie haltgemacht. Nach kurzem Zögern kehrten sie um und flohen nach dem Tale.

Dhundia hatte zuerst das Beispiel gegeben, da er unter den Radschaputen sofort Toby, Indri und Bhandara erkannt hatte.

»Kümmern wir uns nur um diese Kanaille!« rief der Jäger. »Laßt die andern fliehen!...«

Die Berghirten, deren Pferde müde sein mußten, während die der Radschaputen noch frisch waren, verloren immer mehr von ihrem Vorsprung.

Um der Verfolgung besser zu entgehen, hatten sie

sich auf der Hochebene zerstreut, indem sie nach verschiedenen Richtungen flohen, so daß Dhundia allein geblieben war.

Der Verräter geloppierte zum Tal, in der Hoffnung, die Grenze zu erreichen, aber Toby, Indri und Bhandara, die gut beritten waren, holten ihn immer mehr ein.

»Halt an, du Schurke!« rief Toby. »Halt, oder ich erschieße dich!«

Dhundia wandte sich um, dann gab er dem Pferd die Sporen, indem er ihm die Flanken zerriß.

»Halt!« wiederholte Toby. »Nicht? Gut, so werde ich dich vom Pferde holen!«

Mit einem Ruck sprang er aus dem Sattel und legte im Nu den Karabiner an. Der Schuß fiel. Das Pferd, im Rückgrat getroffen, schnellte mit einem dumpfen Wiehern in die Höhe und stürzte dann zu Boden, so daß der Reiter aus dem Sattel fiel.

Bevor sich Dhundia erheben konnte, war Indri schon bei ihm und setzte ihm den Karabinerlauf auf die Brust.

»Ergib dich, Schuft?« rief er ihm zu, während ihn Bhandara und die Radschaputen umzingelten, bereit, ihn mit den Flintenkolben totzuschlagen.

»Gnade, Indri«, stammelte der Elende, bleich und mit verdrehten Augen. »Töte mich nicht!«

»Wo ist der Kohinoor?«

»Geraubt, Indri, geraubt von Sitama.«

»Du lügst, Kanaille!« schrie Toby, der herangaloppiert kam. »Wir wissen alles! ...«

»Habt ihr Sitama ausgegraben?« fragte er zähneknirschend.

Toby, Indri und Bhandara hatten sich erstaunt angesehen. Sitama ausgegraben! Was sollten diese Worte bedeuten?

»Bindet diesen Menschen«, sagte Toby zu den Radschaputen, »und führt ihn in die Grabstätte der Rani!«

»Wollt ihr mich töten?« fragte Dhundia zähneklappernd.

»Ja, wir werden dich erschießen, wie wir schon Barwani mit seiner ganzen Horde getötet haben, wenn du nicht sprichst«, sagte Indri.

»Barwani tot! ... Dann bin ich verloren! ...«

»Merkst du das endlich?« fragte Toby.

Entmutigt durch jene Nachricht, die ihm die letzte Hoffnung auf Rettung nahm, hatte sich der Elende ohne jeden Widerstand binden lassen.

Als sie die Ringmauer erreichten, fanden sie die Berghirten gebunden und entwaffnet, etwa zwölf ausgenommen, die durch die Schnelligkeit ihrer Pferde ins Tal entkommen waren; sie hatten sich ergeben, ohne von ihren Waffen Gebrauch zu machen.

»Sahib«, fragte der Offizier dann Toby. »Was sollen wir mit diesen Gefangenen tun?«

»Laßt sie frei«, antwortete der Jäger. »Es sind arme Teufel, die mit dem Kohinoor nichts zu tun haben. Entwaffnet sie und gebt ihnen ihre Pferde zurück, daß sie in ihre Berge zurückkehren.«

»Es wird geschehen«, antwortete der Offizier. »Sie werden der Hochherzigkeit des weißen Mannes Dank wissen.«

Toby, Indri und Bhandara führten Dhundia ins Mausoleum und ließen ihn sich setzen. Dann sagte der erste:

»Also, wenn dir etwas am Leben liegt, so drück dich deutlicher aus! Wo ist der Kohinoor?«

»Wenn ihr Sitama ausgegraben habt, ist es nicht nötig, euch noch anzugeben, wo er sich befindet.«

»Was willst du mit diesen Worten sagen?«

Dhundia blickte Toby und Indri erstaunt an, dann blitzte es in seinen Augen auf.

»Ah! Ihr habt Sitama gar nicht gefunden!« rief er. »Ich Dummkopf! Eben wollte ich mich verraten. Ich werde sterben, aber du, Indri, wirst ein Paria werden, denn der Lichtberg wird dort bleiben, wo er ist.«

»Hassest du mich so, Dhundia?« fragte Indri.

»Ja, jetzt hasse ich dich, weil ich den Kohinoor verloren habe und auch das Leben verlieren werde, aber Parvati wird mich rächen.«

»Parvati!« rief Indri. »Du stecktest also mit ihm unter einer Decke?«

Der Elende antwortete nicht. Vielleicht reute es ihn, zuviel gesagt zu haben.

Toby wandte sich an zwei Radschaputen, die als Wache vor der Tür standen, und sagte: »Schaufelt im Hofe einen Graben; ein Mann soll erschossen werden.«

Dhundia hatte rasch den Kopf erhoben.

»Ihr könnt mich nicht richten; nur der Guicowar hat das Recht dazu, da ich dessen Untertan bin.«

»Wir sind hier auf dem Gebiete des Radscha von Pannah, hier hat der Guicowar nichts zu sagen«, antwortete Toby kalt. »Du hast uns beraubt und verraten, warst Verbündeter der Dakoiten, hast meine Diener töten lassen, und jetzt werden wir dich erschießen.«

»Aber den Kohinoor werdet ihr nicht haben!«

»Den werden wir schon finden, und müßten wir dieses Gebäude in die Luft sprengen und den Boden hundert Meter tief durchwühlen.«

»Komm, Indri! Suchen wir die Leute aus, die ihn erschießen sollen.«

Sie gingen davon, während Dhundia verzagt in sich zusammensank und stöhnte.

»Willst du ihn wirklich erschießen?« fragte Indri.

»Ich will ihm nur Furcht machen«, antwortete Toby. »Dieser Schuft ist so feige, daß er alles beichten wird, wenn er am Graben den Soldaten gegenübersteht.«

Die Radschaputen hatten mit den breiten Lanzen der Berghirten rasch ein Loch ausgeworfen, und zehn Schützen standen mit angelegtem Gewehr etwa zehn Schritt entfernt davor.

Dhundia wurde in den Hof geführt oder vielmehr getragen. Der Elende schlug krampfhaft die Zähne aufeinander und konnte sich fast nicht mehr auf den Füßen halten.

Angesichts des Grabens und der bewaffneten Schar, die ihn erschießen sollte, wurde er beängstigend bleich und warf auf Toby und Indri einen Blick voller Schrecken.

»Gnade«, stammelte er.

»Bindet ihn neben dem Graben fest«, sagte Toby statt der Antwort. »Zielt genau und schießt ihm durchs Herz!«

»Ich will nicht sterben!« schrie Dhundia, außer sich. »Ich werde sprechen ... Euch den Kohinoor geben ...«

»Du willst also reden?« fragte Toby, indem er sich näherte.

»Ja, aber unter einer Bedingung.«

»Unter welcher?«

»Daß ihr mich vom Guicowar richten laßt.«

»Das verspreche ich dir«, sagte Indri.

»Der Kohinoor liegt unter der Tamarinde am östlichen Turme zusammen mit dem Fakir vergraben.«

»Ist Sitama tot?« fragte Toby.

»Nein, er wird noch leben.«

»Ich verstehe«, sagte Indri. »Der Schurke hat sich begraben lassen, um den Kohinoor zu verstecken. Ich habe Fakire gesehen, die wochenlang unter der Erde vergraben lagen. Suchen wir ihn!«

Sie machten Dhundia die Beine frei und zwangen ihn, bis zur Tamarinde zu laufen.

Bhandara, der den Boden genau untersuchte, bemerkte das Grab sofort. »Hier ist er begraben«, sagte er. »Die Erde ist ausgeschaufelt und dann wieder geebnet worden.«

»Grabt nach«, befahl Toby den Radschaputen. »Gebt acht, ihn nicht zu verwunden, denn ich möchte ihn gern lebend haben.«

Mit den Lanzen und Händen entfernten sie rasch und vorsichtig die Erde, bis sie auf die Astschicht stießen, die verhindern sollte, daß der Fakir von der Erdmasse erdrückt wurde.

»Langsam«, sagte Indri. »Da unten steckt unser Mann.«

Vorsichtig entfernten sie die Äste und brachten Sitama zum Vorschein. Der Fakir glich einem Toten, er war völlig steif. Da er jedoch erst seit vierzehn Stunden begraben war, hatte er seine braune Hautfarbe noch nicht verloren, und seine Gliedmaßen bewahrten noch etwas Wärme.

Er wurde aus dem Graben gehoben und entkleidet. Als man ihm den breiten Hüftgürtel entfernte, fiel der Diamant, in der Sonne sprühend, zu Boden.

Indri hatte ihn sofort aufgehoben und einen Freudenschrei ausgestoßen. »Hier ist die Rettung!...« Dann warf er sich in die Arme Tobys und Bhandaras und drückte sie an die Brust. »Freunde...«, sagte er mit vor Bewegung gebrochener Stimme. »Danke... Jetzt werde ich kein Paria mehr!...«

Während Indri, halb wahnsinnig vor Freude, den Diamanten in der Sonne blinken ließ, rieben zwei Radschaputen tüchtig den steifen Körper des Fakirs.

Nach fünf Minuten atmete Sitama auf. Noch einige Augenblicke blieb er unbeweglich liegen, dann erhob er sich plötzlich, indem er erschrocken umherblickte. Er hatte die Radschaputen, Indri, Toby und auch Dhundia erkannt.

»Wo bin ich?« fragte er mit gepreßter Stimme.

»In unsrer Hand«, antwortete Toby spöttisch. »Eine häßliche Überraschung, nicht, Sitama?«

»Der Kohinoor!« schrie der Fakir, indem er den fehlenden Gürtel suchte.

»Beunruhige dich nicht: er ist in Sicherheit.«

Sitama durchbohrte Dhundia mit einem giftigen Blick.

»Elender!« rief er. »Du hast mich verraten!...«

»Oder richtiger, wir sind alle verraten worden«, antwortete Dhundia, »denn auch ich bin Gefangener und weiß nicht, ob ich das Leben rette.«

»Und Barwani?«

»Tot«, antwortete Toby.

»So seid von Siwa verflucht!«

»Danke, aber Siwa ist weit und so beschäftigt, daß

er jetzt nicht an uns denken kann«, sagte der Jäger, immer spöttisch. »Bindet diese beiden Gauner, und kehren wir nach Pannah zurück! Unsre Mission ist beendet.«

## 29. Kapitel
## Die Flucht des Fakirs

Nachdem man den Grenzreitern den Auftrag überlassen hatte, die Leichen zu begraben, die durch die glühende Sonne schon anfingen, in Verwesung überzugehen, verließen Toby, Indri und ihre Gefährten bald darauf die Grabstätte der Rani, um nach Pannah zurückzukehren, wo sie der Radscha erwartete. Dhundia und Sitama waren fest an die Sättel ihrer Pferde gebunden worden. Nach vier Stunden, kurz vor Sonnenuntergang, zog die Schar in Pannah ein, wo sie sofort zum königlichen Palaste ritt.

Der Radscha, der von ihrer Rückkehr benachrichtigt worden war, erwartete sie im Thronsaale, umgeben von seinen Ministern und Favoriten.

»Es freut mich, euch als Sieger wiederkehren zu sehen«, sagte er, nachdem er Toby und Indri die Hand gedrückt hatte. »Es hätte mir ungemein leid getan, wenn der Kohinoor in den Händen jener Schurken geblieben wäre.«

»Niemand wird ihn uns mehr nehmen, Hoheit«, antwortete Toby. »Alle Dakoiten sind niedergemetzelt worden, zwei ausgenommen.«

»Ihr habt mir«, sagte der Radscha, »einen unschätzbaren Dienst erwiesen, meinen Staat von jenen gefährlichen Banditen zu säubern, die seit langem schon zahllose Verbrechen begingen. Wann reist ihr ab?«

»Morgen früh«, sagte Indri.

»Meine Radschaputen werden euch bis zur Grenze begleiten. Der Bengalow, den ich für euch bestimmt hatte, bleibt zu eurer Verfügung. Ruht euch aus und glückliche Reise!«

Er erhob sich und griff nach einer goldnen Schachtel, die ihm der Minister gebracht hatte. Er öffnete sie und entnahm ihr zwei Ringe, die mit fast nußgroßen, wunderbar glänzenden Diamanten besetzt waren.

»Die werdet ihr zu meinem Angedenken aufbewahren«, sagte er, »und morgen sollt ihr auch die zwanzigtausend Rupien finden, die ich euch als Prämie für die Erlegung der beiden Tiger versprochen habe.«

Dann reichte er beiden die Hand und verabschiedete sich mit den Worten: »Vergeßt mich nicht: ich betrachte euch als Freunde!«

Als sie den Bengalow erreichten, fanden sie einen anderen Haushofmeister. Der erste war nach ihrem Aufbruch verschwunden und wahrscheinlich während des Angriffs auf die Grabstätte getötet worden.

Am nächsten Morgen wurden sie, nach einer ruhigen Nacht, von gewaltigen Trompetenstößen geweckt, die direkt unter den Fenstern des Bengalow erschollen.

Ein prächtiger Elefant, so groß wie der arme Bangawady, mit einer kostbaren Hauda auf einer roten, golddurchwirkten Satteldecke, stand vor der Treppe, umgeben von einer Radschaputenschar.

»Wem gehört der Elefant?« fragte Toby den Haushofmeister verblüfft, der das Frühstück servierte.

»Euch, Sahib«, antwortete der Inder. »Es ist ein Geschenk des Radscha.«

»Dieser Fürst bringt uns noch um mit seiner Großherzigkeit«, murmelte der brave Jäger. »Erst den Kohinoor, dann zwanzigtausend Rupien und die Ringe, die einen schönen Wert haben mögen, und jetzt einen Elefanten! ... Das ist ein Land, wo man schnell sein Glück machen könnte! ...«

Als sie heraustraten, fanden sie Dhundia, von Bhandara und dem kleinen Sadras bewacht, in der Hauda. Sie stiegen ein und setzten sich auf die Samtkissen, während Bhandara mit einem Mahut des Radscha zusammen, der den Elefanten kannte, seine Kornak-Dienste wieder aufnahm.

Der Fürst hatte sein Versprechen gehalten. Außer Lebensmitteln fanden sie eine Stahlkassette mit den zwanzigtausend Rupien in der Hauda.

Der Elefant und die Bedeckung setzten sich in Marsch. Eilig durchschritten sie die Hauptstraßen von Pannah, die noch fast leer waren, da die Sonne kaum aufgegangen war, und begaben sich zum Südtore. Sie waren nicht mehr weit davon entfernt, als ein Reiter des Radscha mit verhängten Zügeln ihnen nachgeritten kam.

»Sahib«, sagte der Bote zum weißen Jäger. »Mein Herr bittet Euch, nicht durch das Südtor, sondern durch das Westtor zu reiten.«

»Warum sollen wir unsern Weg ändern?« fragte Toby, von diesem sonderbaren Befehl überrascht.

»Das werde ich Euch sagen, wenn Ihr die Stadt verlaßt«, antwortete der Reiter mit einem Lächeln.

»Gehorchen wir«, sagte Toby, obwohl ihn eine gewisse Unruhe überkam. »Was sagst du dazu, Indri?«

»Ob uns der Radscha eine Überraschung bereiten will?«

»Oder ob es ihn reut, uns den Lichtberg abgetreten zu haben?«

»Unmöglich, Toby, das glaube ich nie.«

»Und doch bin ich unruhig; man kann diesen kleinen Königen nie trauen, sie sind unglaublich launenhaft.«

»Dann hätte er uns weder diesen prächtigen Elefanten noch die Rupien oder die Schmuckstücke geschenkt.«

»Wir werden sehen«, schloß Toby kopfschüttelnd.

Der Elefant hatte eine andere Richtung eingeschlagen, indem er zum Westtor schritt, das übrigens nicht sehr weit war.

Dhundia hatte den Befehl gehört und keine Miene verzogen. In seinen Blicken aber war tiefer Schrecken zu lesen.

Vielleicht fürchtete er, daß es den Radscha gereut hätte, ihn in den Händen Indris und Tobys gelassen zu haben, und daß er ihn richten lassen wollte, bevor der Elefant die Stadt verließe.

Sechs Uhr morgens schritten der Dickhäuter und die Bedeckung durch das Bollwerk, über eine starke, hölzerne Zugbrücke, die von Scheiks bewacht wurde.

Als Toby und Indri nach dem alten Turme blickten, der den äußeren Teil der Brücke verteidigte, gewahrten sie mit gewisser Erregung einen menschlichen Körper an einem eisernen Haken. Zahllose Raubvögel umschwärmten ihn schon.

»Meine Herren«, sagte der Reiter des Radscha, indem er auf den Gehenkten wies, »kennt ihr den? Seinetwegen wünschte mein Herr, daß ihr durch dieses Tor reiten solltet.«

»Irgendein Mörder?« fragte Toby, der ihn aufmerksam betrachtete. »Nein, ich kenne ihn wirklich nicht.«

»Beseht ihn genau, Sahib.«

»Ich wiederhole Euch, daß ich dieses Gesicht nie gesehen habe. Und du, Indri?«

»Ich auch nicht.«

»Das ist der Fakir! ...«

»Sitama!« riefen Indri und Toby wie aus einem Munde.

»Ja, er! ... Mitternacht hat man ihn aufgehängt.«

Der Exfavorit und der Tigerjäger schauten sich erschrocken an.

»Sie haben den Radscha getäuscht! ...« riefen sie.

Der Reiter machte eine Gebärde, als wenn er sagen wollte: Entweder sind sie verrückt, oder sie kennen ihn nicht mehr!

Der Offizier der Bedeckung war direkt unter den Gehenkten geritten.

Auch ihm entschlüpfte ein Schrei:

»Man hat uns zum Narren gehalten! ... Dieser Mensch ist nicht Sitama ...«

So seltsam die Sache schien, so war sie doch wahr. Der Gehenkte, den schon die Raubvögel zerfleischten, war zwar so groß wie der Fakir und hatte dasselbe hinterlistige Gesicht, war aber bedeutend korpulenter. Toby und Indri, die ihn genau kannten, konnten sich nicht täuschen.

Wie war diese Verwechslung möglich gewesen?

Hatte irgendein ergebener Gefährte den wahren Fakir von dort abgeschnitten, um ihn ehrenhaft zu bestatten, indem er jenen Unglücklichen hinhängte, oder hatte der durchtriebene Schurke die Kerkermeister des Radscha getäuscht, indem er an seiner Stelle einen andern hängen ließ? Oder, noch schlimmer, war ihm die Flucht gelungen?

Toby wandte sich an den Sergeanten, der die wachhabenden Scheiks befehligte:

»Habt Ihr gestern abend sich niemand dem Turme nähern sehen?«

»Nein, Sahib«, antwortete der Gefragte. »Zwei meiner Soldaten haben unter dem Gehenkten Wache gehalten. Hätte sich jemand genähert, hätten sie ihn sicher gesehen und festgenommen.«

»Wer hat diesen Menschen gehenkt?«

»Wir, Sahib.«

»Wer übergab ihn euch?«

»Vier Schutzleute des Radscha.«

»Kennt ihr sie!«

»Ja, Sahib.«

»War das wirklich der Mann, den sie euch brachten?«

»Oh! . . . Ich kann mich nicht täuschen.«

»Hat der Verurteilte nicht protestiert oder Widerstand geleistet?«

»Er konnte nicht, weil er von Opium und Likören berauscht war.«

»Indri«, sagte Toby erregt. »Sitama ist geflohen, das sage ich dir.«

»Dann haben wir also seine Verbündeten noch nicht alle vernichtet!«

»Du siehst es.«

»Was jetzt tun, Toby?«

»Vor allem darüber Gewißheit erlangen, ob es ihm wirklich gelungen ist, aus den Kerkern des Radscha zu entkommen ...«

»Sahib«, sagte der Offizier der Bedeckung, indem er näher trat. »Ich kehre zur Stadt zurück und lasse die vier Schutzleute festnehmen, die diesen Unglücklichen hierhergebracht und statt des Fakirs haben aufhängen lassen. Ihr könnt Eure Reise fortsetzen; ich hole Euch ein, bevor Ihr die Hochebene verlassen habt.«

Toby stieg in die Hauda, nahm eine schwere Kiste, stieg wieder ab und übergab sie dem Offizier, indem er sagte:

»Hier sind zehntausend Rupien, die Ihr mit all den Mutigen teilen werdet, die uns zum Kohinoor verholfen haben.«

»Es lebe der Fürst von Baroda! Es lebe der weiße Jäger«, schrien die Radschaputen, indem sie ihre Gewehre in die Luft feuerten.

»Ins Senartal!« rief Toby, indem er mit Indri und Bhandara den Elefanten bestieg. Er verharrte einen Augenblick schweigsam, dann heftete er einen fast grausamen Blick auf Dhundia, der mit halbgeschlossenen Augen in einer Ecke der Hauda kauerte, und sagte: »Du könntest reden.«

Der Verurteilte antwortete nicht.

»Wenn wir dir das Leben versprechen, würdest du dann reden?« versetzte Toby nach einigen Sekunden vergeblicher Erwartung.

Ein leichtes Zucken ging durch Dhundias Glieder.

»Du kannst uns sagen, ob Sitama in Pannah noch mehr Verbündete hatte.«

»Das weiß ich nicht«, antwortete der Gefangene.

»Oder willst es nicht sagen?« fragte Indri.

»Glaub, was du willst; jetzt habe ich dir nichts mehr zu sagen. Ich weiß, welches Schicksal mich in Baroda erwartet, und sehe ihm furchtlos entgegen.«

»Ah! Jetzt wirst du auf einmal mutig!«

Dhundia zuckte mit den Schultern und blickte woandershin, um den Blicken des Inders und des Jägers nicht zu begegnen, indem er gleichzeitig die Lippen zusammenpreßte, als wenn er Furcht gehabt hätte, daß ihm ein Wort entschlüpfen könnte.

Der Elefant eilte inzwischen durch die Hochebene nach dem Senartal, in dessen Grunde man in langen Wogen den gleichnamigen Fluß dahinfließen sah.

Gegen zehn Uhr befand er sich schon in der Nähe der Grabstätte, wo man noch Marabuschwärme auffliegen sah, um elf Uhr stieg er die ersten Stufen hinab, wo die beiden Festungen standen. Er schritt langsamer vor, denn der Anstieg wurde sehr gefährlich. Mit größter Vorsicht ging der Elefant vorwärts, indem er sich erst von der Festigkeit des Bodens überzeugte, um nicht abzustürzen. Das Tal wurde immer enger, so daß der Dickhäuter kaum noch hindurch konnte. Auf der einen Seite floß der reißende Fluß, von Zeit zu Zeit von prächtigen Wasserfällen unterbrochen, auf der andern fielen die Berge fast senkrecht ab.

Fünf Uhr nachmittags erreichte man eine etwa fünfzig Meter breite Ebene, die für ein Lager ausreichend war.

»Erwarten wir hier den Offizier des Radscha«, sagte Toby, indem er vom Dickhäuter stieg. »Da wir langsam vorwärts gedrungen sind, kann er nicht mehr weit sein.«

»Sind wir hier sicher?« fragte Indri, der äußerst mißtrauisch geworden war.

»Wer soll uns hier belästigen? Selbst wenn Sitama die Flucht gelungen wäre, kann er nicht die Zeit gehabt haben, eine andre Bande um sich zu sammeln, um sie auf unsre Spuren zu hetzen.«

»Trotzdem wäre ich froh, nur ein paar Meilen vor Baroda zu sein.«

»Morgen treiben wir den Elefanten tüchtig an, und in acht Tagen wirst du den Guicowar sehen.«

Sie sammelten dürre Äste, die sie auf der Ebene und an dem Pfade fanden, und brannten ein Leuchtfeuer an.

Dhundia mußte jedoch in der Hauda bleiben. Bhandara, immer mißtrauisch, hatte ihm sogar die Beine gebunden, aus Furcht, der durchtriebene Schurke könnte einen Fluchtversuch machen, indem er einen Moment der Ablenkung seiner Wächter dazu benutzte.

Kaum waren sie mit dem Abendessen fertig, als sie in der Ferne einige Pferde herangaloppieren hörten.

»Ob es der Offizier des Radscha ist?« fragte Indri, der vorsichtshalber sofort zum Karabiner gegriffen hatte.

»Es kann nur er sein«, hatte Toby geantwortet. »Wer wollte es wagen, nachts durch diesen Paß zu reiten?«

»Welche Nachricht wird er uns bringen?«

»Hoffentlich bringt er uns den Kopf des verwünschten Fakirs.«

Bhandara war auf einen Felsen gestiegen, von dessen Spitze er einen großen Teil des Tales überblicken konnte. Er sagte ihnen, daß drei Reiter eben die letzte Stufe herabstiegen.

»Sind es Radschaputen?« fragte Toby.

»Es scheinen welche zu sein.«

»Gehen wir ihnen entgegen, Indri. Mir ist lieber, wenn Dhundia nichts von dem Schicksal seines Verschworenen erfährt.«

Sie griffen zu den Waffen, legten den beiden Kornaks ans Herz, sich nicht vom Lager zu entfernen, und erklommen den Pfad längs des Flusses.

An einer Krümmung des Pfades erschienen drei schaumbedeckte Pferde, geritten von drei mit Flinten und Säbeln bewaffneten Radschaputen.

»Freunde!« rief Toby, der unter ihnen den Offizier des Radscha erkannt hatte. »Bringt ihr Sitamas Kopf?«

Der Offizier schaute ihn an, ohne zu antworten, indem er jedoch eine Gebärde der Verstimmung machte.

»Geflohen?« fragte Indri, indem er zu ihm trat.

»Ja, Sahib, geflohen.«

»Verdammt!« schrie Toby.

## 30. Kapitel
## Der Kampf im Senartale

Vor Erstaunen und Wut über diese Nachricht waren Toby und der Exfavorit des Guicowar verstummt.

Sitama war noch frei, also standen neue Überraschungen bevor, neue Streiche, neue Gefahren, erneuter Krieg von seiten der Verschworenen Dhundias.

Der Kohinoor, der schon so viele Opfer gekostet hatte und Indris einzige Rettung bedeutete, war noch immer nicht in Sicherheit, denn Baroda war noch weit entfernt.

»Wie ist es ihm aber gelungen, die Freiheit zu erlangen?« fragte Toby, bleich vor Zorn. »Sind denn die Kerker des Radscha so unsicher und seine Wächter so unzuverlässig?«

»Geheimnisvolle Verbündete haben ihm geholfen.«

»Verschworene der infamen Sekte der Dakoiten auch unter diesen Leuten?«

»Sicher, Sahib«, antwortete der Offizier.

»Ist er allein verschwunden?«

»Nein, zusammen mit zwei Kerkermeistern und den vier Schutzleuten, die dem Scheik den Mann übergeben haben, den wir aufgehenkt sahen.«

»Und wer war dieser Unglückliche?«

»Ein armer Teufel, den man in den Minen festgenommen hatte, weil er einen Diamanten verschluckt hatte, um ihn zu entführen. Die Kerkermeister hatten ihn so trunken gemacht, daß er nicht mehr sprechen konnte, und ihn dann den Schutzleuten übergeben.«

»Und die Scheiks haben ihn gehenkt, im Glauben, es wäre der Fakir?« fragte Indri.

»Ja, Sahib.«

»Und wir glaubten sämtliche Dakoiten Pannahs vernichtet zu haben!« rief Toby, indem er die Zähne zusammenbiß. »Weiß man wenigstens, wohin Sitama geflohen ist?«

»Keiner hat ihn gesehen. Der Radscha hat heute morgen alle Häuser der Hauptstadt untersuchen lassen und seine besten Reiter auf die Hochebene gesandt, alles ohne Erfolg. Weder Sitama noch die vier Schutzleute wurden gefunden. Nur . . .«

»Ah! Fahrt fort!«

»Das plötzliche Verschwinden einer Gauklerbande ist verdächtig, die seit drei Wochen auf dem Platze der großen Pagode Schauspiele gab.«

»Vielleicht Verbündete Sitamas?«

»Man weiß es nicht; doch liegt die Vermutung nahe, denn sie flohen nachts und ließen Zelte und Gepäck zurück.«

»Ob sie hinter uns her sind?« fragte Indri. »Seid Ihr niemandem begegnet?«

»Nein«, antwortete der Offizier. »Der Weg war frei.«

»Indri, sobald der Elefant ein wenig geruht hat, reiten wir wieder weiter«, sagte Toby. »Eine Überraschung in diesem Tale könnte für uns verhängnisvoll werden. In Gondwana haben wir viel weniger zu fürchten.«

»Überwachen wir vor allen Dingen Dhundia«, sagte Indri.

»Beim ersten Fluchtversuch werde ich ihn wie einen Hund niederschießen.«

»Meine Herren«, sagte der Offizier, »ich kehre zurück, um die Hochebene abzusuchen, wo ich meine Radschaputen habe. Auch den Festungsmannschaften habe ich Befehl gegeben, die Durchgänge zu bewachen und auf jede Bande Feuer zu geben, die das Tal hinabzusteigen versucht. Glückliche Reise, meine Herren, und verlaßt euch auf mich!«

Er schwang sich aufs Pferd, grüßte mit dem Säbel und entfernte sich mit seinen Gefährten.

»Verzweifeln wir nicht, mein Freund«, sagte Toby, als er Indri entmutigt sah. »Vielleicht ist der Schurke noch auf der Hochebene und versucht vergebens, durch die Reiter des Radscha hindurchzukommen. Morgen werden wir das Tal verlassen und die Wälder Gondwanas erreichen. In zwei Tagen sind wir dann in Sagar.«

»Die Horste Gondwanas sind noch unsicherer als die Hochebenen von Pannah«, sagte der Exfavorit des Guicowar. »Du kennst diese undurchdringlichen Dschungel nicht, die Zufluchtsstätten der Meriah, der Eingeborenen, die Menschen opfern.«

»Wenn uns Sitama dort erwarten will, werden wir ihm standzuhalten wissen.«

Als sie das Lager erreichten, donnerten Schüsse aus dem Tale herüber und brachen sich lärmend an den Schluchten und Bergen des Senar.

»Flintenschüsse!« rief Indri, indem er herbeieilte. »Gegen wen hat man gefeuert?«

Ohne zu antworten, schlich Toby bis zum Fluß vor, beugte sich über den Abgrund und lauschte.

Zwei weitere Schüsse, dann abermals vier, dröhnten dumpf wider und verhallten längs des Flußlaufes.

»Sechs Schüsse«, zählte Toby, »und vorhin fünf, sind elf. Sie haben gegen den Offizier und seine Gefährten gefeuert.«

»Oder haben die Soldaten der Festungen vielleicht auf irgendeine Bande geschossen?«

»Die Hudi sind mit kleinen Kanonen bewaffnet, es waren aber Flintenschüsse.«

»Dann hat Sitama einen Anschlag auf den Offizier versucht.«

»Ich fürchte es«, murmelte Toby besorgt.

Ohne länger zu warten, betraten Indri und Toby den Pfad und erstiegen eiligst das Tal. Außer den Karabinern hatten sie noch langläufige Pistolen von großer Tragweite.

Die Schüsse waren verstummt, und man hörte im Tale nichts anderes als das Rauschen der Wasser im steinigen Senarbett.

Nach einer Viertelstunde hastigen Laufens blieben Toby und Indri erschöpft stehen, um Atem zu holen. Dann erreichten sie eine zweite Ebene, die etwas größer war als die, die ihnen als Lager diente und sanft nach dem Flusse zu abfiel.

»Hier in der Nähe müssen die Schüsse abgegeben worden sein«, sagte Toby. »Ob sich die Angreifer in diesen Felsrissen verborgen gehalten haben?«

»Oder ob sie den Fluß entlang abgestiegen sind, um der Wachsamkeit der Festungen leichter zu entgehen, indem sie über die Uferfelsen kletterten?« fragte Indri, unruhig umherblickend.

»Aber ich sehe niemanden hier.«

»Der Offizier wird mit seinen Gefährten entkommen sein.«

»Hm! Die Inder sind keine so schlechten Schützen, um mit elf Kugeln drei Männer zu fehlen.«

»Willst du, daß wir noch weiter vorgehen, Toby?«

»Du weißt, Indri, daß ich durchaus kein Feigling bin, trotzdem würde ich lieber umkehren. Hier wittere ich einen Hinterhalt.«

»Nur zweihundert Schritt?«

»Gut, aber nicht mehr.«

Sie luden die Karabiner und Pistolen, warfen einen Blick auf den Fluß, der brausend in seinen steilen Ufern dahinschäumte, spähten nach den felsigen Gebirgswänden und rückten vor, indem sie sich im Schatten der Granitwände versteckt hielten.

Fast hatten sie die zweihundert Schritte hinter sich, als sie am Uferrande eine schwarze Masse entdeckten.

»Was ist das?« fragte Indri, indem er den Karabiner anlegte.

»Man könnte es für ein Pferd halten«, antwortete Toby.

»Schauen wir nach!«

Erst lauschten sie einige Augenblicke, als sie dann nichts hörten als das Rauschen des Flusses, sprangen sie schnell über den Pfad zum Ufer.

Es war wirklich ein Pferd, das am Senarufer lag, ein schönes, schwarzglänzendes Tier, schaumbedeckt, mit flachem Sattel, roter Satteldecke und kurzen Steigbügeln.

Es hatte zwei Kugeln in den Schädel bekommen, die durch die Schläfe gedrungen waren.

»Ein Pferd der Radschaputen!« rief Indri schaudernd. »Wo wird sein Reiter stecken?«

»Es scheint das Pferd des Offiziers zu sein«, bemerkte Toby bewegt.

»Ob er getötet worden ist?«

»Ruhe.«

»Was hast du gehört?«

»Ein Stöhnen.«

»Wo?«

»Unten, im Flusse.«

»Ob die Elenden, die das Pferd getötet haben, den Reiter dann in den Senar stürzten?«

Eine schwache, kaum hörbare Stimme drang aus den Uferfelsen hervor: »Hilfe . . ., ich sterbe! . . .«

»Indri, steigen wir hinab«, sagte Toby.

»Werden wir es können?«

»Ich sehe dort eine Spalte, die es uns ermöglichen wird, bis ans Wasser zu gelangen.«

»Und wenn man uns im Rücken angreift?«

»Das ist richtig, Indri. Du bleibst hier, versteckst dich hinter dem Pferd und beschützest mich; ich steige hinab.«

Ohne die Antwort des Gefährten abzuwarten, erreichte Toby mit wenigen Sprüngen die Felsspalte, die bis zum Flußufer hinabzuführen schien. Der Abstieg, der anfangs schwierig aussah, bot keine großen Beschwerlichkeiten. Es genügte, sich hinabgleiten zu lassen, um den Grund zu erreichen, und so machte es Toby. In weniger als einer halben Minute befand er sich auf dem Geröll, gegen das sich der Fluß brach. Sofort erkannte er einen menschlichen Körper, der am Ufer lag, mit den Beinen im Wasser und den Händen fest am Kopf.

»Wer seid Ihr?« fragte Toby, indem er sich ihm näherte.

Als der Verwundete diese Stimme hörte, wollte er sich mit größter Anstrengung aufrichten, fiel aber zurück, indem er kläglich stöhnte.

»Ihr! . . .« rief Toby, als er in jenem Unglücklichen den Offizier des Radscha erkannte.

»Ja . . . Sahib . . .«, stammelte der Sterbende.

»Wer hat Euch in den Fluß geworfen?«

»Er . . ., die Dakoiten . . .«

»Sitama?«

Der Offizier nickte.

»Habt Ihr ihn gesehen?«

»Ja«, murmelte der Verwundete mit fast erloschener Stimme.

»Wo?«

Der Offizier zeigte nach dem Fluß.

»Sind sie dem Senar entlang abgestiegen?«

»Ja . . . Sahib . . .«

»Sind sie dann geflohen?«

»Ja . . ., ja . . .«

»Und Eure Gefährten?« fragte Toby noch hastig.

»Ge-stor-ben . . . Fluß . . .«

»Verwünscht! . . . Könnt Ihr noch reden?«

Der Unglückliche antwortete nicht. Er war völlig erschöpft und hatte die Augen geschlossen.

Ein Zittern lief durch seinen Körper, dann hörte es plötzlich auf.

Toby entblößte ihm die Brust und legte ihm die Hand aufs Herz: es schlug nicht mehr.

»Tot!« murmelte er. »Wir werden dich rächen, das schwöre ich dir.«

Er zog den Körper zurück, damit ihn der Fluß nicht fortspülen konnte, legte ihn in eine Vertiefung, kletterte dann die Felsspalte hinauf und stieß wieder auf Indri, der sich immer hinter dem Pferde gehalten hatte, indem er die Umgebung aufmerksam beobachtete.

»Sitama hier!« rief der Exfavorit des Guicowar, als ihm Toby alles erzählt hatte.

»Ja, die Dakoiten sind den Fluß entlang abgestiegen, um die Festungen zu vermeiden.«

»Wie haben sie ein derartiges Unternehmen ausführen können, nachts, bei den vielen Wasserfällen?«

»Ich weiß es nicht«, antwortete Toby, »aber ich möchte beinahe glauben, daß diese Menschen wahre Dämonen sind.«

»Kehren wir zurück zum Elefanten. Es kann sein, daß ihn Sitama mit seinen Gefährten angreift.«

Eben wollten sie sich erheben, als sie an den Felswänden sich einige Schatten bewegen sahen. Lautlos stiegen sie ab, indem sie einander halfen und zeitweise Sprünge wagten wie die gewandtesten Vierhänder.

»Menschen oder Affen?« fragte Toby, indem er sich rasch hinter das Pferd warf.

»Es scheinen mir Menschen zu sein«, antwortete Indri.

»Sitamas Gefährten?«

»Ich vermute es.«

»Dann müssen sie sich in zwei Banden geteilt haben, um den Reitern und der Wache der Hudi leichter entgehen zu können. Während die eine am Flusse abstieg, ging die andre über die Berge, über Schluchten, an gähnenden Abgründen vorbei.«

»Mein lieber Indri, hier weht kein guter Wind für uns, ich fürchte ein Unheil.«

»Für den Kohinoor, nicht wahr?« fragte der Exfavorit, indem er leichenblaß wurde.

»Mehr für uns als für den Diamanten, wenigstens vorläufig.«

»Glaubst du, daß uns jene Menschen schon gesehen haben und absteigen, um uns anzugreifen?«

»Wir werden sehen, Indri; verlassen wir diesen Kadaver nicht, der uns als Deckung dienen kann.«

»Gut bewaffnet sind wir, unfehlbare Schützen ebenfalls, also werden wir jenen Schurken viel zu schaffen machen, wenn sie uns fangen wollen.«

Die Leute, die das Gebirge überschritten hatten, setzten ihre gefährlichen Manöver fort, um den Pfad zu erreichen, der den Senar entlangführte.

Es waren ihrer fünfzehn, alle fast nackend, denn

sie trugen nur ein kleines Languti, das kaum ihre Hüften bedeckte. Aber alle waren mit Gewehren und Dolchen bewaffnet.

Sie befanden sich noch in einer Höhe von ungefähr vierhundert Fuß und mußten über fast senkrecht abfallende Felsen. Doch war nicht daran zu zweifeln, daß es ihnen gelingen würde, den Pfad zu erreichen, nach der Sicherheit und Gewandtheit zu urteilen, mit der sie vorgingen.

Wenn die Felsen zu glatt waren, hielten sie sich mit Händen und Beinen fest wie die Affen und erreichten bald die untersten Plattformen, indem sie Menschenpyramiden bildeten, an denen die letzten abstiegen.

Zuweilen wandten sie jedoch Seile an, die sie dann an den Felsen hängenließen.

»Wollen wir sie absteigen lassen? Wenn wir nun Feuer geben würden?«

»Nein, Toby; vielleicht haben sie uns nicht gesehen. Vermeiden wir lieber einen Kampf, dessen Folgen für uns verhängnisvoll werden könnten. Es sind wenigstens fünfzehn, wir dagegen nur zwei.«

»Du hast recht, Indri; warten wir.«

Die Dakoiten, denn es mußten welche sein, hatten auf der Plattform haltgemacht, um wieder zu Atem zu kommen und ein Mittel zu finden, den letzten Felsabhang hinabzusteigen, der jäh auf den Pfad abfiel, ohne Riß und ohne Spalte.

Sie zögerten nicht lange. Man sah, wie sie ihre Gürtel zusammenbanden, die ihre Languti hielten und diese Art Seil dann herunterwarfen. Das Ende berührte den Pfad noch nicht, aber was bedeutete ein Sprung von vier Metern für diese so gewandten und elastischen Menschen?

Der erste glitt am Seil hinab und ließ sich dann entschlossen fallen. Er fiel, sprang wieder auf und stieß einen Triumphschrei aus. Die andern ahmten das gewagte Manöver nach, ohne darauf zu achten, daß sie dabei die Beine brechen konnten. Als sie alle auf dem Pfade versammelt waren, warfen sie sich zu Boden und begannen zu schleichen wie die Schlangen, indem sie hinter den umherliegenden Felsblöcken Dekkung suchten.

»Sie kommen auf uns zu!« murmelte Indri. »Siehst du sie nicht?«

»Donnerwetter!« rief Toby. »Wir sind entdeckt worden!«

»Retten wir uns in den Fluß.«

»Sie würden uns erschießen, bevor wir dort wären.«

»Sollen wir hierbleiben? Dann werden sie uns bald haben!«

»Wir haben zweihundert Schüsse zu verfeuern, und fünfzehn oder zwanzig werden schon genügen.«

»Wollen wir kämpfen?«

»Ja, Indri.«

»Ich gebe den ersten Schuß ab!«

Der Inder erhob sich in die Knie und schaute über das Pferd hinweg. Die Dakoiten waren nur fünfzig Schritt entfernt und kamen immer näher herangeschlichen.

»Wer da?« rief Indri.

»Soldaten der Hudi«, antwortete eine Stimme.

»Dann mag der Kommandant allein herankommen, damit wir uns überzeugen können, ob es ein Soldat des Radscha von Pannah ist.«

»Hier bin ich!«

Ein Mann erhob sich hinter einem Felsblock, aber statt näher zu kommen, legte er rasch das Gewehr an und gab auf den Exfavoriten des Guicowar Feuer.

Jenem Schusse war ein andrer nachgedonnert. Toby hatte auf den Verräter Feuer gegeben und, wie immer, getroffen.

Der Dakoit fuhr mit beiden Händen nach der Brust, ließ die Waffe fallen und stürzte in den Fluß, indem er sich den Schädel an den Felsen zerschlug.

»Bist du verwundet?« fragte der Tigerjäger daraufhin Indri.

»Nein, die Kugel ging über mich hinweg.«

»Setz dich dieser Gefahr nicht wieder aus; wir wissen jetzt, mit wem wir es zu tun haben.«

Die Dakoiten, erschrocken über die mathematische Genauigkeit dieses Schusses, hatten haltgemacht und sich gegen den Boden gedrückt, um möglichst wenig Schußweite zu bieten.

»Sie sind entmutigt«, sagte Toby.

»Trotzdem ziehen sie sich aber nicht zurück.«

»Nein, einige Dakoiten versuchen, an den Fluß hinabzusteigen, um unsre Stellung zu umgehen.«

Toby erhob den Kopf, indem er einen raschen Blick über den Fluß warf. Vier Männer schlichen das Ufer entlang und versuchten, die Felsspalte zu erreichen, an der Toby vor kurzem hinabgestiegen war.

»Ich sehe sie«, sagte er. »Jetzt erkennt man sie besser.«

Er streckte sich so lang wie möglich aus, lud den Karabiner und richtete ihn nach den beiden Felsen, an denen die vier Dakoiten vorüber mußten.

Ein Kopf zeigte sich. Der Tigerjäger, schnell wie der Blitz, drückte ab. Dem Schusse folgte ein Schrei.

Der Dakoit sprang empor, bewegte wie ein Verrückter die Arme und stürzte dann zu Boden.

Sofort brachen die andern drei hervor, um über die Leiche hinweg die Spalte zu gewinnen, aber auch Indri überwachte den Durchgang.

Ein zweiter Schuß krachte, und ein andrer Mann fiel.

»Das sind drei«, sagte Toby, während sich die Gefährten der beiden Toten schnell zurückzogen. »Es bleiben noch dreizehn übrig, und wir haben noch hundertsiebenundneunzig Kugeln.«

»Wir können uns nicht über unsre Schüsse beklagen. Ah! Auch sie beginnen! Glücklicherweise sind wir gedeckt.«

Die Dakoiten, wütend, von zwei Menschen in Schach gehalten zu werden, eröffneten ein lebhaftes Feuer.

Die Kugeln schlugen dumpf in die Pferdeleiche, ohne hindurchzukommen, da sie keine große Durchschlagskraft besaßen. Toby und Indri hatten sich auf die Erde gestreckt und ließen sie schießen. Als die Schüsse jedoch spärlicher wurden, hoben sie einen Moment den Kopf, um zu sehen, ob die Angreifer näher kämen.

Einige Männer, die Indri und Toby für tot hielten, verließen ihr Versteck und näherten sich. Toby und Indri atmeten nicht: sie warteten, bis die Gegner nahe genug waren, um ihnen direkt auf den Pelz zu feuern.

»Halt!« sagte plötzlich der Mann, der sie führte.

»Schnell, Indri«, murmelte Toby.

Gleichzeitig sprangen sie auf und feuerten ihre Karabiner mitten in die Gruppe, die fünfzehn Schritt vor ihnen stehengeblieben war. Drei Männer stürzten übereinander, die andern, erschrocken über den unerwarteten Empfang, flohen kopfüber. Ohne Gebrauch von ihren Waffen zu machen, stürzten sie nach der Felsspalte, glitten bis zum Fluß hinunter und versteckten sich hinter den Felsblöcken.

»Das ist der Moment, sich davonzumachen«, sagte Indri. »Der Pfad ist frei.«

Sie umschlichen vorsichtig den Pferdekadaver und zogen sich zu den Felsmassen zurück, indem sie ihre Blicke immer nach den Flußufern richteten, aus Furcht, die Dakoiten könnten ihre Verstecke verlassen.

Als sie sich im Schatten der Granitwand befanden, erhoben sie sich und liefen eiligst den Pfad hinunter.

So legten sie über einen Kilometer zurück, indem sie immer schneller liefen. Dann blieben sie wie verabredet stehen und zeigten nach dem Flusse.

»Siehst du sie?« fragte Toby.

»Ja«, antwortete Indri.

»Ob es die sind, die uns angegriffen haben, oder die andern?«

»Das möchte ich auch wissen, aber ich glaube nicht, daß es dieselben sind.«

»Beweg dich nicht. Schauen wir, ob sich jener verdammte Fakir darunter befindet.«

## 31. Kapitel
## Die Verfolgung durch die Dakoiten

Eine andre Bande Inder stieg in jenem Momente das Senartal hinauf, indem sie sich auf dem entgegengesetzten Ufer hielt. Es waren gegen vierzehn, nackt wie die andern, ebenso bewaffnet und sicher nicht weniger geschickt, denn sie sprangen mit unglaublicher Sicherheit von einer Klippe zur andern, ohne je ins Wasser zu rutschen.

Es konnten die nicht sein, die Indri und Toby angegriffen hatten, denn anstatt den Flußlauf hinaufzusteigen, hätten sie absteigen müssen, um den Flüchtlingen den Weg zu versperren. Wahrscheinlich handelte es sich um die von Sitama angeführte Bande, die, wie der Offizier gesagt hatte, den Senar entlanggeflohen war. Als sie die Schüsse hörte, die sich in dem rings von hohen Bergen eingeschlossenen Tale weit fortpflanzen mußten, eilte sie herbei, um der andern Truppe zu Hilfe zu kommen, die die Klippen hinabgestiegen war.

»Ob der Fakir unter ihnen ist?« fragte Indri, nachdem er sich auf den Boden geworfen hatte, um nicht entdeckt zu werden.

»Wahrscheinlich«, antwortete Toby.

»Was ist zu tun, Toby? Hier können wir nicht bleiben, während die andern die Jagd schon fortsetzen.«

»Das ist richtig, die andern sind auch noch da«, sagte Toby zornig. »Wenn es uns gelungen wäre, sie in die Berge zurückzutreiben, würde ich der Bande da folgen und Sitama an einem sicheren Orte erwarten.«

Er erhob sich und lauschte.

»Sie scheinen zu kommen«, sagte er. »Fliehen wir, Indri. Sie müssen unsern Rückzug bemerkt haben.«

»Ja, gehen wir zum Elefanten zurück. Dieses Tal droht unsre Gruft zu werden.«

Eiligst zogen sie sich auf dem Pfade zurück, der sich dem Flusse entlang durch das Gebirge schlängelte. Lebhafte Besorgnis trieb sie vorwärts. Sie fürchteten, der Elefant könne von der Bande angegriffen worden sein, die sie den Fluß hinaufsteigen gesehen hatten.

Gegen Mitternacht erreichten sie nach einem Laufe von etwa fünf Kilometern den äußeren Gang des Senartales. Dort traten die Berge auseinander, der Fluß verbreiterte sich und floß weniger reißend dahin. In der Ferne tauchten dichte Bananen- und Teakwälder auf, und am Rande einer weiten Ebene erhoben sich die Mauern einer alten, halbzerfallenen Festung.

»Hier wären wir angelangt«, sagte Toby, indem er langsamer lief. »Ich kann nicht mehr.«

»Werden unsre Gefährten dort drinnen sein?« fragte Indri besorgt.

»Ich glaube ein Licht durch die Risse jener Mauern leuchten zu sehen.«

Da hörten sie das tiefe Trompeten eines Elefanten, dann rief die Stimme des treuen Bhandara: »Wer da? Antwortet, oder ich gebe Feuer! . . .«

»Weg mit dem Karabiner, mein Freund«, sagte Indri. »Wir sind es.«

»Ihr, Herr! . . . Endlich! . . .«

»Seid ihr noch alle da?«

»Alle, Sahib.«

»Und Dhundia?«

»Wird von Sadras und dem Kornak bewacht.«

»Hast du niemanden während unsrer Abwesenheit gesehen?«

»Doch, Herr; Leute trieben sich hier an der Festung herum, nach dem ersten Schusse verschwanden sie.«

»Wir müssen dieses Tal unbedingt sofort verlassen und nach Gondwana flüchten, denn Sitama verfolgt uns.«

Bhandara wurde blaß.

»Habt Ihr ihn gesehen?«

»Wir haben eine seiner Banden zurückgeschlagen«, sagte Indri.

»Welche Hartnäckigkeit dieser Mensch besitzt«, murmelte der Kornak. »Er wird uns nicht eher in Ruhe lassen, bis wir ihn nicht getötet haben.«

Sie betraten die Festung. Es war ein altes, zerfallenes Gebäude mit einer Ringmauer, die zu nichts mehr nütze war. Der Elefant lag neben dem Kornak und schnarchte gewaltig, ohne zu ahnen, daß er sich nach jenem beschwerlichen Abstieg von der Hochebene abermals in Marsch setzten müßte. Dhundia hingegen, immer gebunden, wachte neben dem Feuer, vom kleinen Sadras beobachtet, der ein Paar Pistolen auf den Knien hielt. Der brave Knabe hatte die Augen noch nicht geschlossen, sondern folgte sorgfältig der kleinsten Bewegung des Gefangenen, da er immer fürchtete, er könne ihm entfliehen.

Der Kornak wurde geweckt. Man gab ihm zu verstehen, welcher Gefahr sich alle aussetzten, wenn sie noch länger in jener Festung verbleiben würden, die keine Deckung bieten konnte. Der Elefant, dem man einen Eimer Wasser über den Kopf goß, wachte auf, erhob sich brummend und bewegte ungeduldig die Ohren. Aber er beruhigte sich bald, als er die Stimme des treuen Kornak hörte. In kaum einer Minute verschlang er ein paar Kilogramm Zucker, leerte einen Kübel Wasser, worein man eine halbe Flasche Gin gegossen hatte, und trat dann, nachdem alle auf seinen kräftigen Rücken gestiegen waren, aus der Festung heraus, indem er mit der Schulter ein Stück Mauer einriß. Kaum war er im Freien und atmete die frische Nachtbrise, so setzte er sich in Galopp, indem er den Wäldern zulief, die sich an dem rechten Ufer des Senar entlangzogen.

Kein Mensch war gesehen worden, weder vor der Festung noch an den Flußufern. Man konnte also hoffen, daß niemand Zeuge ihres Aufbruches gewesen war. Trotzdem fühlten sich Toby und besonders Bhandara nicht sicher, denn sie kannten die erstaunliche Geschicklichkeit des Fakirs, mit der er Fährten fand und verfolgte. Sie waren überzeugt, daß er früher oder später die Spuren des Elefanten finden würde.

Das Tal wurde inzwischen immer breiter. Der Abstieg ging gut vonstatten, zeitweise kamen Ebenen, dicht mit hohem Gras und riesigen Bambus bestanden.

Der Elefant, immer vom Kornak angefeuert, der ihn streichelte und mit sanften Worten antrieb, lief dem Walde zu, der sich dunkel am Horizont hinzog.

Der Morgen dämmerte herauf, als er die ersten Bäume erreichte. Mit der breiten, mächtigen Brust brach er sich Bahn, indem er links und rechts Äste niederschlug. Nachdem er etwa sechshundert Meter eingedrungen war, blieb er plötzlich stehen, bewegte Ohren und Rüssel und trompetete gewaltig.

»Er ist müde und weigert sich weiterzulaufen«, sagte der Kornak zu Toby.

»Wieviel glaubst du, daß er seit dem letzten Aufenthalt durchlaufen hat?« fragte dieser.

»Etwa sechs Meilen, Sahib.«

»Dann können wir ihm zwei bis drei Stunden Ruhe gönnen. Wird das genügen?«

»Ja, wenn er reichlich Futter findet.«

»Steigen wir ab«, sagte Indri. »Vorläufig haben wir keine Überraschungen von Sitama zu befürchten.«

Sie frühstückten, aßen Orangen und Bananen dazu, legten sich dann, müde und überzeugt, nicht gestört zu werden, auf ein frisches Blätterlager neben den kleinen Sadras, der schon eingeschlafen war. Bhandara jedoch band Dhundia Arme und Beine, übergab ihn dem Kornak zur Bewachung, nahm einen Karabiner und warf sich unter die Bäume. Der brave und treue Diener des Favoriten war absolut nicht beruhigt und wollte sich mit eigenen Augen überzeugen, ob seinem Herrn und den Gefährten keine Gefahr bedrohe. Er wußte, daß der Fakir nicht von seinem Plane lassen würde, sich des berühmten Diamanten zu bemächtigen und außerdem seinen Verbündeten aus den Händen seiner Feinde zu befreien.

»Wenn wir es am wenigsten erwarten, wird Sitama über uns herfallen«, hatte sich der Kornak gesagt. »Versuchen wir also, ihm zuvorzukommen!«

Die Wälder boten für ihn keine Geheimnisse, und er konnte sie durchqueren, ohne sich zu verirrren, ohne mehr Geräusch als eine Schlange zu machen. Er warf sich mitten ins dichte Gebüsch, wo die Sonne nicht durchdringen konnte, und begann rasch zu laufen, indem er mit unglaublicher Geschicklichkeit Wurzeln und tiefe Äste vermied. Begegnete er dürren Blätterschichten, so klammerte er sich an Schlingpflanzen an und schwang sich wie ein Affe darüber hinweg, um das verräterische Rauschen zu vermeiden.

So war er etwa einen Kilometer vorgedrungen, als ein Knacken an seine Ohren schlug, das sich sofort wiederholte. Er warf sich augenblicklich zu Boden, versteckte sich unter den gewaltigen Bananenblättern und lud lautlos den Karabiner.

»Ob die Schurken schon angekommen sind?« fragte er sich. »Wenn das so ist, müssen sie wie die Pferde galoppiert sein, um einem Elefanten so dicht zu folgen.«

Er lauschte, indem er den Atem zurückhielt, und hörte abermals einen Ast knacken.

»Es kann auch ein Tiger oder Panther sein«, murmelte er. »Seien wir auf der Hut, sie sind wie Sitama und seine Banditen zu fürchten!«

Er legte das Ohr an den Boden, erhob dann den Kopf und blickte unruhig umher.

»Zwei Leute kommen näher«, sagte er. »Ob es die Kundschafter der Bande sind?«

Lautlos schlich er aus dem Gestrüpp, zog sich aber sofort zurück und ließ sich wieder auf den Boden fallen.

Zwei Inder liefen langsam durch den Wald und bückten sich öfter, als wenn sie Fährten suchten. Sie waren völlig nackt, schweißbedeckt, trugen schmutzige, struppige Bärte und keuchten, als wenn sie tüchtig gelaufen wären. Auf dem Kopf trug der eine eine gelbe Mütze, der andere eine rote, mit einer kleinen, blaugemalten Schlange. In der Linken hielten sie die Flinte, in der Rechten ein Jatagon, das ihnen dazu diente, Äste und Wurzeln durchzuschneiden, die ihren Weg versperrten.

»Das sind Leute von Sitama«, murmelte Bhandara. »Wenn ich sie töten würde?«

Die beiden Inder waren höchstens zwanzig Schritt vor ihm stehengeblieben und setzten sich eben auf eine riesige Banianwurzel.

»Halten wir einen Augenblick inne«, hatte jener mit der gelben Mütze gesagt. »Wir sind auf rechtem Wege. Sitama sagte mir, daß sie Pannah auf einem Elefanten verlassen haben, den ihnen der Radscha schenkte.«

»Wie hat er das erfahren können?«

»Die Schutzleute sagten es, die ihm zur Flucht verhalfen«, antwortete der Inder mit der gelben Mütze.

»Wenn die andern nicht bald nachkommen, werden sie uns entfliehen. Wer kann einem Dickhäuter lange folgen?«

»Der Favorit des Guicowar wird irgendwo Rast gemacht haben. Er kann sein Tier nicht zu sehr antreiben. Ich möchte wetten, daß sie uns nahe sind.«

»Woher weißt du das?« fragte der Inder mit der gelben Mütze.

»Ich rieche Rauch. Bagandi täuscht sich nie.«

»Kehren wir um?«

»Im Gegenteil, wir dringen vor, bis wir das Lager des Favoriten entdeckt haben. Könnten wir sie alle überraschen! Der Kohinoor käme sicher nie in die Hände des Guicowar von Baroda.«

»Schufte«, murmelte Bhandara. »Wir werden euch überraschen. Ich werde eher am Lager sein und euch einen Hinterhalt legen, den ihr nicht vermeiden könnt.«

Den Gedanken, auf sie zu feuern, hatte er aufgegeben. Obwohl er ein guter Schütze war, fürchtete er, die Karabinerkugel könne an einem Aste abprallen, und er hatte nur einen Schuß. Auch wenn er einen getroffen hätte, so konnte der andere sofort antworten.

Er schlich quer durch das Gebüsch zurück, dann erhob er sich und raste durch den Wald, indem er sich fern von dem Pfad hielt, den der Elefant geöffnet hatte und dem die beiden Banditen folgen mußten. Nach zwanzig Minuten erreichte er keuchend das Lager.

Der Elefant schlief, ebenso Indri, Toby und Sadras. Der Kornak stand wachend vor Dhundia, der sich schlafend stellte.

Bhandara sprang unter das kleine Dach, weckte Indri und Toby und meldete ihnen, daß Sitamas Kundschafter ihnen auf der Spur seien.

»Dieser Fakir ist grausamer als ein Tiger!« rief Toby. »Will er uns denn keinen Moment in Ruhe lassen?«

»Wir werden nicht ruhig schlafen, bis wir ihn nicht getötet haben oder er uns den Kohinoor geraubt hat«, sagte Indri.

»Sahib«, sagte plötzlich der Kornak und kam näher. »Der Elefant weigert sich aufzustehen. Ich wage nicht, zu Mißhandlungen Zuflucht zu nehmen.«

»Das wußte ich«, sagte Indri. »Unmögliches kann man nicht verlangen.«

»Aber wir können doch nicht hierbleiben, mitten im Walde«, sagte Toby. »Es wäre besser gewesen, wenn wir in der Festung Rast gemacht hätten.«

»Es ist eine andere Ruine hier in der Nähe«, sagte der Kornak. »Eine antike Pagode.«

»Wird sie uns dienen können?« fragte Indri.

»Die Ringmauer ist eingestürzt, das Innere muß aber noch in gutem Zustande sein.«

»Besichtigen wir sie«, sagte Toby.

»Und der Elefant?«

»Wenn er seinen Kornak nicht mehr sieht und die ersten Flintenschüsse hört, wird er uns nachkommen«, sagte Bhandara.

»Nehmen wir den Lichtberg, unsere Rupien, Waffen und Lebensmittel – und vorwärts«, kommandierte Toby. »Vielleicht sind die Dakoiten jetzt schon im Walde und haben die Kundschafter eingeholt.«

Sie leerten die Hauda, beluden sich mit deren Inhalt, indem sie vor allem die Munition nicht vergaßen, entfesselten Dhundias Beine und entflohen durch den Wald, vom Kornak geführt.

Als der Elefant seinen Führer gehen sah, trompetete er und folgte ihm dann, obwohl fortgesetzt brummend.

Toby, der die Waffen trug, bildete die Nachhut, um den kleinen Trupp zu beschützen.

## 32. Kapitel
## Der Kopf des Fakirs

Der Wald wurde immer dichter, doch war deutlich zu erkennen, daß die Gegend vor Jahrhunderten bewohnt gewesen sein mußte, daß ein Dorf oder eine kleine Stadt dort gestanden hatte, denn je weiter die Flüchtlinge vordrangen, je mehr fanden sie Skulpturenstücke und verfallene Säulen, die die Pflanzen noch nicht überwuchert hatten. Es ist nichts Seltenes in Indien, auch mitten in den dichtesten Dschungeln, die jetzt Schlupfwinkel für Schlangen, Tiger und Panther geworden sind, Überbleibsel von Städten zu finden, die vielleicht vor Tausenden von Jahren verschwunden sind. Wenn es der Reisende oder Jäger am wenigsten erwartet, befindet er sich vor verfallenen Palästen, eines Tages Residenz prachtliebender Radscha, oder Moscheen oder Pagoden, jetzt Ruinen, begraben unter dichtem Gestrüpp. Die Vegetation in diesen Sonnenländern ist außerdem so mächtig, daß ein verlassenes Dörfchen nach einem Jahr schon vollständig unkenntlich wird. Bäume und Büsche vermehren sich mit unglaublicher Schnelligkeit und verwischen jede Spur.

Der Kornak, mit dem Walde vertraut, den er schon wer weiß wie oft durchstreift hatte, folgte einer den andern unsichtbaren Fährte, ohne je im Zweifel zu sein, obwohl er keinen Kompaß besaß. Er vertraute seinem Instinkt als Waldmensch und war sicher, nicht irrezugehen.

Nach einer halben Stunde blieb er vor einer kleinen Lichtung stehen, in deren Mitte sich eine riesenhafte, kuppelförmige Pagode erhob, mit prächtigen Treppen, Marmorbogen, breiten Fenstern und einer Unmenge Statuen, die die zahlreichen Schöpfungen Wischnus darstellten. Die ganze Ringmauer war, außer einem kleinen Stück, gänzlich zerfallen und lag am Boden, von Pflanzen überwuchert. Die Kuppel hatte aber dem Zahne der Zeit auf wunderbare Weise widerstanden, und ihre Mauern zeigten keine Risse.

»Was meint ihr dazu?« fragte der Kornak Toby und Indri, die das prächtige Gebäude bewunderten, das vor etwa viertausend Jahren errichtet sein mußte.

»Wunderbar«, sagte der Exsergeant. »Das ist eine richtige Festung, die uns einen vorzüglichen Schlupfwinkel bietet.«

»Wird der Elefant hineinkönnen?« fragte Indri.

»Eine Treppe schreckt ihn nicht zurück, er wird mir folgen«, antwortete der Kornak.

»Schauen wir unsre Festung an«, sagte Toby.

Sie stiegen die sehr breite Haupttreppe hinauf und traten in den Tempel. Die Pagode war riesig groß, rechtwinklig, aber völlig leer. Nur an den Wänden befanden sich einige Brahmareliefs in verschiedenen Stellungen, aber alle zerborsten von der Zeit und Feuchtigkeit.

Die Mauern waren stark, noch in bestem Zustande, fähig, auch einer Kanone standzuhalten; nur ein Teil der gewaltigen Kuppel war eingestürzt, und die Trümmer davon lagen in einer Ecke aufgehäuft. Auch die mit Siwa, Wischnu und Brahma geschmückte Bronzetür war so fest, daß sie jedem Mauerbrecher widerstehen mußte.

»Das ist ein unerwartetes Glück für uns«, sagte Toby. »Hier können wir den Angriffen Sitamas und seiner Bande lange Trotz bieten.«

»Es sind keine Schießscharten da, um Feuer zu geben«, bemerkte Indri.

»Wir werden auf der Kuppel Platz nehmen«, antwortete der Exsergeant. »Ich sehe da eine Treppe, die uns den Aufstieg gestatten wird. Doch still! Der Elefant trompetet, als wenn er eine Gefahr wittere.«

»Ob Sitamas Leute schon angekommen sind?«

Er wollte eben an die Tür springen, als er Sihor eintreten sah.

Der Dickhäuter hatte, da er den Kornak nicht mehr sah, die Stufen erstiegen, die auch für ein Tier jenes Umfanges bequem zu betreten waren, und zeigte sich sehr unruhig. Er schnaubte, wandte sich öfter nach der Tür um, bewegte die Ohren und brummte leise.

»Sahib«, sagte der Kornak, indem er zu Toby trat. »Sihor hat etwas gesehen oder irgendein Geräusch gehört.«

»Schließt die Tür!« kommandierte Toby. »Und du, Indri, folgst mir mit Bhandara auf die Kuppel.«

»Und Sadras?«

»Mag mit dem Kornak zusammen Dhundia bewachen. Ah!«

»Was willst du noch, Toby?«

Der Exsergeant rief den Knaben.

»Mein braver Sadras«, sagte er zu ihm, »es könnte möglich sein, daß wir getötet werden, denn man weiß nie, was in einem Gefecht geschehen kann. Schwöre mir, Dhundia zu erschießen, wenn du uns fallen siehst.«

»Ich verspreche es Euch«, antwortete der kleine Inder mit fester Stimme.

»Dann fliehst du, wenn es dir möglich ist, mit dem Lichtberg nach Pannah und berichtest dem Radscha, was aus uns geworden ist. Er wird wenigstens daran denken, uns zu rächen.«

»Ja, Sahib, Sadras ist klein und kann den Blicken der Dakoiten und Sitamas entgehen.«

»Wir verlassen uns auf dich.«

»Ich werde mein Wort halten oder mich töten lassen.«

»Und jetzt, Indri, Verderben jenen Schurken«,

sagte Toby. »Wir werden ihnen zeigen, daß der Exsergeant der Sipai und der Exfavorit des Guicowar keine Furcht haben. Zu uns, Bhandara! Bring soviel Munition, wie du kannst.«

Sie schlossen die Bronzetür, ließen den Elefanten sich davorlegen und sprangen die Wendeltreppe hinauf, die bis zur Spitze führte. Dort öffnete sich ein kreisrundes Loch, das zu einer kleinen Terrasse führte, die mit einer steinernen Brustwehr versehen war, stark genug, um die Kugeln der Angreifer aufzuhalten.

»Von hier aus können wir nach allen Richtungen Feuer geben, ohne uns den Schüssen der Dakoiten auszusetzen«, sagte Toby.

»Und beherrschen die ganze Umgebung der Pagode«, bemerkte Indri. »Sie werden eine harte Nuß zu knacken finden.«

»Und wir geben ihnen einen Denkzettel, den sie nicht wieder vergessen werden, mein Freund! Ah! Ihr wollt den Lichtberg! Statt des Diamanten werden wir euch Blei geben.«

»Bis jetzt sieht man sie zwar noch nicht.«

»Ihr täuscht Euch, Herr«, sagte Bhandara, der seit einigen Sekunden eine dichte Bananengruppe musterte, die der Treppe gegenüberstand. »Ich bemerkte eben unter jenem Blätterwerke das Blitzen eines Flintenlaufs oder einer Säbelklinge. In kurzem werden sie sich zeigen, und ich bitte Euch, Euch nicht über die Brüstung zu erheben.«

»Ob nur die Vorhut angekommen ist?« fragte Toby.

»Wahrscheinlich«, antwortete Indri. »Das Gros wird sich noch auf dem Marsche befinden.«

»Wer Sitama sieht, feuert auf ihn. Ist der Anführer tot, so ziehen sich die andern vielleicht zurück.«

»Wenn er sich zeigen wird. Er weiß, daß wir sichre Schützen sind, und wird sich wohl versteckt halten«, bemerkte Bhandara. »Er wird seine Banditen zum Angriff antreiben und sich nicht eher zeigen, als bis ihm der Sieg sicher ist.«

»Ja, jetzt sehe ich sie«, sagte Toby.

Er wollte eben den Karabiner anlegen, als vier Blitze im Dickicht aufleuchteten. Toby und seine Gefährten hatten kaum Zeit, sich hinter die Brüstung zu werfen.

Die Kugeln waren über ihre Köpfe gepfiffen, und eine hatte den oberen Rand der Brüstung gestreift.

»Holla!« rief Toby mit ruhiger Stimme. »Die Schurken zielen nicht schlecht! Wir treffen aber besser. Indri, willst du den Anfang machen? Ich sehe dort einen jener Banditen im Gestrüpp umherschleichen, um ...«

Seine Stimme wurde von einem betäubenden Lärme erstickt, der unverhofft aus den Gebüschen kam, die die Pagode umgaben.

Splitternackte Männer brachen aus den Gebüschen, indem sie drohend ihre Flinten und Säbel in der Luft schwenkten. Es waren wenigstens hundert. Sie gebärdeten sich, als wenn sie verrückt geworden wären, brüllten wie Dämonen und sprangen wie wütende Tiger durcheinander. Wie zügellose Pferde rasten sie schreiend um die alte Pagode und verschwanden dann wieder in den Gebüschen, bevor Toby, Indri und Bhandara, verblüfft über die unerwartete Unterbrechung, daran denken konnten, sie mit einer Salve zu begrüßen.

»Wo kann Sitama soviel Leute gefunden haben?« fragte sich Toby. »Und dann, sind das Menschen oder Dämonen?«

»Und werden wir ihnen widerstehen können?« fragte sich Indri erregt.

»Die Tür ist fest und die Wände sehr stark«, sagte Bhandara.

»Ja, aber ich beginne an unserm Siege zu zweifeln«, antwortete Toby. »Hundert Männer! Und wer weiß, ob es alle sind, die wir gesehen haben.«

»Und mit Gewehren bewaffnet«, sagte Indri.

»Und wir sind nur fünf, darunter ein Knabe! Bah! Wenn wir sterben müssen, so wollen wir wenigstens viele niederschießen, bevor wir fallen!«

»Bhandara, rufe auch den Kornak. Das ist doch eine Flinte mehr.«

»Und Dhundia?« fragte Indri.

»Sadras wird als Wache genügen. Er hat zwei Pistolen und wird nicht zögern, sie auf den Verräter abzufeuern.«

In diesem Augenblick erscholl eine mächtige Stimme, die sie sofort erkannten, unter jenem Bananenflecken:

»Der weiße Jäger und der Favorit des Guicowar mögen mich anhören!«

»Sitama?« riefen der Exsergeant und Indri wütend wie aus einem Munde.

»Habt ihr mich gehört?« schrie der Fakir.

»Sprich«, sagte Toby, der sich schußfertig machte.

»Wollt ihr Frieden oder Krieg?«

»Was wünschst du für den Frieden?«

»Den Lichtberg und Dhundias Freiheit«, antwortete der Fakir.

»Komm und hole dir beides, wenn du den Mut dazu hast«, sagte Toby ironisch.

»Ihr nehmt diese Bedingung also nicht an?«

»Nein, solange wir die Hoffnung haben, deinen Kopf mit einer Kugel zu sprengen und die Erde von einem Elenden deiner Sorte zu reinigen.«

»Ich habe hundert Männer.«

»Und wir haben fünfhundert Patronen.«

»Ihr wollt also den Krieg? Gut!« schrie der Fakir mit drohender Stimme.

Es entstand ein kurzes Schweigen, dann stürzten plötzlich alle hundert Dämonen zum zweiten Male aus den Büschen, indem sie wie Raubtiere heulten, sich um die Pagode herum verteilten und ein Höllenfeuer auf die Kuppelspitze eröffneten.

Indri, Toby, Bhandara und der Kornak, der zu ihnen gestoßen war, lagen auf den Knien hinter der Brüstung, entschlossen, das Leben teuer zu verkaufen und soviel Leute wie möglich zu erschießen.

»Du lädst unsre Waffen wieder«, sagte Toby zum Kornak. »Hast du die Reservekarabiner mitgebracht?«

»Ja, Sahib.«

»Also Feuer nach Willkür, und gebt acht, den Kopf nicht zu zeigen, denn es hagelt furchtbar.«

Die Inder setzten ihr Feuer fort und sprangen nach rechts und links, um kein Ziel zu bieten, indem sie sich mit furchtbarem Gebrüll ermutigten.

Toby und Indri begannen bald kräftig zu antworten, von Bhandara tüchtig unterstützt. An den ersten Schüssen erkannten die Angreifer sofort, mit welch furchtbaren Gegnern sie es zu tun hatten.

Toby und Indri verbrauchten ihre Munition nicht

unnütz. Jeder Flintenschuß bedeutete den Tod eines Gegners. Doch konnten sie nicht gar zu schnell feuern, denn auch die Kugeln der Belagerer erreichten die Spitze der Kuppel, zersplitterten die Brüstung und pfiffen oft dicht an den Köpfen der Verteidiger vorbei.

Nach zehn Minuten lag etwa ein Dutzend Inder am Boden, und andere, mehr oder weniger verwundet, schleppten sich ins Gebüsch, lange Blutstreifen zurücklassend.

Aber Sitama zeigte sich nicht. Von Zeit zu Zeit hörte man seine Stimme aus dem Bananengebüsch, aber er hielt sich hinter einem dicken Stamme immer sorgfältig versteckt.

Toby hatte öfter mitten in das Dickicht hineingeschossen, in der Hoffnung, ihn zu treffen, aber immer vergebens.

Das Feuer dauerte ununterbrochen und immer wütender zwanzig Minuten, dann begannen die Inder zu wanken und zogen sich unter die Bäume zurück. Die großen Verluste hatten ihren Mut abgekühlt. Trotzdem wollten sie noch einen letzten Versuch machen, indem sie hofften, die Verteidiger im Rücken anzugreifen. Fünfzehn bis zwanzig der Kühnsten hoben einen großen Teakbaumstamm auf, der aus Altersschwäche oder vom Blitz getroffen gefallen war, und stürmten zur Treppe, in der Absicht, die Bronzetür zu stürmen und niederzureißen.

»Feuer!« schrie Toby, der sie bemerkt hatte.

Ohne auf die Kugeln zu achten, erhoben sich Indri und Bhandara und zielten auf diese Gruppe.

Zwei Männer fielen, dann abermals drei, aber die Inder setzten ihren Lauf fort, erstiegen die Treppe und rannten mit derartigem Gekrache gegen die Tür, daß die ganze Kuppel zitterte, als wenn sie ein Erdbeben erschüttert hätte.

Im Innern der Pagode hörte man einen furchtbaren Trompetenstoß, es war Sihor, bis aufs äußerste gereizt. Die Tür, von dem gewaltigen Stoße zersplittert, war auf den Elefanten gefallen. Dieser hatte sich, blind vor Zorn, erhoben. Als er die Inder sah, die eben ins Innere der Pagode brechen wollten, stürzte er sich mitten unter sie und fegte sie mit Rüsselschlägen fort.

Furchtbare Schreie mischten sich in das Trompeten des Dickhäuters, dann warfen sich einige Leute blindlings die Treppe hinunter und retteten sich in den Wald.

»Bravo, Sihor!« rief Toby. »Da haben wir einen Freund, auf den ich nicht rechnete!«

»Aber die Tür ist zertrümmert«, sagte Indri.

»Sihor wird den Eingang verteidigen.«

»Und wenn sie ihn töten! Und Dhundia ist unten mit dem kleinen Sadras!«

»Donnerwetter? Den Verräter hatte ich vergessen! Bhandara, Kornak, schnell, steigt hinunter und bringt ihn hierher!«

Die beiden Inder sprangen die Treppe hinunter, während Toby und Indri gegen die Angreifer, die sich zu zeigen wagten, weiter feuerten.

Keine Minute war vergangen, als die beiden Diener Dhundia geschleift brachten. Sadras war ihnen gefolgt, indem er die beiden von Toby erhaltenen Pistolen in der Faust hielt.

»Ist die Tür eingestürzt?« fragte Indri.

»Ja«, antwortete Bhandara.

»Und der Elefant?«

»Versperrt den Eingang.«

»Wird er standhalten können?«

»Ich glaube, er hat schon ein halbes Dutzend Männer erschlagen, Herr. Die andern wollen sicher keine Bekanntschaft mit seinem Rüssel machen.«

»Hm!« sagte Toby kopfschüttelnd. »Sie werden ein Mittel finden, ihn zu entfernen; ihr werdet sehen.«

Die Dakoiten hatten sich wieder versammelt, kamen hervor und begannen ihr Feuer von neuem. Sie setzten sich jedoch dem Kugelregen nicht mehr so aus wie früher, denn sie kannten jetzt die Unfehlbarkeit Tobys und des Exfavoriten.

Sie benutzten Gebüsche und Trümmer, um sich gedeckt zu halten.

Baumstämme rollten sie vor und suchten unter deren Deckung die Treppe zu erreichen.

»Ich sehe voraus, daß sie in die Pagode gelangen werden«, sagte Toby ein wenig entmutigt. »Bhandara, hast du auch die Kiste mit heraufgebracht, die den Diamanten und die Rupien enthält?«

»Ja, Sahib.«

»Dann mögen sie ruhig kommen. Ah! Was sagte ich euch?«

Die Inder, die die Baumstämme rollten, hatten die Treppe erreicht und begannen, brennende Baumwollklumpen gegen die Tür zu werfen, um den Elefanten zu entfernen.

Sihor trompetete immer furchtbarer, ohne zu wagen, die Angreifer abzuwehren. Er zog sich sogar vor dem Feuerregen zurück, um einen andern Ausgang zu suchen.

Toby und seine Gefährten konzentrierten ihre Schüsse auf die Menschen, die die Treppe stürmten, aber mit kargem Erfolg, da die Baumstämme sie deckten. Außerdem durften sie sich nicht über die Brüstung biegen, denn die andern beschossen fortwährend die Spitze der Terrasse.

Plötzlich zitterte die Kuppel zum zweiten Male. Unten, in der Pagode, hatte man einen betäubenden Krach gehört.

»Bhandara!« rief Toby. »Was ist da in die Luft gegangen?«

»Der Elefant hat die Tür zertrümmert, die sich am anderen Ende der Pagode befand«, antwortete der Kornak.

»Und flieht?«

»Er ist schon davon, Sahib.«

»Jetzt ist der furchtbare Moment gekommen! Mein lieber Indri, uns bleibt nur der Tod!«

»Ich bin bereit«, antwortete der Exfavorit mit ruhiger Stimme. »Lieber im Kampfe sterben als als Paria leben.«

Als die Dakoiten den Elefanten fliehen sahen, hatten sie sich in die Pagode gestürzt, indem sie diesen ersten Sieg mit ohrenzerreißendem Lärme begrüßten.

Toby trat an die runde Öffnung und feuerte mitten in die brüllende Bande, einen Mann zu Boden streckend.

Zehn Schüsse antworteten.

»Es geht zu Ende«, murmelte er, indem er rasch zurücksprang. »In fünf Minuten werden sie auf der Terrasse sein.«

»Ah! Ihr wollt Dhundia!« rief er plötzlich mit grausamer Stimme. »Den werdet ihr tot finden!«

Er entriß Sadras eine Pistole und lud sie rasch.

»Was tust du?« fragte Indri.

»Ich töte den Schuft, der die Hauptursache deines Unglücks ist.«

»Tu, was du glaubst.«

Eben wollte sich Toby auf den Verräter stürzen, als mitten aus den Gebüschen Trompetengeschmetter drang.

»Sie blasen zum Sturm!« rief Indri, indem er ihm den Arm hielt.

»Die Trompeten der Radschaputen!« schrie der Kornak freudestrahlend. »Wir sind gerettet! . . .«

Unter die Trompetentöne mischten sich Karabinerschüsse und Pferdegewieher. Ein großer Reitertrupp schien wie ein Orkan durch den Wald zu stürmen.

Die Dakoiten, erstaunt, erschrocken, hatten das Feuer eingestellt und schauten unter die Bäume. Auch jene, die schon in der Pagode waren, schossen nicht mehr, sondern flohen kopfüber die Stufen hinunter.

»Die Radschaputen von Pannah! Flieht!«

Es war zu spät. Eine prächtige Reiterschwadron mit wehenden Umhängen und bunten Turbanen bricht mit verhängtem Zügel in die Lichtung und säbelt die Dakoiten nieder, die nicht mehr an Widerstand denken.

Eine andre Schwadron sprengt von der andern Seite heran, nimmt die Flüchtlinge in die Mitte und schießt sie nieder.

»Bravo, Radschaputen!« schreit Toby. »Nieder, ohne Mitleid! Es lebe der Radscha von Pannah!«

Als der Offizier der zweiten Schwadron diese Rufe hört, hebt er den Kopf und grüßt Toby mit dem Säbel. Dann springt er zur Erde, nimmt ein blutiges Bündel vom Sattel und eilt zur Pagode.

»Hast du ihn wiedererkannt, Indri?« fragte der Jäger.

»Ja, es ist der Offizier, der uns durch das westliche Tor führte, im Glauben, uns die Leiche des Fakirs zu zeigen.«

»Ja, Indri, er ist's!«

Der kommandierende Radschapute schwingt sich leicht die innere Pagodentreppe empor und erreicht die Terrasse.

Er öffnet das Bündel, zieht einen frisch abgeschlagenen Kopf hervor, zeigt ihn Toby und Indri und sagt mit einem grausamen Lächeln: »Jetzt werdet ihr mir nicht mehr sagen, daß dies nicht Sitamas Kopf wäre. Schaut ihn an! . . .«

»Der Fakir!« riefen der Jäger und der Exfavorit, indem sie schaudernd zurückwichen.

»Ich überraschte ihn gerade in dem Moment, als er fliehen wollte, und enthauptete ihn mit einem kräftigen Säbelhiebe.«

»Wer hat Euch denn benachrichtigt, daß die Banditen uns in dieser Pagode belagerten?« fragte Indri.

»Die Festungswachen hatten die Dakoiten die Berge hinabsteigen und den Fluß entlangschleichen sehen. Sie setzten uns davon in Kenntnis, während wir die Hochebene durchforschten. Also eilten wir herbei, da wir vermuteten, sie würden Euch verfolgen, um Euch den Kohinoor wieder abzujagen. Wie Ihr seht, Sahib, hatten wir uns nicht getäuscht.«

Dann packte er den blutigen Kopf des Fakirs, warf ihn von der Kuppel herunter und sagte:

»Hinweg! Ein Begräbnis hast du nicht verdient!«

Die Dakoiten hatten eine vollständige Niederlage erlitten. Der größte Teil war unter den Säbeln und Schüssen der Radschaputen gefallen, nur wenigen war es gelungen, sich in die Wälder zu retten. Damit sie sich nicht abermals vereinen und die Besitzer des Kohinoor belästigen konnten, hatten sich einige Reitertrupps zur Verfolgung aufgemacht, entschlossen, sie alle auszurotten.

Toby und Indri belohnten reichlich die Helden, durch die sie einem sicheren Tode entrissen worden waren. Denselben Abend stiegen sie wieder auf den Elefanten, den sie in der Nähe, mitten in einem Tamarindenflecken, wiedergefunden hatten. Sie hatten Eile, Gondwana zu durchqueren und nach Baroda zu kommen, wo sie vor jeder Gefahr sicher waren.

Zwei Tage danach erreichten sie Sagar, eine der nördlichsten Städte Gondwanas, nach kurzem Aufenthalt durchkreuzten sie Sindhia, indem sie nacheinander Bilsa, Bhopal und Dhar berührten. Drei Wochen später hielten sie in Baroda Einzug, der Residenzstadt des Guicowar, des reichsten und prachtliebendsten Fürsten Westindiens.

Es war ein wahrhafter Triumphzug, denn der Radscha, von Bhandara benachrichtigt, der seinem Herrn auf einem schnellen Pferde vorangeritten war, hatte dem Elefanten eine Schar seiner prächtigen Reiter entgegengesandt. Die Kunde, daß Indri mit dem Kohinoor zurückkehrte, hatte sich sofort unter der ganzen Stadtbevölkerung verbreitet, die stets eine lebhafte Zuneigung zu dem hochherzigen und ritterlichen Favoriten des Guicowar gehegt hatte, und sie zog wie ein Strom hinter den Reitern her.

Als sie den Königspalast erreichten, hatten Toby und Indri eine lange Unterredung mit dem Radscha, um ihm den schändlichen Verrat seines Ersten Ministers und Dhundias, unter Mithilfe der Dakoiten Bundelkands, klarzulegen.

»Dir soll Gerechtigkeit widerfahren«, sagte der Guicowar, indem er seinen Favoriten umarmte.

Noch selbigen Tages wurde Dhundia vom Henkerelefanten des Fürsten zertreten und Parvati aus dem Staate verbannt, unter Androhung derselben Todesstrafe, wenn er wagen sollte, nach Baroda zurückzukehren. Indri wurde in den Rang des Ersten Ministers erhoben.

Und Toby? Der brave Jäger kehrte wieder heim in seinen Bengalow, indem er den kleinen Sadras mit sich nahm, den er als Sohn adoptiert hatte.

»Ich werde dich manchmal besuchen«, hatte er zu Indri gesagt, bevor er von ihm Abschied nahm, »aber hier ist nicht mein Platz. Ich habe mein Weib noch zu rächen, und die Tiger lieben die Städte nicht.«

Der Lichtberg blieb nicht lange in der Siwa-Pagode Barodas. Verschiedener Umstände halber kam er später in die Hände der Engländer und leuchtet jetzt auf der Krone König Eduards von England, des Kaisers von Indien.

## Nachbemerkung

Schon die Zeitgenossen nannten Emilio Salgari den »italienischen Karl May«. Auch er war ein Abenteuerschriftsteller, der es verstand, spannende Geschichten aus allen Weltgegenden zu erzählen. Auch er hinterließ ein riesiges Werk, auch bei ihm ist es nicht frei von Klischees und schwarzweiß gezeichneten Charakteren. Und auch Salgari schrieb nicht einfach nur aktionsreiche Bücher, sondern schuf in ihnen edle Helden, deren menschliche Tugenden sich in allen Fährnissen bewährten und die die Herzen des Lesepublikums im Sturm eroberten. Nur in einem unterschied sich Salgari von seinem deutschen Kollegen. Er kannte einen Teil jener abenteuerlichen Welt, von der seine Bücher in immer neuen Variationen berichteten, aus eigener Anschauung und Erfahrung.

Emilio Salgari wurde 1863 in Verona geboren. Er besuchte das Institut für Technik und Schiffahrtswesen in Venedig, brach das Studium ab, erwarb das Kapitänspatent und befuhr für einige Jahre die Adria und das Mittelmeer. Seit 1883 schrieb er abenteuerlich-exotische Erzählungen, die in Zeitschriften zur Fortsetzung erschienen. Er kehrte 1892 zunächst nach Verona zurück und betrieb dort eine Leihbibliothek, siedelte aber bald nach Turin über und lebte von nun an vom Ertrag seiner Bücher. Die schrieb er, getrieben von geschäftstüchtigen Verlegern, ungünstigen Verlagsverträgen und wachsenden Schulden, in immer größerer Hast. Es wurden mehr als achtzig Romane und einhundertdreißig Erzählungen. Sie sind, wie das bei einer derart beträchtlichen Arbeitsleistung kaum anders sein kann, von unterschiedlicher Qualität. Wie viele Unterhaltungsschriftsteller entging auch Salgari nicht der Gefahr, sich zu wiederholen. Literarisch verausgabt und in einer tiefen persönlichen Krise, setzte er 1911 seinem Leben ein Ende.

Salgaris Bücher erschienen in hoher Auflage, sie wurden übersetzt und fanden zahllose Leser in Lateinamerika wie in Deutschland und in der Sowjetunion. Zu den bekanntesten gehören »Der schwarze Korsar«, »Die Geheimnisse des schwarzen Dschungels« und »Der Tiger von Malaysia«. Dieser Roman um den Freiheitshelden Sandokan ist verfilmt und der Film auch im Fernsehen gezeigt worden.

Der nach langer Zeit nun wieder veröffentlichte Roman »Diamantenjagd« beschreibt die abenteuerliche Suche eines Inders nach dem sagenhaften Diamanten Kohinoor, den zu erlangen ihm verlorengegangene Fürstengunst zurückgeben soll.

Der Roman beweist, daß Salgaris Bücher bis heute ihre Frische bewahrt haben und eine spannende wie unterhaltsame Lektüre sind.

Martin Lindau